中國語言文字研究輯刊

二三編

許學仁 主編

第 20 冊

多心齋學術文叢（中）

譚步雲 著

花木蘭文化事業有限公司

國家圖書館出版品預行編目資料

多心齋學術文叢（中）／譚步雲 著 -- 初版 -- 新北市：花木
蘭文化事業有限公司，2022〔民 111〕
目 4+168 面；21×29.7 公分
（中國語言文字研究輯刊 二三編；第 20 冊）
ISBN 978-626-344-034-0（精裝）
1.CST：古文字學 2.CST：漢語語法 3.CST：文集
802.08　　　　　　　　　　　　　　　　111010181

中國語言文字研究輯刊
二三編　第二十冊　　　　　ISBN：978-626-344-034-0

多心齋學術文叢（中）

作　　　者	譚步雲
主　　　編	許學仁
總 編 輯	杜潔祥
副總編輯	楊嘉樂
編輯主任	許郁翎
編　　　輯	張雅淋、潘玟靜、劉子瑄　美術編輯　陳逸婷
出　　　版	花木蘭文化事業有限公司
發 行 人	高小娟
聯絡地址	235 新北市中和區中安街七二號十三樓
	電話：02-2923-1455／傳真：02-2923-1452
網　　　址	http://www.huamulan.tw 信箱 service@huamulans.com
印　　　刷	普羅文化出版廣告事業
初　　　版	2022 年 9 月
定　　　價	二三編 28 冊（精裝）新台幣 96,000 元　　版權所有・請勿翻印

目次

卷二　銅器銘文論叢

王作父丁方櫑考釋：兼論鐘銘「龏」字

一、著　錄

　　王作父丁方櫑是件很有價值的傳世器。據稱原為「曹秋舫所藏器」。最早的著錄見於阮元的《積古齋鐘鼎彝器款識》（二行銘，器蓋各一，卷一頁二〇）、曹載奎的《懷米山房吉金圖》（四行銘一，上五）以及吳榮光的《筠清館吉金》（四行銘一，卷二頁十八）。三書均稱之為「尊」。訂之為尊，大概是因為銘文自名為「尊」（請參閱本文所附摹本）。方濬益十分正確地指出：「《懷米山房吉金圖》、《筠清館吉金》皆誤為尊，今訂正（為櫑）。」〔註1〕《懷米山房吉金圖》除收錄銘文外，並附有器形、器制等詳盡資料。在仔細核查過這些資料後，筆者認為方氏的訂正是恰當的。《說文》云：「櫑，龜目酒尊。」（卷六木部）《廣雅·釋器》亦云：「櫑，鱓也。」準此，可知尊為泛稱，櫑為特指，則器銘自名為尊並不足奇。不過，櫑器止一見，且失蓋，而銘非一，顯然存在異器同銘的可能性。吳大澂《愙齋集古錄》（收一銘）、羅振玉《三代吉金文存》（收三銘）等或稱為「卣」，或稱為「尊」〔註2〕。正正表明這是成組的禮器。不過，那是

〔註1〕方濬益：《綴遺齋彝器款識考釋》卷二十六，第6，1935年涵芬樓影印本。步雲案：是書卷十七頁28並同銘（四行）二紙，稱尊。

〔註2〕裘錫圭以為諸搨中可分別確定為櫑銘或卣銘，也不排除可能有尊銘。參看氏著：〈櫑器探研〉，《古文字研究》第二十四輯，北京：中華書局，2002年7月第一版，第172～182頁。步雲按：櫑銘（四行）今收入《集成》，編號09821。卣則藏美國弗

另一個研究課題了。茲處從略。

二、時　代

　　王作父丁方櫺，著錄者幾乎一致確定為「商器」（《筠清館吉金》定之為「周器」是個例外）。細察《懷米山房吉金圖》所提供的圖像，前輩所言甚是。器為方體小口圓肩圈足，花紋為環柱角型獸面紋，完全具備商晚期的器形花紋特徵。商代酒風甚熾，故多酒器，此器當是時代的產物。再來看看銘文。王作父丁方櫺銘文簡約，只有十字：「王由攸田䖵＝，作父丁障。漢。」「由攸田䖵」，過去多數學者認為是從攸地前往䖵地田獵。事實上，「由攸」宜讀為「有攸」。由、有二字，雖說上古音一為喻母幽韻，一為匣母之韻，但據音韻學所謂「喻三歸匣說」，則作為喻母三等字的「由」實際上可視為匣母字；而幽、之二韻，在已出土的先秦文獻中多可通押。例如「頌鼎」、「毛公鼎」等便是。因此，「由」讀如「有」在語音上當無問題。更重要的是，先秦典籍的《易經》恒見「有攸」一語，義為「順利地」〔註3〕。例如《无妄》云：「元、亨、利、貞，其匪正有眚，不利有攸往。」又《大有》九二云：「大車以載，有攸往，无咎。」「由攸田䖵＝」則可理解為「順利地在䖵地田獵」。看來王的此行收穫甚豐，於是造器紀念以謝祖先。銘文沒有「鑄」明任何賞賜對象，可知屬王室器。那麼，銘文中的「王」是哪一位君主呢？還是從甲骨文和典籍裏尋找答案吧。䖵，前人因字下有二短橫畫而將之一分為二。其實，此標識是專名號而非重文號或合書號〔註4〕。今天，學術界基本同意銅器銘文的䖵即甲骨文之䖵了，雖然前者從三

〔註3〕 利爾美術博物館，《近出二》有著錄，編號540～542，則卣銘也可以確定。但銘中是否有屬尊者則未必。例如阮元稱之為尊者，並有二銘，如非獸形尊，都無蓋，可知其非尊。因此，也許更能令人信服的是，所謂「尊」實為一組（兩件）櫺中的另一件。〈函皇父鼎銘〉（《集成》02745）云：「兩甗兩壺。」可知櫺以兩件為一組。當然，在找到原器前，以存疑為宜。

〔註3〕 查時下各類周易辭典，皆未收入「有攸」，而均據舊說定「攸」為助詞：「所」。不確。「由攸」、「有攸」後又作「由由」：「故由由然與之偕，而不自失焉。」（《孟子·公孫丑上》）或作「有由」：「資福有由歸。」（〈齊郡王元祐造像題記〉，《龍門二十品》十七，文物出版社，1983年10月第一版）「自得貌」當是「順利、滿意」的引申義。

〔註4〕 參閱陳初生：〈談談合書、重文、專名符號問題〉，《中山大學研究生學刊》（文科版）1981年2期。步雲案：裘錫圭以為重名兼合文號，讀為「䖵䖵犬」。說見前引。裘說不惟繁複，且完全無視甲骨之記載。銘文並無王賜的記述，若犬官鑄此王田禮器，似乎有僭越之嫌。

犬（也有從二犬者，例如〈南宮乎鐘銘〉，《集成》00181），後者從二犬。甲骨文中，常見王田於夔的記錄。例如：「戊子卜，王往田於夔？」（《鄴》3.36.3）筆者曾考證，夔即夔字初文，夔地即《書・西伯戡黎》的「耆」（別本作「黎」）〔註5〕。夔作為商王們常至的狩獵地，甲骨文中見於第一期（武丁期）：見《合》7（即《續》3.40.4）、8212、8213、8214、8215（即《前》8.47.2）、《懷特》1269，凡六例；第二期（祖庚、祖甲期），例見《合》23802（即《後》上13.3），一例；第三期（廩辛、康丁期），《合》29228即《後》下23.13、29229即《甲》1301、29230即《甲》1762、29231即《甲》2148、29232即《京津》4460、29235、29236即《甲》615、29237即《粹》927、29238、23239甲，凡十二例；第四期（武乙、文丁期），例見《合》32077（即《鄴》3.36.6）、33698、33547（即《粹》973）、《屯南》641、《懷特》337、475，凡六例。典籍中，則只見於帝辛：「（帝辛）四年，大蒐於黎。」（南朝宋・沈約注《竹書紀年》卷上頁三十三，景上海涵芬樓藏明天一閣本）據櫃文可知，櫃是「王」為「父丁」作的。那麼，「父丁」為康丁「王」為武乙無疑。因為，武丁父為陽甲、小乙、盤庚、小辛，應稱「父甲、父乙、父庚、父辛」；廩辛、康丁父為祖庚、祖甲，應稱「父庚、父甲」；帝辛父為帝乙，應稱「父乙」；當然也不可能是文丁，文丁父即武乙，應稱「父乙」。況且，史料並無文丁好田遊的記載。只是有《合》23802一例，則「父丁」也可能為祖庚、祖甲之稱武丁。不過，典籍並無祖庚、祖甲好田遊之記錄，那麼，此辭雖署有貞人「行」（下泐，是否為貞人亦有疑問），但據字形分析，也許竟是廩辛、康丁時物。而武乙，史書卻記得很清楚：「武乙獵河、渭之間，暴雷震死。」（《史記・殷本紀》，《竹書紀年》亦載，唯文字稍異）在這一點上，甲骨文和典籍頗為一致。

小屯南地有一卜辭可為上述論斷提供證據：「王其田延射𡊍，亡戈？徐、王。」（《屯南》1098）此辭出H24，出土編號394〔註6〕。即以「亡戈」辭例論，可斷為第四期卜辭。董作賓先生謂第四期卜辭不錄貞人〔註7〕。陳夢家

〔註5〕譚步雲：〈釋夔——兼說犬耕〉，《農史研究》第七輯，北京：農業出版社，1988年6月第一版。

〔註6〕姚孝遂、肖丁所作考釋，片號誤為1089，參看氏著：《小屯南地甲骨考釋》，北京：中華書局，1985年8月第1版，第150頁。

〔註7〕參看氏著：〈甲骨文斷代研究例〉，《慶祝蔡元培先生六十五歲論文集》（上冊），北平：中央研究院歷史語言研究所，1931年1月，第379頁。

先生也說：「武乙、文丁兩世的卜辭，很少有記卜人的。我們只找到一個卜人歷，他的字體似當屬武乙。」〔註8〕可能一時之誤。竊以為此期卜辭貞人或署於辭末。上引文例的「徐」即此期貞人。所謂徐、王，即言此辭乃徐與王共貞之。王出狩的田獵地𢆶即王作父丁方櫃的「瀼」，可能是此器的鑄造地〔註9〕。可見「王」為武乙無疑。

通過與甲骨文以及典籍的互證，應可相信王作父丁方櫃為武乙時器；同時，由於有了王作父丁方櫃，第四期署有鐅的甲骨也可確定為武乙期的標準片。

三、餘　論

鐅作地名，銅器銘文中僅見於王作父丁方櫃，其餘則多作鐘之修飾語，例如：

> 敢作文人大寶鐅龢鐘。（〈二式瘤鐘銘〉，《集成》00246）

> 瘤作鐅鐘。（〈四式瘤鐘銘〉，《集成》00257）

> 南宮乎作大簹鐅鐘。（〈南宮乎鐘銘〉，《集成》00181）

前面說過，筆者曾釋鐅為䣆，則作鐘銘的鐅當讀如「鵹」。䣆、黎、邌、鵹古本一字，典籍可證。例如：《書·西伯戡邌》之「邌」通作「黎」；《史記》見「䣆明」語（《呂后紀》），後世作「黎明」；《戰國策·秦策》：「……（蘇秦）形容枯槁，面目鵹黑，狀有愧色。」鵹本作黎。《墨子·備梯》：「（禽滑釐子）手足胼胝，面目鵹黑。」畢沅注云：「『黎』字俗寫，從黑。」《書·禹貢》：「厥土青黎。」黎當作鵹。顯然，䣆、黎、邌、鵹都源出鐅字。

因此，所謂鐅鐘，即鵹鐘，「鵹」用以指鐘的色澤。《爾雅·釋鳥》云：「倉庚，鵹黃也。」郭璞注曰：「其色鵹黑而黃，故名。」宋·司馬光《類篇》亦云：「鵹，憐題切，黑黃也。」（卷二十九）青銅鑄造的鐘正是這種黑中泛黃的顏色。所以《國語·周語（下）》說：「中之色也，故名之曰黃鐘。」蓋早期的鐘主體顏色偏黑，故稱「鵹」，後期的鐘主體顏色漸趨轉黃，故稱「黃」。銘文

〔註8〕參看氏著：《殷虛卜辭綜述》，北京：中華書局，1988年1月第1版，第202頁。
〔註9〕游離於記事銘文之外的專名，可能是鑄器地望或負責鑄造者。商代青銅銘刻多見這類文例。例如〈卸鬲銘〉（《集成》00741），為亞衞。又如〈作冊般甗銘〉（《集成》00944），為來冊。這兩個銘文均涉及王室事宜，而銘末都別署專名。〈王作父丁方櫃銘〉末署以「瀼」，情況類此。

典籍互相表裏。「大寶𤼈鯀鍾」，一言其形制，一言其價值，一言其色澤，一言其韻律，此鐘可謂極品了。青銅器名一般使用「尊」、「彝」等表明器皿的用途、造器目的等，有時也同時使用多個修飾語。例如：「用詐（作）大孟姬臐（勝）彝 👒」（〈蔡侯盤銘〉，《集成》10171）使用了「臐（勝）」和「彝」兩個修飾語修飾「 👒 」，分別標示造器目的及用途。又如：「工𧊲（吳）季生乍（作）其盨會盥。」（〈工𧊲（吳）季生匜銘〉，《集成》10212）使用了「盨」和「會」標示這件匜的用途及形制。

典籍中別有借「蠡」為「鯠」的用例，可為「彝」用如「鯠」提供旁證。《孟子・盡心下》云：「高子曰：『禹之聲尚文王之聲。』孟子曰：『何以言之？』曰：『以追蠡。』曰：『是奚足哉？城門之軌兩馬之力與？』」（卷十四）這段話很費解，歷代注疏都未能得其旨意。關鍵就是未能理解「追蠡」二字。其實，這裡的「蠡」可以讀為「鯠」，宋・司馬光《類篇》云：「蠡，又憐題切，瓢也。」（卷三十八）不過，本用以形容樂鐘色澤的「鯠」在此處指代「鐘」。而「追」則相當於「走」、「從」、「行」。「走鐘」、「從鐘」、「行鐘」是西周銅器銘文常語，毋庸例舉。解決了「追蠡」二字的訓解，這段話便豁然可解，大意是說：「高子說：『文王的樂律其實來自禹的樂律。』孟子就問：『為什麼這樣說呢？』高子回答說：『因為有追蠡這類形制的樂鐘在啊。』孟子反問道：『光有追蠡哪裏足夠呢？城門的軌跡難道僅是兩匹馬的足力造成的嗎？』」

雖說上述鐘銘中的「𤼈」讀如鯠絕無佶屈聱牙之感，但秦公及王姬編鐘諸器中的𤼈字卻不得讀作鯠。伍仕謙先生認為字從耒得聲，可讀為「戾」〔註10〕。是個進步，儘管筆者不完全同意伍先生對其形體的解釋。那麼，「𤼈（彝）」通作「戾」在語音上沒有任何問題，而其意義，也極為切合鐘銘。所謂「翼受明德，以康奠𤼈朕或（國），盜百蠻具即其服。」意思就是「領受上天的顯赫大德，從而使我國安全穩定，以讓諸蠻夷臣服。」「康」、「奠」、「𤼈（戾）」三詞為近義詞，都有安定的意義。這種修辭方法學界稱之為「同義連用」，在古漢語中很常見。

𤼈字，先前學者們多從宋人釋為「協」〔註11〕。宋人的考證僅從文義著眼，今天看來是不妥當的，因為：

〔註10〕參氏著：〈秦公鐘考釋〉，《四川大學學報》，1980 年 2 期。
〔註11〕于省吾：《甲骨文字釋林》，北京：中華書局，1979 年 6 月第一版，第 258 頁。步雲案：于說為大多數學者所接受。

1. 李零先生早已指出，甲骨文自有協字，不容與此字相混〔註12〕。確實，甲骨文協字作劦、叒等形（參看《甲骨文編》卷 13.11）。甲骨文云：「東方曰析，風曰叒。」（《京津》520）今本《山海經・北山經》則云：「北望雞號之山，其風如颲。」《說文》卷十三劦部引此作：「惟號之山，其風若劦。」猶存古意。《集韻》認為協與劦通。證之典籍，可信。《國語・鄭語》云：「虞幕能聽協風。」《國語・周語（上）》云：「瞽告有協風至。」可知叒、劦、協、颲，古今字也。劦字所從力與龖所從未迥異甚明，故不得再釋龖為協。

2. 若龖為協，地名無考，有悖商王，尤其是帝辛「大搜於黎」的史實。

結　語

據《懷米山房吉金圖》所載，父丁尊應重新定名為王作父丁方櫃，其製作時間為武乙在位期。王作父丁方櫃器蓋同銘，惟行款稍異。《小校經閣金文拓本》等著作多出的銘拓，極有可能屬一組櫃中的另一件器。櫃銘中的龖字為地名，即典籍所載邕地。鐘銘中的龖字一讀如「戾」，一讀如「黎」。「黎鐘」即典籍之「黃鐘」，後又借為樂律專名。

【附記】是稿承蒙憲通師披閱數過，多有教正。謹誌謝忱。

附一　王作父丁方櫃銘文摹本

蓋　銘　　　　　器　銘

〔註12〕 李零：〈春秋秦器試探──新出秦公鐘、鎛銘與過去著錄秦公鐘、簋銘的對讀〉，《考古》，1979 年 6 期。步雲按：李先生以為龖當讀為和諧之諧。文義可通，於字形卻有窒礙。

附二　本文主要徵引文獻及簡稱

1. 東漢・許慎撰：《說文解字》（大徐本），北京：中華書局，1963 年 12 月第 1 版。本文簡稱《說文》。

2. 中國社會科學院考古研究所（孫海波）：《甲骨文編》，北京：中華書局，1965 年 9 月第 1 版。本文甲骨著錄簡稱悉參是書。

3. 郭沫若主編，胡厚宣總編輯：《甲骨文合集》，北京：中華書局，1979 年 10 月 ～1982 年 10 月。本文簡稱《合》。

4. 中國社會科學院考古研究所編：《小屯南地甲骨》，北京：中華書局，1983 年 10 月第 1 版。本文簡稱《屯南》。

5. 容庚編著，張振林、馬國權摹補：《金文編》，北京：中華書局，1985 年 7 月第 1 版。

6. 中國社會科學院考古研究所編：《殷周金文集成》（修訂增補本），北京：中華書局，2007 年 4 月第 1 版。本文簡稱《集成》。

7. 劉雨、嚴志斌編著：《近出殷周金文集錄二編》，中華書局，2010 年 2 月第 1 版。本文簡稱《近出二》。

原載《中山大學研究生學刊》，1996 年 2 期，第 18～21 頁。又載曾憲通主編：《古文字與漢語史論集》，第 251～254 頁，廣州：中山大學出版社，2002 年 7 月第 1 版。

盨氏諸器▼字考釋：兼說「曾祖」原委

祖父之父，在中國傳世文獻（例如《爾雅》）中，稱為「曾祖王父」，後世省稱為「曾祖父」、「曾祖」、「曾父」等。這個稱謂，除了個別方言區域（例如粵方言區）有異稱外，迄今未有根本性改變。然而，出土文獻，諸如商之甲骨，周之鐘鼎，卻不見「曾祖王父」之類的稱謂。祖以上，恒見「高祖」稱謂。例如：甲骨文之「高祖夋」（《萃》1）、「高祖王亥」（《後》上 21.13）、「高祖乙」（《後》上 3.7），金文之「高祖」（〈史牆盤銘〉，《集成》10175）等。誠如董作賓先生所說：「此云高祖，皆泛稱遠祖。」〔註1〕

金文中又有「先祖」、「亞祖」的稱謂。「先祖」義近「高祖」，毋庸贅述。而「亞祖」，也不能與「曾祖」相對應（詳下）。

中國古代的宗法制度何等森嚴，祭祀禮儀何等隆重！顯然，商周兩代的出土文獻沒有「祖父之父」的稱謂是不可想像的。要不，這個稱謂尚埋在地下，未見天日。要不，殷周時人別有「曾祖」以外的稱謂。第一個推測似乎難以成立。甲骨十萬，有銘銅器也累萬，難道竟無一記載？很可能，殷周時人是別有「曾祖」以外的稱謂的。

在盨氏的一組器裏（參看本文圖一、圖二、圖三、圖四、圖五），其中三件：

〔註1〕參氏著：〈甲骨文斷代研究例‧稱謂〉，載《慶祝蔡元培先生六十五歲論文集》，中央研究院歷史語言研究所集刊外編，1935 年。

一鼎一卣一罍是為▼某祖某父某而作的。這份排列次序整然的稱謂表使我們認識到：▼當指「曾祖」。因為按照金文的慣例，這類追孝式的文辭，祖之上應泛稱「高祖」、「先祖」。如前所述，「高祖」、「先祖」的稱謂在甲骨文、金文中甚為常見，則知▼並非「高祖」或「先祖」。

　　▼當釋作「主」，亦即「宔」。《說文》云：「丶，有所絕止，丶而識之也。」（卷五丶部）又：「主，燈中火也。從里，象形，從丶，丶亦聲。」（卷五丶部）雖然《說文》於字形有所保留，但字義殆失之久矣。從我們現在掌握的資料看，丶、主、宔古今字。典籍有主無丶，例如「東道主」、「神主」（見《左傳》等）等均作「主」。古文字中，春秋以前材料不見「主」，戰國時期的盟書、竹簡才開始出現寫成「宔」的主字。以前，「宔」曾被釋為「宗」〔註2〕。但包山楚簡的出土，證明「宔」只能如《汗簡》、《古文四聲韻》一樣釋之為「主」，嚴格點兒，應作「宔」。因為《包山楚簡》云：「獻禱於宮地宔，一羖。」（202簡）「宮地宔，一豬。」（207簡）釋作「宗」似不確。《侯馬盟書》確有形體作「宗」、「宗」的宗字，但「宔」無論如何得與之分開而釋作「宔」。恒語「以事其宔」，宔讀作「宔（主）」無甚窒礙。況且，「以事其宔」的辭例中，「宔」無一例形體同「宗／宗（宗）」。後來溫縣盟書出土，挖掘者釋之為「宔」〔註3〕。筆者以為十分正確。延至漢，開始出現如《說文》所載的「主」了，例如漢璽印、銅器均見〔註4〕。《古文四聲韻》收了《古老子》中的「主」字，作主，與上舉諸例略同。可見宋人早就知道「宔」同「主」。換言之，主與宔乃古今字的關係。至於丶同主，則不僅僅基於兩者有相同的讀音，而且，我們可以清晰地看到彼此之間的演變軌跡。主與宔分明保留了丶作聲符，而象支座之形的里以及象宗宔之形的宀則成為衍生的義符。這是漢字通常的演變途徑。

　　《爾雅·釋親》云：「父之考為王父，……王父之考為曾祖王父……」其中，「王父」當作「祖王父」。同書《宗族》篇云：「祖，王父也。」又《禮·曲禮（上）》云：「祭王父曰皇祖考。」〔疏〕曰：「王父，祖父也。」然而，考察出

〔註2〕例如山西省文物工作委員會編：《侯馬盟書》，文物出版社，1976年12月第1版，見該書第314頁。

〔註3〕參看河南省文物研究所：〈河南溫縣東周盟誓遺址一號坎發掘簡報〉，《文物》，1983年3期。

〔註4〕參看羅福頤：《漢印文字徵》卷五，中華書局香港分局，1979年8月版，第9頁。又容庚：《金文續編》，（日本）中文出版社，1990年2月三版，第110頁。

土文獻，前賢的訓釋似乎有點兒問題。〈<ruby>嚳</ruby>鼎銘〉（《商周》02439）保存了一份很有參考價值的親屬稱謂：「朕皇高且（祖）師婁、亞且（祖）師夆、亞且（祖）師□、亞且（祖）師僕、王父師彪于（與）朕皇考師孝」。「王父」介乎「亞且（祖）」與「皇考」之間。從銘文的排序推測，三「亞且（祖）」可能是「高且（祖）」的幾位弟弟。那麼，「王父」似乎是高祖父以下的稱謂，而不能確定為祖父，除非「亞且（祖）」是曾祖。楚簡云：「□禱之於五祼（世）王父王母」（《秦》99・10）〔註5〕又漢簡云：「王父母范王父母，……」〔註6〕可見「王父王母」只是先祖泛稱，而非特指祖父。與「主干支」的情況相類似。「王」當是「主」之訛。隸變後的「王」、「主」二字字形相近毋庸細說。而古文字中，「王」與「主」也極易相混。王，《包山楚簡》作<ruby>王</ruby>，與<ruby>令</ruby>所從<ruby>王</ruby>，筆劃相同，僅一作點上，一作橫下耳。再舉稍後的馬王堆古隸為例，主、王容易混淆的情況更顯而易見（參看本文圖六）〔註7〕。漢印中，有「主父」複姓，《史記・列傳五》有名為「主父偃」者，這都可以為「主父」誤作「王父」增一旁證。「主父」以為姓，如同取「祖」、「子」、「孫」等親屬稱謂為姓的情形相類。筆者以為，「主」之所以誤作「王」，一方面固然因為彼此形近，另一方面則因為王字有強烈的正面意義，易於為人們接受。當然還存在另一種可能：後世出於避諱等原因刻意變換其字形。陳垣先生述之甚詳〔註8〕，或改字形，或缺筆劃，或因音而變，或訛作他字，林林種種，不一而足。讀者可參。

現在我們回過頭來討論「主天干」的問題。除了<ruby>盨</ruby>氏諸器所見▼後接天干外，尚有其他類似的銘文文例，例如「♣丁且（祖）乙」（參看本文圖七）；又如「▼甲」（參看本文圖八）、「▮庚」（參看本文圖九）〔註9〕。顯然，「主（＋天干）」是那個時代流行的對「曾祖」的稱謂，而「曾祖」的稱謂在商、周兩代並不存在。稍後，「主」改稱為「主祖」（尊銘，參看本文圖十），主的字形

〔註5〕見滕壬生：《楚系簡帛文字編（增訂本）》，湖北教育出版社，2008年10月第1版，第36頁所引。

〔註6〕南京博物館：〈江蘇盱眙東陽漢墓〉，《考古》，1979年5期。

〔註7〕參看李正光：《馬王堆漢墓帛書竹簡》，湖南美術出版社，1988年2月第1版，第9、135頁。又陳松長：《馬王堆簡帛文字編》，文物出版社，2001年6月第1版，第9、203頁。

〔註8〕參看氏著：《史諱舉例》，上海書店出版社，1997年6月第一版。

〔註9〕吳榮光云：「▮者，父之省。或釋作主。」（《筠清館金文》卷一，清道光二十二年南海吳氏筠清館刊本），第16頁。步雲案：釋主可從。

也發生了變化，變得接近後起之主字了。「主祖」較之「主」當然更為嚴謹。本來，親屬稱謂是不大容易發生訛變的，但曾祖的情況有所不同。上古人壽命極短，以新石器晚期為例，大部分人在 35～50 歲之間死去。延至商代，情況大致無顯著改變。假設以二十年為一世，重（曾）孫可以稱呼「曾祖」時，「曾祖」殆已不在世。因此，「主」當即「宔」，只是被視為供奉祭祀的「神主（宔）」。當實際生活中需要「曾祖」之類的稱謂時，便於「主」前冠以「祖」和「曾祖」別之，只是有所訛誤而已。後世的省稱，使我們頗為困難尋求「曾祖」的源流，而只能求諸古文字了。可以這樣說，「主」是特殊環境下的特殊產物，在它產生前，以「高祖」、「先祖」等泛稱之，在它產生的千年之後，則以「曾祖」代之。「主」恰恰填補了「高祖」、「先祖」和「曾祖」之間的空隙，而這個階段，正是「曾祖」們僥倖在世的時期。筆者大膽揣測：「主祖」後當存在過「主祖父」、「主曾祖父」之類的稱謂。囿於材料的限制，姑妄言之，以俟將來。

　　前輩學者把盠氏諸器確定為殷商時物，結合主庚爵等器觀之，甚確。則殷商時，「曾祖」一稱即以「主」為之。其歷史相當悠久。那麼，殷墟甲骨文中是否有「主」的稱謂呢？《甲骨文編》附錄上 122 有一字作 Δ，形體略同於主庚爵之 ▮。鑴有 Δ 字的卜辭凡六見，多已殘，只有《戩》1.9 一辭完整可讀：「丙辰卜，Δ丁，羊，亡？」Δ 後繫天干，則 Δ 也當讀作「主」。結合其他斷代標準觀之，此辭當屬四期物。則「主丁」殆武乙之稱武丁。這又為「稱謂」一項斷代標準添一實例。

　　現在，我們可以擬構一份主字字形演變圖了：

　　不過，恐怕還得花點兒筆墨解說一下主字的字形。主字象神主之形，這是主字本義的由來，許君的解說不足為訓。《周禮·春官宗伯（下）》云：「（司巫）祭祀，則共匰主及道布及蒩館。」又《公羊傳·文公三年》：「虞主用桑，

練主用栗。」此皆「主」用如本字之證。殷墟後崗殷墓出有所謂「玉質柄形器」〔註10〕，上書「且（祖）甲」、「且（祖）丙」等先祖廟號。劉釗以為這些器物就是「神主」〔註11〕。其形與▮字頗為接近。若劉說可信，則足以證實▮是神主的摹形。

結 語

盠氏諸器之▼，當如主庚爵之▮而釋為「主」。「主」相當於後世之「曾祖」。原是神宝的「主」，後來才用為現實生活的稱謂。《爾雅・釋親》的「祖王父」、「曾祖王父」當是「祖主父」「曾祖主父」的訛誤。當然也有可能出於避諱而改作。「祖王父」、「曾祖王父」省稱作「祖父」、「曾祖父」，便是今日「祖父」、「曾祖父」的由來。

▼，別釋為「示」〔註12〕。根據甲骨文所載「示壬」、「示癸」，則「▼己」讀為「示己」亦通。不過，甲骨文「示」與金文「▼」在形體上存在較大差異。甲骨文一般作Ｔ（《甲》282）、Ｔ（《乙》972 反）等形。而銅器銘文迄今未見「示」字，它只見於合體字中，例如祝（卣文，《集成》05412），與小篆略近。於是，有的學者把Ｔ（卣文，《集成》04797）視為「示」的初文〔註13〕。「Ｔ」與「▼」有幾分相似，釋讀為「示」顯然不無道理。這恰恰表明了「主」、「示」二字可能存在某種尚待探索的關係。我們注意到，甲骨文「示」也作Ｔ（《寧滬》1.122 即《合》28268、《鄴》三下 41.12 即《合》27087，參看《甲骨文編》卷一・三）形，也與前文所引Δ以及後世字形相近，似乎應釋為「主」的別體〔註14〕。二者這種錯綜複雜的關係，筆者擬另文探討，這裡不再涉及。筆者以為，「示天干」殆用於遠指（甲骨文所謂「大示」、「小示」即此），而「主天干」殆用於近指。前者寬泛，後者具體，二者並行不悖。

〔註10〕中國社會科學院考古研究所安陽隊：〈1991 年後崗殷墓的發掘〉，《考古》，1993 年 10 期。

〔註11〕劉釗：〈安陽後崗殷墓所出「柄形飾」用途考〉，《考古》，1995 年 7 期。

〔註12〕例如《集成》釋文。

〔註13〕例如《集成》釋文。

〔註14〕寧滬 1.122（《合》28268）：「其□御示壬示癸叀牛？」鄴三下 41.12（《合》27087）：「……眔年於示壬叀……」可見Ｔ確可視為「示」別體。那麼，釋作「主」則有討論的必要。

本文參考文獻及簡稱

1. 許慎撰：《說文解字》，北京：中華書局，1963 年 12 月第 1 版。本文簡稱《說文》。

2. 中國科學院考古研究所編輯：《甲骨文編》，北京：中華書局，1965 年 9 月第 1 版。涉及甲骨著錄的簡稱參此書「引書簡稱表」。

3. 羅振玉編：《三代吉金文存》，北京：中華書局，1983 年 12 月第 1 版。本文簡稱《三代》。

4. 吳鎮烽編著：《陝西金文匯編》，西安：三秦出版社，1989 年 8 月第 1 版。本文簡稱《陝匯》。

5. 中國社會科學院考古研究所編：《殷周金文集成》（修訂增補本），北京：中華書局，2007 年 4 月第 1 版。本文簡稱《集成》。

6. 吳鎮烽編著：《商周青銅器銘文暨圖像集成》，上海：上海古籍出版社，2012 年 9 月第 1 版。本文簡稱《商周》。

附　圖

圖一　鼎銘（《三代》3.17.1 即《集成》02368）　　　圖二　卣銘（器蓋同銘，《三代》13.22.5 即《集成》05265）

圖三　鼎銘（《三代》2.46.4 即
　　　《集成》01996）　　　圖四　鼎銘（《三代》2.16.1 即
　　　　　　　　　　　　　　　　　《集成》01344）

圖五　罍銘（《商周》13811）　　　圖六　馬王堆古隸書：王和主

商周13811

圖七　爵銘（《集成》08837）　　　圖八　爵銘（《三代》15.25.3
　　　　　　　　　　　　　　　　　即《集成》07999）

圖九　爵銘（《筠清館金文》
　　　1.16 即《集成》08047）

圖十　尊銘（《陝匯》545 即
　　　《集成》05602）

　　原載《容庚先生百年誕辰紀念文集》，廣東人民出版社，1998 年 4 月第 1
版，第 438～443 頁。

商代銅器銘文釋讀的若干問題

商代銅器銘文差不多佔了先秦銅器銘文總數的一半，據社科院考古所所編《殷周金文集成》（編號凡 12113，減去若干器類之間的空號，實際收錄器銘總數 11983 件）一書統計〔註1〕，商代銅器銘文凡 4372 件（未計入疑似之間者）。這數目龐大的商代金文，迄今為止仍沒有作全面的、系統的研究。筆者不才，有幸參加陳師煒湛教授主持的「211 工程九五期間建設項目・甲骨文與商代銅器銘文比較研究」，總算花上兩年時間研習過這批材料。本文就商代銅器銘文釋讀上的若干問題，略陳陋見，以祈方家教我。

一、商代銅器銘文的行款

銅器銘文的行款通常被學者們歸納為四種類型〔註2〕：1. 直書左行；2. 直書右行；3.混行；4.環行。通觀商代銅器銘文的行款，遠較此複雜，除了直書左行、直書右行外，還有以下幾種行款：

（一）直書逆行。所謂逆行，是指直書款識須自下而上讀之。例如圖一，應讀為「父壬」（《集成》01272）〔註3〕。這是由中國古代的稱謂制度所決定了

〔註1〕 《殷周金文集成》，社科院考古所編，北京：中華書局，1984 年 8 月～1994 年 12 月第一版。本文中除特別注明者外，所有銘文文例均出自此書，行文略作《集成》，不另注。

〔註2〕 例如陳師煒湛、唐鈺明：《古文字學綱要》，廣州：中山大學出版社，1988 年 1 月第一版，第 107～108 頁。

〔註3〕 《殷周金文集成》或作「親屬稱謂＋天干」，或作「天干＋親屬稱謂」。當以前讀為是。關於這個問題，邢公畹和裘錫圭以為屬「大名冠小名」構詞法。參邢公畹：〈漢

的（詳參本文二、商人先祖的稱謂問題）。此外，殷墟甲骨文中，一段骨頭上的數條卜辭通常是按占卜時間的先後由下往上契刻的。這似乎也暗示了商人在排列文字方面有著奇特的習慣。最有力的證據是《花東》37 上的一段卜辭：「癸酉卜，叀勿牛歲且甲，用？」「且甲」縱向刻為「甲且」。這類銘文凡 22 例，與常例總數（凡 1174 例）之比約 1：59。最典型的例子是《集成》04948 卣銘，「父丁」一作 🔲，一作 🔲。後者就是直書逆行。又如圖二，應作「亞𨑋乍（作）父乙」（《集成》09000），《集成》09001、09002 二爵銘亦當如是。「亞𨑋」通常作 🔲（《集成》00380、00413 等）。再如《集成》05145 卣銘，器銘的「父己」作 🔲，單列橫書；而蓋銘的「且（祖）己」則作 🔲，單列直書逆行。

　　（二）橫書。如同甲骨文，商代銅器銘文也有橫書者，或自右而左行，或自左而右行。就筆者目及，橫書者多是單列，多列較罕見。圖三就是典型的橫書多列例，自左而右行，凡二列，讀為「戈作寶彝」〔註4〕。

　　（三）環行。商代銅器銘文沒有環狀的環行行款（環狀環行行款多見於春秋戰國時的鬲、豆諸器），但是，卻有多列直書的環行者。例如圖四，銘文左起自上而下然後自下而上走向，讀為「父丁母寧」（《集成》01851）。這篇銘文似乎也可以右起自下而上然後自上而下走向，讀為「母寧父丁」，也是環行。這種行款也見於後世的銅器銘文，例如《越王州句劍》之二之三之四，「自乍（作）用僉（劍）」四字也呈迴環反覆狀〔註5〕。這不能不說是前代的影響。

　　（四）直書橫書屢雜（或稱「混行」）。即：銘文大體直書，最後若干文字橫書。例如圖五，直書二行，行末二字自右而左橫書，讀為「癸巳王易（賜）小臣邑貝十朋用乍（作）母癸尊彝佳（唯）王六祀乡（肜）日才（在）四月。亞𨑋。」（《集成》09249）亞𨑋，商金文恒見，或合文（如前文所述），或分書。

　　（五）混行。與一般的混行不同，商代銅器銘文有忽外忽內、忽左忽右、忽上忽下而行者。不審內容，不察文意，完全不能通讀。例如圖六，整篇銘文置於「亞」字內，行款先外後內，然後縱向自上而下，橫向自右而左，應讀為

　　　　台語構詞法的一個比較研究〉，《邢公畹語言學論文集》，北京：商務印書館，2000
　　　　年 2 月第一版；裘錫圭：《古代文史研究新探》，南京：江蘇古籍出版社，1992 年 6
　　　　月第一版，第 164～165 頁。
〔註4〕 鄭均生、唐先華：〈湖南衡陽發現商代銅卣〉，《文物》，2000 年 10 期。
〔註5〕 參施謝捷：《吳越文字彙編》，南京：江蘇教育出版社，1998 年 8 月第一版，第 459
　　　　～461 頁。

「亞受祔丁若癸自乙止乙。」(《集成》02400、02402，同銘尚有 03713、05937、05938、09886、09887 諸器，行款不盡相同，堪稱混行典型）〔註6〕商金文有「亞受祔」(《集成》01740）三字分書者（參看圖七），可知二者當同組。「亞受祔」可能是縮略語（參看本文三、商金文的簡省現象）。

二、商人的稱謂問題

（一）親屬稱謂和專名的組合形式

有商一代的親屬稱謂，見於甲骨文和銅器銘文的有：高祖、主〔註7〕、祖、妣、父、母、妻、姜、婦、兄、女、子等。學術界通常認為：專名應附於親屬稱謂之後。例如：「婦好」、「子漁」等等。這是基於中國傳世文獻的記載。例如：「母某」(《禮記·內則》)、「兄戴」(《孟子·滕文公下》)、「子昭明」(《史記·殷本紀》)，等等。雖然類似的例證並非俯拾皆是，但是，「親屬稱謂＋專名」似乎是古已有之的慣例。如果我們承認這一點，那麼，不管銘文的行款如何，以下的這類銘文似乎就得改讀：例如「龏子」(《集成》03078)、「魚母」(《集成》06876～06877）等。因為我們確實能找到相關的證據：「子龏」(《集成》01306～01308、05543)、「母魚」(《集成》04851)。前者可以視為直書逆行形式。而從商代銅器銘文自身的情況分析，也可以證明這一點。因為橫書行款既能自左而右觀之，也能自右而左觀之，故可以忽略不計，而考察自上而下的直書者，「親屬稱謂＋專名」的數量占絕對優勢。顯然，即便「直書逆行」一說不成立，「親屬稱謂＋專名」仍然是大多數商人所認可的組合方式。也許，「親屬稱謂＋專名」正處於約定俗成的最後階段。

〔註6〕張亞初分別讀為「亞若癸受丁旅乙沚自」、「亞旅止乙受若癸自」、「亞受旅乙沚若癸自乙」或「亞若癸乙自受丁旅沚」，參氏著：《殷周金文集成引得》，北京：中華書局，2001 年 7 月第一版，第 64、113、148 頁。張桂光則讀為「亞若受乙、癸自，乙、丁旅」，參氏著：〈「亞若癸鼎」及相類銘文試釋〉，王宇信等主編：《紀念王懿榮發現甲骨文 110 週年國際學術研討會論文集》，北京：社會科學文獻出版社，2009 年 8 月第一版，第 117～121 頁。受行款影響而異讀。步雲按：早在宋人的著錄中，屬這組器的銘文的釋讀就因人而殊異。例如薛尚功《歷代鐘鼎彝器款識》(頁 24)和王俅的《嘯堂集古錄》(二·一)就是這樣。

〔註7〕關於「主「這麼個稱謂，請參閱譚步雲：〈盤氏諸器▼字考釋：兼說「曾祖」原委〉一文，《容庚先生百年誕辰紀念文集》，廣州：廣東人民出版社，1998 年 4 月第一版。

（二）天干和親屬稱謂、專名的組合形式

我們知道，商人以十天干作廟號，在傳世典籍中，例如《史記·殷本紀》，其組合形式是這樣的：1. 親屬稱謂＋天干。例如「主壬」、「主癸」等。2. 專名或美稱＋天干。例如「天乙」、「河亶甲」、「太丁」、「武乙」等等。3. 帝＋天干。例如「帝乙」、「帝辛」等等。在殷墟甲骨文中，通常有三種形式：1. 在祖、妣、父、母、妻、妾、婦等稱謂後繫以甲乙丙丁戊巳庚辛壬癸，諸如祖甲、妣乙、父丙、母丁之類。2. 在專名（或美稱）後繫天干，例如「武丁」、「報丁」等。3. 在祖甲、妣乙、父丙、母丁之類的廟號前冠以專名（或美稱），例如「康祖丁」等，以此分辨若干的「祖丁」（「王亥」是個例外，似乎是身份名稱＋地支）。就組合的成分而言，傳世典籍和殷墟甲骨文有所不同，但有一點卻是一致的：天干必位於與之組合的成分後。

然而，如果僅著眼於行款，則商代銅器銘文即有異於典籍和甲骨文者。譬如，「直書逆行」一說不能為學界所接受，那麼，商人很可能或稱「父丁」，或稱「丁父」，兩者並無差異，而在傳世典籍和殷墟甲骨文中出現的組合形式的釋讀也就有重新檢討的必要了。

商代的銅器銘文，「天干＋專名」的形式在數量上雖不佔優勢，卻並不鮮見，例如「己䝵」（《集成》04829～04830）、「乙戈」（《集成》06823）、「乙冊」（《集成》06827）、「己冊」（《集成》03088）等。由於同時見「䝵己」（《集成》04831）、「戈乙」（《集成》06825）、「冊乙」（《集成》06828）、「冊己」（《集成》04833），所以「天干＋專名」的銘文應當改讀為「專名＋天干」，而不必囿於行款而作「天干＋專名」。換言之，在商代銅器銘文中，確實存在「直書逆行」行款。與此相應地，「親屬稱謂＋天干＋專名」的銘文也應該改成「專名＋親屬稱謂＋天干」。例如，「父乙孟」（《集成》07099）應作「孟父乙」，「父丁史」（《集成》07106）應作「史父丁」，等等。不過，甲骨文中，專名有置於「親屬稱謂（或美稱）＋天干」之後的例子，例如「大乙唐」。實在使我們躊躇。雖然如此，筆者認為，甲骨文的「大乙唐」也許應改為「唐大乙」。理由很簡單，甲骨文「專名（或修飾語）＋親屬稱謂（或美稱）＋天干」的形式（凡八例：「高祖乙」、「中宗祖乙」、「小祖乙」、「康祖丁」、「后祖乙」、「文武丁」、「毓祖丁」、「武祖乙」。文獻一例：「河亶甲」）多於「親屬稱謂（或美稱）＋

天干＋專名」(止一例:「大乙唐」)的形式。而在商金文中，也有證據表明「專名（或修飾語）＋親屬稱謂（或美稱）＋天干」的形式是通例。例如:「用乍毓且丁尊。」(《集成》05396)又如:「中子乍(作)𩰫引乍(作)文父丁尊彝。」(《集成》09298)再如:「用乍(作)文嫊己寶彝。」(《集成》09301)

這裡有必要申明一點：商代銅器銘文崇尚簡約，有時作器者和為之作器者之間省去「乍(作)」字，則與「專名＋親屬稱謂＋天干」形式相同。例如：「汱父乙彝㮚冊。」(《集成》09566)「汱父乙」其實是「汱〔乍(作)〕父乙」的簡省。試比較:「汱乍(作)父乙尊㮚冊。」(《集成》09421)又如:「小子父己」(《集成》01874)可以看作「小子〔乍(作)〕父己〔尊彝〕」的簡略。試比較:「小子乍(作)父己」(《集成》02015、02016)可見這兩類銘文是必須嚴格區分開來的。

(三)「亞」、「后(司)」和親屬稱謂、專名、天干的組合形式

在商代,「亞」、「后(司)」通常是身份的專稱，例如「多亞」、「毓(后)祖丁」等。「亞」，學界通常認為屬「與王族聯姻之族」〔註8〕;「后(司)」則比較特殊，一方面屬王室成員，另一方面卻與王室沒有血緣關係〔註9〕。因此，在商代銅器銘文中就有「亞」、「后(司)」與親屬稱謂、專名結合的形式。

首先討論「亞」。「亞」在古漢語中有「次」的意義，例如，范增被稱為「亞父」(《史記·項羽本紀》)。又如:「諸葛亮，蕭、管之亞。」(《三國志·蜀志》)這個意義，很可能源自商語言的「亞」。商代金文就有「亞父」的稱謂，儘管此「亞父」與彼「亞父」不盡相同。例如:「亞父」(《集成》11747～11749)。「亞父」後也可以附以專名。例如:「亞父畀」(《集成》08776)、「亞父皿」(《集成》08775)。「亞」在兩字或以上的商代銅器銘文中，多為合文，部分則是分書。倘若根據傳世典籍的記載,「亞」作修飾語必定位於詞組之首。然而，就商金文的行款觀之,「亞」的存在形式有幾種：1. 整篇銘文置於亞字內。2.

〔註 8〕參方述鑫、林小安、常正光、彭裕商:《甲骨金文字典》，成都：巴蜀書社，1993 年 11 月第一版，第 1142～1144 頁。

〔註 9〕關於這個問題，學術界尚存爭議，或認為商代血緣通婚，或認為商代非血緣通婚。筆者取後說。參丁山:《甲骨文所見氏族及其制度》，北京：科學出版社，1956 年 9 月第一版，第 56 頁；張光直:《中國青銅時代·談王亥與伊尹的祭日並再論殷商王制》，北京：生活讀書新知三聯書店，1983 年 9 月第一版；宋鎮豪:《夏商社會生活史》，北京：中國社會科學出版社，1994 年 9 月第一版，第 141～145 頁。

親屬稱謂、專名、廟號或官稱置於亞字內。3. 亞字獨立於銘文之外。也就是通常位於整篇銘文之前或後。4. 親屬稱謂、專名、官稱或廟號位於亞字之前或後。那麼，是不是商人在「亞」字的使用上和後世不一樣呢？例如形式 1，「亞」該怎樣讀呢？這個形式，甚至有人認為「亞」只是裝飾，沒有具體意義〔註10〕。我們還是從銘文本身尋找答案吧。商金文中，有一組器銘，最長的 10 字，最短的 3 字，都署有「亞」，「亞」與其他文字或合文，或分書（參看圖五圖六），可見「亞」並非裝飾，而是具有一定意義的。至於其確切的意義，則還可以進一步研究。與上舉銘文相關的還有另一器：亞若癸戈（《集成》11114）。這把戈的正反面均鑄有文字，正面為「亞斿止乙」，反面為「亞若癸」，所有文字都置於「亞」內。這個例子太重要了，它告訴我們：這種形式的銘文，「亞」是共稱，「亞」內所有的親屬稱謂、專名或廟號都應冠上「亞」！例如圖六，嚴格上應釋為「亞受斿丁、亞若癸、亞自乙、亞止乙」。只是因為所有的親屬稱謂、專名、廟號或官稱為「亞」所包圍，就不必在每一個親屬稱謂、專名、廟號或官稱之前都標上「亞」了。在方寸之地這樣處理銘文，實在是很經濟的。從語法上考慮，我們可以視之為定語的省略。至於親屬稱謂（或專名、廟號、官稱）位於亞字之前或後的銘文，則應遵循「亞＋親屬稱謂（或專名、廟號、官稱）」的規則，而不必囿於其行款。例如直書行款的「女亞」（《集成》09177）、「攀亞」（《集成》10842）、「夅亞」（《集成》06985）、「耳亞」（《集成》06987）均應讀為「亞女」、「亞攀」、「亞夅」、「亞耳」。

「后」，原篆形體如「司」，所以學者們通常讀為「司」。張桂光教授釋為帝后的「后」〔註11〕。筆者認為是正確的，只是在銘文的序次上有不同意見。在中國古代的記述中，等同於「王」、「帝」的「后」，它的後面也可以綴上專名，例如「后稷」、「夏后開」、「后羿」、「后少康」，等等。而用如「帝妃」的「后」相信也是如此，雖然我們目前還難以徵諸先秦的文獻。不過，如前所

〔註10〕李日、郭春香：〈青銅器上的「亞」字考〉，《古漢語研究》，2000 年 1 期，第 86～90 頁。

〔註11〕張桂光：〈母后戊方鼎及其他〉，《華南師範大學學報》，1985 年 3 期。步雲按：董作賓很早就把「司」讀為「后」，也就是「帝后」的「后」（見金祥恒：〈釋后〉一文所引，原載《中國文字》第十冊，1962 年 12 月。又載《甲骨文獻集成》第十二冊，第 90～95 頁）。徐中舒先生主編的《殷周金文集錄》，成都：四川辭書出版社，1984 年 2 月第一版，第 6 頁，也徑作「后」。

述，專名、美稱或表示身份的名稱應置於「親屬稱謂＋天干」前。那麼，張教授讀為「母后戊」的銘文似乎宜改成「后母戊」。與此相關，「司母辛」（《集成》09280～09281、10345）應作「后母辛」；「司礜母」（《集成》00825、08743～08751、09222～09223、10346）應作「后礜母」。尤其是後者，其實是「后礜母癸」的省略〔註12〕。在殷墟甲骨文中，似乎雜用「毓」和「后（司）」以表達「帝妃」這麼個概念。例如「毓妣」（《甲骨文合集》23326）、「多毓」（《甲骨文合集》35421）、「后癸」（《甲骨文合集》21804）、「后母」（《甲骨文合集》21805），等〔註13〕。

三、商金文的簡省現象

商金文文字簡約，大多數的銘文僅一字到數字不等。一方面實在是受文體形式的制約（即所謂的「自名體」，商金文多屬此類），另一方面則是商人崇尚簡約，屢屢略去在他們看來並不太重要的文字。總括說來，商代金文的簡省，大致有三類：（一）專名的縮略。（二）日名的簡省。（三）句子成分的省略。以下分別舉例說明。

（一）專名的縮略

這裡只舉出於殷墟婦好墓的銅器銘文為例以說明之。

「婦好」（《集成》00793～00794、01320～01339、05535～05537、06847～06856、06860～06864、08122～08131、09178～09181、09260～09261、09333～09335、09486～09487、09781～09782、09861～09864、09916～09923、09952～09953、09985、10028、10394）或簡稱「婦」（《集成》02923、06857～06859、06866），或簡稱「好」（《集成》00761～00763、00999、02923、10301）。

「子礜」（《集成》05540～05541、06891～06893、09224）或簡稱「礜」（《集成》06773～06777、08284～08292）〔註14〕。

〔註12〕《殷周金文集成》或作「司礜母」（《集成》00825、08743～08751、09222～09223、09510～09511、10346），3 字；或作「司嬃」（《集成》05538～05539、06880～06889），2 字。而附以天干者則作「司嬃癸」（《集成》05680～05681）。並不一致。徐中舒先生主編的《殷周金文集錄》（成都：四川辭書出版社，1984 年 2 月第一版，第 6 頁）一書則作「后礜母」。應該說後者是正確的。

〔註13〕《甲骨文合集》，郭沫若主編、胡厚宣總編輯，（北京）中華書局，1979 年 10 月～1982 年 10 月。

〔註14〕《殷周金文集成》一書或釋為「子礜」（《集成》05540～05541、06891～06893），作

　　這些例子至少給我們兩點啟示：一是全稱仍占多數，縮略只占少數；二是也許為數不少的商代銅器銘文都存在使用縮略語的現象。例如：「冊冄」（《集成》01381～01384）可能被縮略為「冊」（例繁，略）或「冄」（《集成》06682）。因此，商金文的單字銘中，可能有許多為縮略。

　　當然，我們不能排除異代同名的可能性。因此，除非確定為同組銅器，否則，斷定專名的縮略必須非常小心。

（二）廟號中「日」的省略

　　「親屬稱謂（或專名）＋天干」這麼個形式的「廟號」，無論是殷墟甲骨文還是商代的銅器銘文，都相當常見。例如「祖甲」、「父乙」、「兄丙」、「母甲」、「妣乙」之類。但是，有證據表明，這樣的形式是不完整的。完整的形式應當是這樣的：親屬稱謂（或專名）＋日＋天干。例如：

（1）大兄日乙、兄日戊、兄日壬、兄日癸、兄日癸、兄日丙。（《集成》11392）

（2）大且（祖）日己、且（祖）日丁、且（祖）日乙、且（祖）日庚、且（祖）日丁、且（祖）日己、且（祖）日己。（《集成》11401）

（3）且（祖）日乙、大父日癸、大父日癸、中父日癸、父日癸、父日辛、父日辛、父日己。（《集成》11403）

（4）亞登兄日庚。（《集成》07271）

（5）用〔乍（作）〕辟日乙尊彝。（《集成》07312）

（6）乍（作）文姑日癸尊彝。（《集成》02403）

（7）戈厚乍（作）兄日辛寶彝。（《集成》03665）

（8）剌乍兄日辛尊彝。（《集成》05338）

（9）冠乍兄日壬寶尊彝。（《集成》05339）

（10）婦闌乍（作）文姑日癸尊彝。（《集成》05349、05350）

（11）雠乍文父日丁寶尊旅彝。（《集成》05362）

（12）冠兄日壬。（《集成》06429）

　　2字，或釋為「子束泉」（《集成》09224），作3字。縮略則或作「纍」（《集成》06773～06777、08284～08292），或作「束泉」（《集成》08284~08292）。並不統一。其實「纍」、「束泉」同一字，本文采前釋。

（13）子达乍（作）兄日辛彝。（《集成》06485）

雖然這麼些例子相對於「親屬稱謂（或專名）＋天干」形式的數量微不足道，但是，卻給我們提供了有益的啟示：「親屬稱謂（或專名）＋天干」是「親屬稱謂（或專名）＋日＋天干」的省略形式，後者的歷史更為久遠；現在我們看到的「親屬稱謂（或專名）＋日＋天干」的形式，要不早於殷墟甲骨文時代，要不屬仿古之作。

在殷墟甲骨文中，沒有「親屬稱謂（或專名）＋日＋天干」形式。很可能，這個形式已經給省略成「親屬稱謂（或專名）＋天干」了。不過，殷墟甲骨文卻有「親屬稱謂（或專名）＋天干＋日」的形式。數量不太多，只有 37 例。這種形式是不是「親屬稱謂（或專名）＋日＋天干」的變體呢？筆者曾經推測：這只是時間的表達方式之一，其性質相當於用以記時的干支〔註15〕。現在看來，當時的推測還是正確的。「親屬稱謂（或專名）＋天干＋日」和「親屬稱謂（或專名）＋日＋天干」應該沒有關係。

「親屬稱謂（或專名）＋日＋天干」的形式很有生命力，西周的銅器銘文中仍見其蹤影。例如：「且（祖）日庚」（〈且（祖）日庚殷銘〉，《集成》03991、03992）、「文母日庚」（〈玅殷銘〉，《集成》04322）、「皇且（祖）日丁、皇考日癸」（〈中辛父殷銘〉，《集成》04114）等。這些，可以看作古之孑遺。

（三）句子成分的省略

如同後世的文獻一樣，商代銅器銘文常見的句子成分的省略是主語和賓語的省略。茲不舉例。這裡要討論的是謂語、定語後中心語和定語的省略。

在傳世文獻中，一個句子的謂語通常是不能省略的。但是，在商代銅器銘文中，謂語「乍（作）」常常被省去。這個問題我們已經在第二節（二）中討論過了。當然，迄今為止還沒有發現除「乍（作）」外的謂語省略形式。

中心語的省略。在商代銅器銘文中，定語後的中心語常常被省去。例如：「疌彈欽乍（作）父丙。」（《集成》02118）「父丙」後省去了「尊彝」之類的中心語。又如：「亞眞氏膏乍（作）母癸。」（《集成》02262）「母癸」後也省去了「尊彝」之類的中心語。中心語的省略，目前只發現上述的一種形式。

〔註15〕譚步雲：《甲骨文時間狀語的斷代研究：兼論〈甲骨文合集〉第七冊的甲骨文時代》，廣州中山大學碩士研究生論文，1988 年自印本，第 40～43 頁。

　　定語的省略，商代銅器銘文中很常見。例如：「爻癸婦戠乍（作）彝」（《集成》02139）又如：「用乍（作）尊彝」（《集成》02425）「（尊）彝」前省去了定語──為之作器者。商代銅器銘文還有另一種定語的省略形式，就是若干中心語共享一個定語。最典型的要數「亞」的共享了。這個問題，筆者也已在上一節討論過了，這裡就不再囉嗦。這種形式，可以看作古漢語中「共用」修辭手法的濫觴。

　　總之，商代銅器銘文的簡略現象是個不爭的事實。其中許多具體的用例還有待進一步考察。

四、圖形符號的再認識

　　商代銅器銘文有所謂「圖形符號」者。言下之意，這類符號殆非文字。這個問題實際上涉及文字的起源、性質等重大研究，本文受論題所限，不能深入探討。不過，通過進行同類「圖形符號」的比較，這類符號中其實有相當部分是可以被界定為文字的。很明顯，這些用如人名的「圖形符號」，如同「子漁」的「漁」、「侯虎」的「虎」等非常象形的字一樣，是文字而不是別的什麼。如果我們否定它們是文字的話，就意味著否定一大批只用作人名的符號為文字。這裡且舉若干例子以作說明。例如所謂的「析子孫」圖形，宋人釋為「舉」。近年曾師憲通教授釋為「虞」〔註16〕。可從。「虞」在商代的銅器銘文中多呈孤立狀態：或一銘僅署一符，或游離於篇章之外。但是，在〈子虞作文父辛尊銘〉中（《集成》05965，原定名為「⿰ 作父辛尊」，其實⿰是誤摹，應作「子虞作文父辛尊」），「虞」與親屬稱謂連用，如同「子漁」、「子墨子」一樣，確乎用作人名：「子光商（賞）子虞啟貝，用乍（作）文父辛尊彝。」（參看圖八）又如「奮」，也有用作人名的例證：「子易（賜）奮敦貝，用乍（作）父癸尊彝。」（《集成》09100，參看圖九）「奮」在這裡可能是姓氏〔註17〕，也可能是名字。無論如何，它是人名毋庸置疑。

　　當然，我們目前還找不到這些文字在古文字材料中用如本字及其引申義的

〔註16〕曾師憲通：〈從曾侯編鍾之鍾虞銅人說虞與業〉，饒宗頤、曾憲通：《隨縣曾侯乙墓鐘磬銘辭研究》，香港：中文大學出版社，1992年11月初版。

〔註17〕郭沫若謂「天黽」二字，蓋古軒轅氏。參看氏著：《殷周青銅器銘文研究》，北京：人民出版社，1954年6月第1版，第7頁。

例證，也無法證明全部的「圖形符號」都用為人名。但是，它們既然屬專名，就應置於詞彙的範疇中。

　　筆者以為，界定商代銅器款識是否為文字，可以根據兩個原則：一是語用，即：看看這類符號是否存在於具體的語境中；一是文字流變的軌跡，即：應能找到該符號演變的途徑及相關的字例。

　　近年來，學界傾向於使用「族徽字」的概念〔註18〕，應該是個進步。

五、商金文中特殊的雙賓語語法現象

　　在古漢語中，表肯定語氣的雙賓語的語法形式通常是這樣的：句型 1. 動詞＋直接賓語＋介詞「於」＋間接賓語；句型 2. 動詞＋間接賓語＋介詞「以」＋直接賓語（變例為：介詞「以」＋直接賓語＋動詞＋間接賓語）。

　　但是，商代的銅器銘文中，表肯定語氣的雙賓語語法形式可以這樣表達：句型Ⅰ：動詞＋間接賓語＋直接賓語；句型Ⅱ：動詞＋直接賓語＋間接賓語。也就是說，商代語言是不大使用介詞的。

　　句型Ⅰ也見於先秦兩漢的文獻〔註19〕，但是，句型Ⅱ則只見於商代的銅器銘文。例如：

　　　　（A）齎賣（賞）貝十朋丏刺，用宦祐宗彝。（《集成》09894）

　　　　（B）乙未王賣（賞）貝姢屮，才（在）帝（寢），用乍（作）尊彝。
　　　　　　　（《集成》09098）

　　　　（C）王〔易（賜）〕貝姒□巾，才（在）帝（寢），用乍（作）尊
　　　　　　　彝。（《集成》02425）

　　較為常見的語序應是：

　　（A）齎賣（賞）丏刺貝十朋，用宦祐宗彝。

　　（B）乙未王賣（賞）姢屮貝，才（在）帝（寢），用乍（作）尊彝。

　　（C）王〔易（賜）〕姒□雨貝，才（在）帝（寢），用乍（作）尊彝。

　　可是，這些例子似乎也可以這樣斷句：「貝（或＋若干朋）」後的受賜者屬

〔註18〕參閱馬承源主編：《中國青銅器》，上海：上海古籍出版社，1988 年 7 月，第 360 頁；杜迺松：《中國青銅器發展史》，北京：紫禁城出版社，1995 年 5 月第一版，第 28～29 頁。

〔註19〕參閱周法高：《中國古代語法・造句編（上）》，臺北：中央研究院歷史語言研究所，1961 年，第 104～105 頁。

下句，是主語而非賓語。不過，有大量的證據證明這樣斷句是不妥的。試比較：

（1）王竇御貝，用乍（作）父癸尊彝。（《集成》09890）

（2）王竇戌屵貝一朋，用乍（作）父乙齋。《集成》02694）

（3）乍（作）冊羽史易（賜）臺貝，用乍（作）父乙尊。（《集成》02710）

（4）王光□𤔲貝，用乍（作）父乙彝。（《集成》00741）

（5）王易（賜）帚（寢）魚貝，用乍（作）父乙彝。（《集成》09101）

（6）子易（賜）奄敦貝，用乍（作）父癸尊彝。（《集成》09100）

（7）王易（賜）籐亞虒（原篆從虎從品，如同叫或體作喢一樣，古文字從口從品無別）奚貝，才（在）彙，用乍（作）父癸彝。（《集成》09102）

（8）庚申，王才（在）闌（原篆從柬從閈），王各，宰椃從，易（賜）貝五朋，用乍（作）父丁尊彝。（《集成》09105）

（9）癸巳，易（賜）小臣邑貝十朋，用乍（作）母癸尊彝。（《集成》09249）

（10）己亥，王易（賜）貝，在闌，用乍（作）父己尊彝。（《集成》03861）

　　從上面所引例子，可以得知：作為間接賓語的受賜者通常不能省略，而「用乍（作）」前通常都不出現主語。當然也有例外。當受賜者和作器者是兩個不同的人時，「用乍（作）」的前面可出現主語。譬如：「王易（賜）嵩舟貕玉十玨，妾用乍（作）且丁彝。」（《集成》03940）又如：「丙午，王竇（賞）戌嗣子貝廿朋，才（在）闌，宰用乍（作）父癸寶齋。」（《集成》02708）或者，雖然受賜者和作器者是同一人，但是，受賜和作器並非同時進行，這樣，「用乍（作）」的前面才出現主語。例如：「王易小臣缶湡束貝，五年，缶用乍（作）亯大子乙家祀尊。」（《集成》02653）至於「在某地」前的主語，絕大多數是「王」，通常會被省略掉。也就是說，「在某地」的前面一般不出現主語，即使有主語，當賞賜者是「王」時，主語也是「王」（如上舉例8）。因此，有理由相信「動詞＋直接賓語＋間接賓語」這種句型曾是商代語言的語法形式之一，儘管例子並非太多。

雖然在後世的文獻裏難以找到類似的句型，但是，在現代漢語方言中，例如廣州話，卻有與之吻合的句型。試比較：

（1）佢（他）畀（給）咗（了）兩本書我（他給了我兩本書）。

（2）你畀（給）嘢（東西）佢（他），佢（他）都唔（不）要（你給他東西，他都不要）。

儘管筆者不敢貿然斷言廣州話的這種句式即源自商金文，但二者形式上的相似性卻頗引人深思。

六、「隹王 ㅂ（廿）祀（司）」補證

在殷墟甲骨文和商代金文中，「廿」通常作「ㄩ」，偶然作「ㅂ」。因此，有學者認為這是兩個不同的字，如何釋讀，有重新考慮的必要〔註 20〕。常玉芝女史的〈說「隹王 ㅂ（廿）祀（司）」〉一文〔註21〕，列舉了大量的殷墟甲骨文和商金文的例子，證明甲骨文中位於表時間的「祀」前的「ㅂ」仍當讀如「廿」，而不能改讀為「曰」。有理有據，確為不刊之論。筆者深表贊同。掩卷三思，筆者以為意猶未盡，故此不避讕陋，聊作「補證」，以就教於時賢。

筆者在研讀商代金文的時候發現，《集成》04144（參看圖十）可為常說增添一重要證據。此銘的「廿」作 ㅂ，與「口」相近。然而，倘若我們考察一下同時期的「曰」，便不會把 ㅂ 誤作「口」，而讀為「曰」了。例如《集成》05396、05417，「曰」字均作 ㅂ，和「ㅂ」有非常明顯的區別。何況，把「隹（唯）王二祀」（《集成》05412）、「隹（唯）王四祀」（《集成》05413）、「隹（唯）王六祀」（《集成》05414）、「隹（唯）王十祀又五」（《集成》05990）、「隹（唯）王六祀」（《集成》09249）、「隹（唯）王十祀」（《集成》09894）等和「隹（唯）王 ㅂ 祀」看作兩個結構截然不同的詞組，也缺乏語法例證的支持。

不過，何以同一時期的「廿」字有不同的形體，這倒是需要我們解決的問題。

商代文字，雖然已是較為成熟的記錄和傳達商代語言的書寫符號系統，但不容否定，這個系統仍處於一個形體變化的不穩定時期。我們只要翻開有關的

〔註20〕裘錫圭以為後一種形體的「廿」均應改讀為「曰」。參氏著：〈關於殷墟卜辭中的所謂「廿祀」和「廿司」〉，《文物》，1999 年 12 期。

〔註21〕刊 2000 年 2 月 23 日和 2000 年 3 月 1 日《中國文物報》，中國文物報社編輯部。

字書（例如《甲骨文編》），就會發現「一字多形」是那個時期屢見不鮮的現象〔註22〕。所以，「廿」字的不同寫法，實在是這種現象在「廿」字上的反映而已。如果因形體的不同而對許多早已論定的文字重新加以詮釋的話，那真是「剪不斷，理還亂」了。

「一字多形」現象的產生有多方面的原因：或因書手不同而異；或因文字載體不同而異；或因時間推移而異。就商代具有多種形體的「廿」字而言，顯然是時間推移的因素在起作用。筆者注意到：甲骨文的「廿」，早期通作「∪」，後期或作「ㅂ」〔註23〕。商金文或作「∪」（〈宰梳角銘〉，《集成》09105），或作「ㅂ」（〈譶毀銘〉，《集成》04144）。從「∪」到「ㅂ」，「廿」字發展的軌跡清晰可見。正是有了「ㅂ」這麼個形體，「廿」字的發展變化才得以呈現為一個漸進的過程。

如果說「廿」的不同形體是「一字多形」的話，那麼，形體相同的「廿」和「口」就是「異字同形」〔註24〕。這也是文字處於變化發展時期的現象之一。

簡言之，「ㅂ祀（司）」只能釋為「廿祀」，相當於「廿年」，是殷王在位的時間。

結　語

本文先後討論了商代金文釋讀方面的六個問題，茲撮要如下：

一、商金文的行款大致有七種類型：直書左行、直書右行、直書逆行、橫書（左行或右行）、直書環行、直書橫書屬雜、混行。其中以直書左行、直書右行最為常見。

二、根據傳世典籍的記載，結合商金文的行款觀之，商代的親屬稱謂、專名（或美稱）和天干的組合形式應為：1. 親屬稱謂＋天干；2. 專名（或美稱）＋天干；3. 親屬稱謂＋專名；4. 專名（或美稱）＋親屬稱謂＋天干。表示身份的「亞」或「后（司）」，當置於親屬稱謂、專名和天干之前。其中，被「亞」

〔註22〕困於篇幅和印刷不便，恕不舉例。其實後世文字也存在「一字多形」的現象，文字學通常稱為「異體」。譬如：蟺和鱔，鴶和鵝，等等。這是文字學的基本常識。

〔註23〕據姚孝遂、肖丁：《甲骨刻辭類纂》所載，早期的「廿」無一作「∪」，「ㅂ」凡八例，均為後期物。參是書第1353～1355頁「二十（合文）」條，北京：中華書局，1989年1月第一版。

〔註24〕參陳師煒湛：〈甲骨文異字同形例〉，《古文字研究》第六輯，北京：中華書局，1981年11月第一版，第227～250頁。

字包圍的多個親屬稱謂（或專名、廟號、官稱）的銘文，「亞」共享為多個親屬稱謂（或專名、廟號、官稱）的修飾語。

三、商金文通常比較簡短，最長的也不過五十字左右。其中一個原因是文字的簡省。商金文的簡省大致可分為三種情況：1. 專名的縮略；2. 廟號中「日」的省略；3. 句子成分的省略。包括後世典籍中常見的主語、賓語的省略，謂語「乍（作）」的省略，定語後中心語的省略，定語的省略，等。

四、商金文中，有部分所謂的「圖形符號」可以界定為文字。「族徽字」的概念可以接受。

五、和後世典籍相比，商代語言中的雙賓語語法形式有兩點值得注意：一是不使用介詞「以」和「於」引導直接賓語和間接賓語；二是間接賓語可以位於直接賓語之後，這種形式不見於後世典籍，只見於現代漢語方言。

六、甲骨文的「ㅂ」和商金文的「ㅂ」，仍當釋為「廿」。從字形、文例和漢字的發展規律等方面考慮，改釋為「曰」是明顯缺乏理據的。

【附記】本文於公元 2002 年 6 月 22 日第五屆兩岸中山大學中國文學學術研討會上宣讀，承蒙臺灣國立中正大學中國文學系黃靜吟博士作特約討論，提出十分中肯且有建設性的意見，俾拙作得以進一步修訂。茲謹誌謝忱！

附　圖

圖一 圖二

《集成》01272 《集成》09000

圖三

《文物》2000-10

圖四

《集成》01851

圖五

《集成》09249

圖六

《集成》02400

圖七

《集成》01740

圖八

《集成》05965

圖九

《集成》09100

圖十

《集成》04144

原第五屆兩岸中山大學中國文學學術研討會論文，載《中山人文學術論叢》第五輯，第1～20頁，高雄中山大學中文系，2005年8月。

古文字考釋三則：
釋狐、釋蒦、釋飲／歙／酓

一、釋　狐

甲骨文中有「 β 」字，從犬從亡，通常隸定為「犯」或「犹」。或釋「狐」，或釋「狼」[註1]。今天，學者們通常採前說。

筆者以為釋狐是合適的。

一方面固然甲骨文別有「狼」字，作「 $\text{\small 剪}$ 」[註2]，另一方面，殷墟出有狐狸遺骸[註3]，說明商人們常常捕獲狐狸，釋狐說無疑更為可靠。更重要的是，金文中有銜接甲骨文的字例。

$\text{\small 锹}$（〈鑄子匜銘〉，《集成》10210），舊不識，《金文編》隸定為「獳」，無釋。以為《說文》所無。字從犬從無，其實就是甲骨文的「犯／犹」字。

〔註1〕例如葉玉森、柯昌濟、郭沫若、陳夢家等釋「狐」；羅振玉、唐蘭等釋「狼」。詳參李孝定編述：《甲骨文字集釋》第十，臺北：中央研究院歷史語言研究所，1991年3月景印五版，第3115～3119頁。又參于省吾主編：《甲骨文字詁林》，北京：中華書局，1996年5月第1版，第1580～1582頁。

〔註2〕參看唐蘭：《殷虛文字記》，北京：中華書局，1981年5月第1版，第57頁。

〔註3〕參看德日進、楊鍾健：〈安陽殷墟之哺乳動物群〉，《中國古生物志》丙種第12號第一冊，1936年6月。又楊鍾健、劉東生：〈安陽殷墟之哺乳動物群補遺〉，《中國考古學報》第四冊，1949年12月。步雲案：二著測定哺乳動物凡29種，無狼。

　　在文獻當中，「亡」往往用為「無」。例如：「子張曰：『執德不弘，信道不篤，焉能為有？焉能為亡？』」（《論語・子張》）「有」與「亡」對舉，「亡」同「無」無可疑。又如：「為銘各以其物。亡則以緇，長半幅，經末長終幅，廣三寸。書銘於末曰：某氏某之柩。」（《儀禮・士喪禮》卷十二）東漢・鄭玄注云：「亡，無也。」再如：「次六畏其鬼，尊其禮，狂作昧淫亡。」（西漢・揚雄《太玄經》）晉・范望注云：「亡，無也。」甲骨文也不例外。卜辭恒見「亡雨」、「亡咎」，等，均應讀為「無雨」、「無咎」。而《說文》「撫」的古文作「𢫫」，則更為直接地證明了「亡」和「無」的讀音是相同的。然而，音韻學家認為：在上古，亡音明紐陽韻，無音明紐魚韻〔註4〕。就上引例子而言，魚部字和陽部字的語音在商周乃至漢代應是相近甚至相同的。因此，「獹」即「犵／狀」當沒有問題。而狐，古在匣紐魚韻〔註5〕，與「獹」的讀音更為接近。似乎昭示陽部字漸次與魚部字合流。「鑄子匜」是春秋器〔註6〕。也就是說，至遲在春秋時期「狐」和「亡／無」的讀音趨近乃至趨同。有趣的是，延至戰國，這個字又復古作𤜽了〔註7〕。

　　不過，「獹」在銘文中卻非用為動物之名。辭云：「鑄子獹乍（作）也（匜），其永寶用。」（〈鑄子匜銘〉，《集成》10210）用作人名至為明顯。這可能與當時的取名風尚不無關係。春秋時期「狐」用為人名甚是普通。例如周平王的兒子即名「狐」。《左傳・隱三》載：「周、鄭交質，王子狐為質於鄭，鄭公子忽為質於周。」又如鄭國有公子名「子狐」者。《左傳・襄八》載：「四月庚辰，辟殺子狐、子熙、子侯、子丁，孫擊、孫惡出奔衛。」至於「鑄」，觀堂云：「鑄，妊姓之國也。」〔註8〕因此，〈鑄子匜銘〉的「鑄」可能為國名，「子獹」則是其名。

　　金文中又有借「瓜」為「狐」的例子，如〈令狐君壺銘〉云：「命瓜君嗣

〔註4〕唐作藩：《上古音手冊》，南京：江蘇教育出版社，1982 年 9 月第 1 版，第 133、137 頁。

〔註5〕唐作藩：《上古音手冊》，南京：江蘇教育出版社，1982 年 9 月第 1 版，第 49 頁。

〔註6〕參劉雨等：《商周金文總著錄表》，北京：中華書局，2008 年 11 月第 1 版，第 1447 頁。

〔註7〕荊門左冢漆棋局第一行 C 邊文字。參看湖北省文物考古研究所等編著：《荊門左冢楚墓》，北京：文物出版社，2006 年 12 月第 1 版，第 182 頁。

〔註8〕參看王國維：〈鑄公簠跋〉，《觀堂集林》，北京：中華書局，1959 年 6 月第 1 版，第 889 頁。

子作鑄尊壺。」（《集成》09719、09720）「命瓜」無疑通作「令狐」。「令狐」，古地名。《春秋・文公七年》云：「戊子，晉人及秦人戰於令狐。」及後，「令狐」又轉化為姓氏。顯而易見，「瓜」通過通假這一途徑而意化，附加犬符而成「狐」。戰國文字可證：𤝔（《曾》36）、𤟤（《古璽》3987）〔註9〕，均從犬從瓜，與小篆略同。這是狐字循另一條途徑演變的證據。楚地出土文獻別見𪕸（《包》95）〔註10〕，從鼠從瓜，學界普遍認為乃楚方言之「狐」字。附加鼠符而成「鼳」，是為「狐」的異體。

通過以上的考證，可知今天的狐字是由兩條途徑發展而來的，圖示如次：

狅／狱（甲骨文）　→　獟（金文，變換聲符）╮

╰──→瓜（金文，通假而附加形符）──────→狐／鼳

二、釋　蒦

宋・薛尚功《歷代鐘鼎彝器款識法帖》卷四收「蚊篆壺」一器，銘作圖一所示。器亦見宋・王厚之《鐘鼎款識》廿五頁，謂之「夏壺」，摹本更為準確。均無釋。字體屬鳥篆。施謝捷著《吳越文字彙編》未及此。曹錦炎疑此字為「蔓」，無詳考，作未明國別器觀〔註11〕。

上世紀八十年代初，考古工作者在山東沂水發現了一把戈，上面也有一個相類似的字（圖二）〔註12〕。

而較此更早，安徽阜陽出有一戈一劍，所鑴文字亦同（圖三、圖四）〔註13〕。

這個字，從形體上看，其實就是《說文》中的「蒦」字，從萑從又甚分明，只是卝頭演變如羊角頭，所從又則位於鳥首之下，稍異。因此，上引諸器不妨

〔註9〕 均載湯餘惠主編：《戰國文字編》，福州：福建人民出版社，2001 年 12 月第 1 版，第 669 頁。

〔註10〕 參張守中：《包山楚簡文字編》，北京：文物出版社，1996 年 8 月第 1 版，第 156 頁。

〔註11〕 參氏著：《鳥蟲書通考》，上海：上海書畫出版社，1999 年 6 月第 1 版，第 214 頁。

〔註12〕 沂水縣文物管理站：〈山東沂水縣發現戰國銅器〉，《考古》，1983 年 9 期。

〔註13〕 韓自強、馮耀堂：〈安徽阜陽地區出土的戰國時期銘文兵器〉，《東南文化》，1991 年 2 期，第 258～261 頁。步雲案：著者以為楚器，銘文逕作「蒙」，並云另有一件同銘劍，現藏阜陽地區博物館。釋「蒙」未知何據。劍銘後載韓自強《阜陽亳州出土文物文字篇》（阜陽市大方印務有限責任公司印刷，2004 年 5 月第一版）及陳治軍《安徽出土青銅器銘文研究》（黃山書社，2012 年 3 月第 1 版）。戈銘收入《近出》（稱「蒙戈」，編號 1085、1086），壺銘收入《近出二》（稱「蔓壺」，編號 839）。

分別確定為「雙壺」、「雙戈」和「雙劍」。當同一家物。

《說文》云：「雙，規雙，商也。从又持萑。一曰：視遽皃。一曰：雙，度也。（徐鍇曰：『商，度也。萑，善度人禍福也。』）𤭥，雙或从尋。尋亦度也。《楚辭》曰：『求矩矱之所同。』」（卷四萑部）許慎的這段話，清‧段玉裁有過很好的注解：「規雙二字蓋古語。釋之曰商也，蓋手持萑則恐其奪去，圖所以處之，是曰規雙。一曰視遽皃。矍下云：一曰視遽皃。雙與矍形、聲皆相似，故此義同。一曰雙度也。度，徒故切。《漢‧志》曰：寸者，忖也。尺者，蒦也。故雙為五度之度。鳥飛起止，多有中度者。故雉、雙皆訓度。度、高、廣皆曰雉。」（《說文解字注》卷四）可知「雙」古有三個義項：1. 思忖；忖度。2. 警覺地察視。3. 法度；規矩。上揭諸銘都只有一字，難以確定其意義。不過，《金文編》「雙」字條下收二文（圖四、圖五），前者用如「與」：「𣁋（與）其污（溺）於人施（也），寧污（溺）於淵。」〈中山王𩵦鼎銘〉，《集成》02840）後者可能通作「獲」：「亦弗其逤𤇾。」（〈哀成弔鼎銘〉，《集成》02782）同篇上文云：「乍（作）鑄飤器煮𤇾。」〔註14〕「𤇾」即「鑊」。可見「𤇾」就是「雙」，儘管「𤇾」從雀，「雙」從萑。這兩個例子很重要：前者說明了「雙」與「與」的讀音是相同或相近的，至少在中山國語中是這樣。《說文》「樏」或體作「檴」（卷六木部），可證。後者則證明了雙字從萑、從雀甚至從隹無別，因此，「雙」用為「隻」、「獲」或「穫」都是可以的。回到「雙壺」、「雙戈」和「雙劍」銘文本身，戈、劍上的銘文可能讀為「獲」，類似於禁咒語。〈工𢾈（吳）大（太）子劍銘〉（《集成》11718）可證：「云用云隻（獲），莫敢御余。」武器不輕易使用，一旦出手，必將有獲。不過，由於「雙壺」的存在，這組器皿上的文字最有可能只是「物勒工名」，或只是擁有者的名諱。古有「與」氏〔註15〕，不知道是否與「雙」同出一源。「雙」當然也可能為古地名。《左傳‧昭二十六》有「萑谷」，《左傳‧昭二十》有「萑苻澤」（或作萑浦）。前者為東周屬邑，在今河南洛陽市東南；後者為春秋鄭地，其時都在楚國的勢力範圍之內。

〔註14〕煮或作黃，例如《金文編》（第 912 頁）以及《引得》（第 49 頁）均如是作。可能是不準確的。

〔註15〕漢‧王符：《潛夫論》載：「又有皮氏、占氏、沮氏、與氏、獻氏、子氏、鞅氏、梧氏、坊氏、高氏、筀氏、禽氏。」（卷九頁 7，景江南圖書館藏述古堂景宋精寫本）

　　根據「蒦壺」、「蒦戈」和「蒦劍」上的字體風格以及出土地望，我以為都是春秋戰國時期的吳器或楚器，而以楚器的可能性最大，倘若這些都是戰國器的話。不過，也不能排除墓葬所出也有傳世之作的可能性。譬如越王句踐劍出於楚大夫的墓葬中，楚王熊逆編鐘出於晉侯的墓葬中〔註16〕，就是明證。換言之，「蒦壺」、「蒦戈」和「蒦劍」也可能為吳器。

圖一　〈蚊篆壺銘〉　　　　　　　圖二　山東沂水所出戈銘

圖三　安徽阜陽所出戈銘　　　　　圖四　藏阜陽地區博物館

207
战国 "蒙" 字剑铭
颍上县出土

圖五　〈中山王鼎銘〉，　　　　　圖六　〈哀成弔鼎銘〉，
　　　　《集成》02840）　　　　　　　　　《集成》02782）

〔註16〕參看中文系古文字研究室楚簡整理小組：〈江陵昭固墓若干問題的探討〉，《中山大學學報》（社科版）1977年2期。又山西省考古所、北大考古系：〈天馬-曲村遺址北趙晉侯墓地第四次發掘〉，《文物》，1994年8期。

三、釋飲／歓／酓

在銅器銘文中，[字]字凡九見：三例為卣文，兩例為觚文，兩例為爵文，一例為鼎文，一例為觶文。《金文編》收三文，作未識字一併收入附錄上 518。《引得》收七文，逕作「哂」〔註17〕。未知何據。新見觶文，逕釋為「歓（飲）」〔註18〕。無說。

字從皿從俯身之人形，象人俯身就皿吸飲之形，與「[字]（監）」的構形相類似，如果一定要隸定的話，大概可以作「盗」。

甲骨文的[字]（《合》10405 反）。今天，甲骨學者基本認定它就是《說文》的「歓」，並已被《甲骨文編》、《甲骨文字典》、《殷墟甲骨刻辭類纂》等工具書所採信。甲骨文別見[字]，辭云：「辛亥卜，設貞：乎[字]亚妻，不[字]（橐？）？六月。」（《合》4284）有學者認為：「此乃『飲』之或體。」〔註19〕無論從字形還是字義考察，這個論斷基本可以接受，儘管[字]、[字]二字的造字理據有所不同（詳下文）〔註20〕。甲骨文還有從女的相近之字：[字]（《合》3868 反）〔註21〕。漢字從人從女往往無別。例如「侄」也作「姪」，「伎」也作「妓」，等等。因此，雖然[字]無文例可徵，也不妨確定為「[字]」字或體。事實上，甲骨文中有更接近上揭金文的形體：[字]（《坊間》四・二三六）〔註22〕。與金文幾乎完全相同。

雖然把[字]確定為「歓」字或體可以在差不多同時期的甲骨文中得到印證，

〔註17〕張亞初編著：《殷周金文集成引得》，北京：中華書局，2001 年 7 月第 1 版，第 622 頁。

〔註18〕參看洛陽文物工作隊：〈洛陽市東東站兩周墓發掘簡報〉，《文物》，2003 年 12 期。《近見二》（編號 614）、《新見金文字編》（陳斯鵬等編著，福州：福建人民出版社，2012 年 5 月第 1 版，第 270 頁）採信之，但均誤《文物》12 期為 9 期。

〔註19〕于省吾主編：《甲骨文字詁林》，北京：中華書局，1996 年 12 月第 1 版，第 2674 頁收此文，字頭編號 2688。說見「案語」。步雲案：是書未收《坊間》四・二三六例，恐怕是因為《甲骨文合集》未載而失收。《坊間》四・二三六載胡厚宣《戰後南北所見甲骨錄》，見本書編委會編：《甲骨文研究資料彙編》第十二冊，北京：北京圖書館出版社，2008 年 5 月第 1 版。

〔註20〕然而，近來有學者別作「盗」。《花東》93 亦見[字]，黃天樹疑「盗」（姚萱《殷墟花園莊東地甲骨卜辭的初步研究》，線裝書局，2006 年 11 月第一版，第 256 頁引）。不過，張富海以為即使能隸定為「盗」，也不一定就是後來的「盗」字。並謂姚孝遂以為「飲」字異體能否成立，有待更多材料證明。如果確是「飲」，則表示飲水（〈試說「盗」字的來源〉，《中國文字學會第七屆學術年會會議論文集》，長春：吉林大學，2013 年 9 月 20～23 日，第 242～243 頁）。

〔註21〕于省吾主編：《甲骨文字詁林》（北京：中華書局，1996 年 12 月第 1 版），第 523 頁收此文，字頭編號 0557。案語云：字不可識，其義不詳。

〔註22〕中國社會科學院考古研究所編輯：《甲骨文編》收入附錄上八八，字頭編號 4441。

不過，在迄今所能見到的所有文例中，卻難以確定🜚表「飲」義。茲臚列全部文例如次：

1. 癸🜚。（卣文，《集成》04839）
2. 癸🜚。（卣文，《集成》04840）〔註23〕
3. 句🜚父辛。（卣文，《集成》05089）
4. 🜚。（觚文，《集成》06566）
5. 🜚。（觚文，《集成》06567）
6. 🜚。（爵文，《集成》07389）
7. 🜚。（爵文，《集成》08159）
8. 🜚。（鼎文，《近出》169）〔註24〕
9. 🜚且（祖）己。（觶文，《近出二》614）

文字簡約，或一字，或二字，或三字，最長的也就四字。不過，這些銘文還是透露出一些有用的信息：🜚後多繫以（親屬稱謂＋）天干日名；而這九件器，可能都製作於商代晚期〔註25〕；儘管個別字體稍有不同，為同一家物卻可以論定。可能地，🜚是商人氏族專名。楚地出土文獻中，楚王們每自稱「龡」氏，為🜚可用作姓氏提供了佐證。

這個字，稍後有點兒變異（當然也不能排除摹寫訛誤的可能性）。西周早期〈般觥銘〉（《集成》09299）云：「王令祝米于🜚丂甬₌用賓父己來。」據上引《近出》169，「🜚丂」亦當為「飲示」〔註26〕。

甲骨文、金文另有「龡」字，也用為「飲」。例：「于廳門扎言🜚（龡）王，弗每。」（《合》30284）又：「叀邑王🜚（龡）。」（《合》32344）又：「王🜚（龡）

〔註23〕專名＋（親屬稱謂＋）天干是商代金文通例，但商金文往往有自下而上倒書者。因此，1、2 二例的「癸🜚」應當讀為「🜚癸」。參譚步雲：〈商代銅器銘文釋讀的若干問題〉，載《中山人文學術論叢》第五輯，高雄：中山大學中文系，2005 年 8 月。

〔註24〕7、8 二銘，或作兩字，如《集成》，釋作「🜚辛」。又如《新收》，釋作「歠（飲）示」（101 頁）。或作一字，例如《近出》，隸定為「歆」。筆者以為當從《新收》所釋。

〔註25〕除 9 外，其餘八器考古工作者都確定為商器。1～7 參看劉雨等：《商周金文總著錄表》，第 754、761、984、1077、1160 頁。8 參看中國社會科學院考古研究所安陽隊：《1984 年秋安陽苗圃北地殷墓發掘簡報》，《考古》，1989 年 2 期。9 出早周墓葬中，發掘者遂把此器確定為西周早期。可能有點兒問題。後世墓葬出前代器物，並不鮮見。例如春秋晉侯的墓葬中就出過文王時代的器。參看山西省考古所、北大考古系：〈天馬-曲村北趙晉侯墓地第二次發掘〉，《文物》，1984 年 8 期。

〔註26〕《集成釋文》作「歠」（第五卷，第 339 頁），《引得》釋作「颭（撼）」（第 138 頁）。

多亞。」（〈辛巳殷銘〉，「辛巳殷」或作「遷殷」，《集成》03975）又：「白（伯）乍（作）姬🔲（畬）壺。」（〈伯作姬觶銘〉，《集成》06456）〔註27〕。「畬」字，今大徐本《說文》失收，而見於小徐本《說文》及《玉篇》、《集韻》等。《集韻·寢韻》云：歓、飲同，古作畬。

由於有🔲（〈楚王畬章鎛銘〉，《集成》00085）、🔲（〈楚王畬肯鈦鼎銘〉，《集成》02479）等字形，學者一般認為，在聲化規律的作用下，畬是🔲的訛變。

然而，根據上引甲骨文、金文文例，這個推論看來有點兒問題。

《說文》云：「歓，歓也。从欠畬聲。凡歓之屬皆从歓。🔲，古文从今水。🔲，古文从今食。」（卷八歓部）

儘管沒有提供更為直接的證據，但對我們考釋上揭諸字是個很好的提示！

古文🔲、🔲當來自🔲、🔲、🔲、🔲諸形：俯身人形訛變為「今」，皿中有水之形則析為水、食二字〔註28〕。是為「飲」字所本。金文可證：🔲（〈曾孟嬭諫盆銘〉，《集成》10332）。字有更為古老的形體：🔲（〈戍嗣鼎銘〉，《集成》02708），從宀從歓，可以隸定為「🔲」。據「隹（唯）王🔲🔲（闌）大室，在九月」文意，恐怕是「飲」的繁構。而篆文歓當來自🔲：酉符得以保留，但俯身人形訛變析為「今」「欠」二字。金文可證：🔲（〈善夫山鼎銘〉，《集成》02825）、🔲（〈中山王響壺銘〉，《集成》09735）。至於🔲、🔲，則一以貫之而流傳至今。〈永盂銘〉（《集成》10322）見🔲字，字書所無。銘文讀為「陰」，但它為🔲的孳乳字大概可以論定：從水畬聲。

🔲、🔲、🔲、🔲、🔲等在造字法中屬會意，而🔲、🔲等則屬形聲（從酉今聲）。兩種字體同時並見，那說明二者不存在傳承關係。諸字或從皿，或從酉。很可能，從皿者是為泛指的「飲」的概念而創造的，從酉者則是為特指的「飲酒」的概念而創造的。金文中所見且清晰可辨的「歓」，至少有四例可確定表「飲酒」義：1.「用盤歓酉（酒）。」（〈沈兒鐘銘〉，《集成》00203）2.「令女（汝）官嗣（司）歓，獻人於晃。」（〈善夫山鼎銘〉，《集成》02825）3.「眞仲乍（作）倗生歓歓。」（〈眞仲壺銘〉，《集成》6511）4.「唯曾白文自乍（作）歓鱸。」（〈曾白文鱸銘〉，《集成》9961）官稱「嗣（司）歓」，也許相當於後

〔註27〕步雲案：羅振玉《三代吉金文存》（北京：中華書局，1983年12月第1版）12·6·8作壺。

〔註28〕食亦器皿之象。《說文》：「餔（从食）」，籀文作「🔲（从皿）」（卷五食部）。可證。

世的「酒正」（見《周禮》）。而「壺（觶）」、「罐」都是酒器。不過，以下例子是否特指「飲酒」卻存有疑問：1.「歙飤（食）訶（歌）儛（舞）。」（〈余購速兒鐘銘〉，《集成》00183、00184、00186）2.「氏（是）以遊夕（閒）歙飤（食）。」（〈中山王䜁壺銘〉，《集成》09735）3.「魯大嗣（司）徒元乍（作）歙盂。」（〈魯元匜銘〉，《集成》10316）「歙飤（食）」連用，自然不限於喝酒。「匜」是水器，當與喝酒無涉。然而，明明是匜卻名為「歙盂」，我頗疑心鑄器時錯用銘文了。而「飲」，無疑表泛稱的「飲」義：「曾孟嬭諫乍（作）飲鄝盆。」（〈曾孟嬭諫盆銘〉，《集成》10332）「盆」是飪食器，宜以「飲」定義之。

可見，🖼、🖼、🖼、🖼諸形當釋為「飲」；🖼當釋為「歙」。而🖼、🖼等，分明是「龡」，當「歙」的異體。

「飲」和「歙」宜視為同義詞，而不是異體字。後世不辨，字書遂混而同之，以致今日之學者也以或體視之〔註29〕。

本文主要參考文獻及簡稱

1. 中國社會科學院考古研究所編：《殷周金文集成》（修訂增補本），北京：中華書局，2007 年 4 月第 1 版。本文簡稱《集成》。

2. 東漢·許慎撰：《說文解字》（大徐本），北京：中華書局，1963 年 12 月第 1 版。本文簡稱《說文》。

3. 容庚編著，張振林、馬國權摹補：《金文編》，北京：中華書局，1985 年 7 月第 1 版。

4. 張亞初編著：《殷周金文集成引得》，北京：中華書局，2001 年 7 月第 1 版。本文簡稱《引得》。

5. 郭沫若主編，胡厚宣總編輯：《甲骨文合集》，北京：中華書局，1979 年 10 月～1982 年 10 月。本文簡稱《合》。

6. 中國社會科學院考古研究所編輯：《甲骨文編》，北京：中華書局，1965 年 9 月第 1 版。

7. 劉雨、盧岩編著：《近出殷周金文集錄》，北京：中華書局，2002 年 9 月第 1 版。本文簡稱《近出》。

〔註29〕例如《金文編》，龡、歙、飲三字都列在「歙」字條下。又如《引得》，龡、歙、飲三字等而同之，以致屢有張冠李戴之失：〈毛公旅鼎銘〉（第 593 頁）、〈沈兒鐘銘〉（第 593 頁）、〈余購速兒鐘銘〉（第 593 頁）、〈曾白文罐銘〉（第 593 頁）、〈㠱仲壺銘〉（第 593 頁）、〈中山王䜁壺銘〉（第 593 頁）均誤「歙」為「飲」；而〈伯作姬觶銘〉（第 593 頁）、〈戜伯龡壺銘〉（第 593 頁）、〈井叔觶銘〉（第 593 頁）均誤「龡」為「飲」。

8. 劉雨、嚴志斌編著：《近出殷周金文集錄二編》，北京：中華書局，2010 年 2 月第 1 版。本文簡稱《近出二》。

9. 鍾柏生、陳昭容、黃銘崇、袁國華編著：《新收殷周青銅器銘文暨器影彙編》，臺北：藝文印書館，2006 年 4 月初版。本文簡稱《新收》。

10. 劉雨、沈丁、盧岩、王文亮編著：《商周金文總著錄表》，北京：中華書局，2008 年 11 月第 1 版。

11. 中國社會科學院考古研究所編《殷周金文集成釋文》，香港中文大學出版社，2001 年 7 月第 1 版。本文簡稱《集成釋文》。

原載《中山大學學報》，第 53 卷第 6 期，2013 年 11 月，第 63～68 頁。

釋會盥

　　在青銅彝器的匜銘中，有一語作「會🔸」（〈蔡子匜銘〉，《集成》10196）、「會🔸」（〈以鄧匜銘〉，《近出》1019）、「會🔸」（〈彭子射匜銘〉，《商周》14878）等。「會」或作「遧」（〈王子适匜銘〉，《集成》10190），或作「鐱」（〈虙𤔲丘匜銘〉，《集成》10194；〈王子申匜銘〉，《新收》1675），或作「盒」（〈郳中姬丹匜銘〉，《近出》1020）。

　　從字形上考察，「會」、「遧」、「鐱」和「盒」的考釋或隸定並無問題。至於如何訓解，下文再作討論。這裡先解決「🔸」、「🔸」的釋讀問題。在銘文中，「🔸」、「🔸」用為器名當無異議。因此，或逕作匜（中國社會科學院考古研究所：2001：第六卷139頁；劉雨、盧岩：2002：第四冊26頁），甚切語意，只是字形相去太遠。或隸定作「𢍱」，謂通作「䃺（瓢也）」〔註1〕，則過於輾轉，況且在銅器銘文中匜別名為「䃺（瓢也）」也缺乏例證。

　　銅器銘文「匜」或作「🔸」（〈宗中匜銘〉，《集成》10179；〈季姬匜銘〉，《集成》10182），是為象形；進而孳乳為「🔸」（〈鮇甫人匜銘〉，《集成》10205），是為形聲。或假借「🔸（它，或作也）」作「匜」（例甚夥，茲略），「它」進而孳乳為「鉈」（〈叔匜銘〉，《集成》10180；〈史頌匜銘〉，《集成》10220）、「盙」

〔註1〕　參看李家浩：〈信陽楚簡「澮」及從「犬」之字〉，《中國語言學報》，1982年1期，第189～199頁。又參劉彬徽：《楚系青銅器研究》，湖北教育出版社，1995年7月第1版，第305頁。

（〈姞囗母匜銘〉，《集成》10183；〈匽公匜銘〉，《集成》10229）、「盤」（〈蔡侯匜銘〉，《集成》10189）等，是為「匜」的專名。

「」、「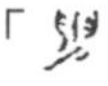」等形非「匜」顯而易見。

筆者以為，「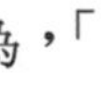」、「」、「」只不過是省略（或殘損）的形體。匜文可證：（〈唐子仲瀕兒匜銘〉，《新收》1209）〔註2〕，字亦見〈㝬之元戈銘〉（《集成》11066），作「」，象雙手奉水沃盥之形。不妨隸定為「舁」，當是「盥」的異體（詳下文）。所從「廾」或可省略而並不影響意義的表達：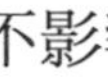（〈東姬匜銘〉，《近出》1021；河南省文物研究所等：1991：36 頁），省去一手作又。可見，「」、「」、「」都是「舁」的省略（或殘損）：前者省略了臼，可隸定為「弅」；後者省略了廾，可隸定為「⿴臼水」。「舁」字本屬會意，用為器名，它便進一步演變為「」（〈王子申匜銘〉，《新收》1675）。這個字，不妨隸定為「⿰金舁」〔註3〕。這個形體的存在，證明了「」（〈曾斧臣匜銘〉，《近出二》948）也應當隸定為「⿰金舁」〔註4〕，「」下半所殘泐就是「金」的一部分及「廾（或臼）」。而「」（〈公子土折壺銘〉，《集成》09709），也應是其異體，或者可隸定為「⿰金盗」，所從「盗」，原篆也許就是「盥」。

「舁」或「⿰金舁」，從其構形義理考慮，無疑就是「盥」的異體。小篆之盥作：盥。金文「盥」大致有如下一些形體：、、、、、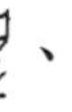、（容庚等：1985：345 頁）。前五例與小篆相去不遠，後兩例所從皿已訛變如心字。這些形體似乎都與「舁」或「⿰金舁」有著不小的差異。不過，由於金文別有「」（〈王子适匜銘〉，《集成》10190）字〔註5〕，讓我們認識到，「盥」確乎另有異體。「」，希白先生徑釋為「盥」，並云：「又有稱遺盥者（王子匜），乃脫略器名也。」（容庚：2008：353 頁）實在是很正確的。

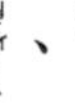

，所從水有所變異，但仍可辨為水柱而有水滴之形。而「舁」或「⿰金舁」，

〔註2〕或謂字從「曳」，讀為「匜」。詳參何琳儀、高玉平：〈唐子仲瀕兒匜銘文補釋〉，《考古》，2007 年 1 期。步雲案：釋「曳」欠缺字形的通盤考慮。字形非但與「曳」有較大差異，而且謂「曳」通作「匜」也過於輾轉。

〔註3〕《近出二》（劉雨、嚴志斌：2010：第四冊，第 274 頁）隸定大體如此。《新收》（鍾柏生等：2006 年，第 1146 頁）則隸定為「鏔」。

〔註4〕或作「鍈」。參看湖北省文物考古研究所編：《曾國青銅器》，文物出版社，2007 年 7 月第 1 版，第 398 頁。或徑作「匜」（劉雨、嚴志斌：2010 年，第四冊，第 273 頁）。

〔註5〕字亦見〈工盧（吳）季生匜銘〉（《集成》10212）以及〈鄦中姬丹匜銘〉（《近出》1020）。

所從水近上揭之形，只是盛水之「皿」變作承水之「廾」而已。

字例列舉至此，相信我們對「⚌」、「⚌」、「⚌」的真正面目已經有所瞭解了。它其實來源於「盥」的異體。雙手就水之形是盥字的主體，這就是「⚌」、「⚌」、「⚌」等為什麼可以簡省的原因。

「借代」為古漢語常見的修辭手法。例如：「設洗於阼階東南。」（《儀禮・士昏禮》）漢・鄭玄注：「洗，所以承盥洗之器棄水者。」以「洗」指代「盤」。又如：「轉轂百數，廢居居邑。」（漢・班固《漢書・食貨志下》，卷二十四下）三國・李奇注云：「轂，車也。」用「轂」指代「車」。再如：「黃髮、垂髫，並怡然自樂。」（晉・陶潛《桃花源記》）用「黃髮」指代老人，「垂髫」指代小孩。銅器銘文也見「借代」之法。例如用「尊彝」泛稱具體器名。又如以「用」指代所用之器。《說文》云：「盥，澡手也。從臼水臨皿。《春秋傳》曰：『奉匜沃盥。』」（卷五皿部）因此，匜銘用「盥」指代「匜」完全符合漢語的表達習慣，典籍可證：「少者之事，夜寐蚤作。既拚盥漱，執事有恪。攝衣共盥，先生乃作。沃盥徹盥，泛拚正席，先生乃坐。」（《管子・弟子職・雜篇十》，卷十九）唐・房玄齡注：「（盥，）謂供先生之盥器也。」用盥指代盤匜等器。

更重要的是「鐕（會）鎾（匜）」（〈虘劬丘匜銘〉，《集成》10194）一語的存在，證明了「會⚌」、「會⚌」、「會⚌」等與「鐕（會）鎾（匜）」同義。

不過，「⚌」、「⚌」、「⚌」、「⚌」等字，有學者別作「與」（鍾柏生等：2006：284頁）、「臾／鍈」（河南省文物研究所等：1991：36頁）或「盥（浣）」（張亞初：2001：155頁）。

金文自有「與」、「臾」（容庚等：1985：166、1000頁）二字，形體上存在關鍵性差異無庸細說，而它們在匜銘中的用法意義，也難以訓釋通達。只有「盥（浣）」值得略作辨析。

確實，就字形而言，「⚌」、「⚌」、「⚌」、「⚌」、「⚌」等所從是有點兒像「貴」字所從。出土文獻中，金文迄今僅見一個「貴」字〔註6〕，此外還有傳世的所謂鳥書箴言帶鉤上的「貴」字（宋・薛尚功《歷代鐘鼎彝器款識法帖・夏鉤帶》，卷一）。但從「貴」之「遺」則有相當多的例子，作：⚌（〈遺卣銘〉，《集成》05260）、⚌（〈旂作父戊鼎銘〉，《集成》02555）、⚌（〈禹鼎銘〉，《集

〔註6〕　參看陳斯鵬等編著：《新見金文字編》，福建人民出版社，2012年5月第1版，第193頁。

成》02834）、𤔲（〈王孫遺者鐘銘〉，《集成》00261）、𤔲（〈中山王䰝壺銘〉，《集成》09735）、𤔲（〈應侯鐘銘〉，《集成》00107）、𤔲（〈𪽽鼎銘〉，或作「舀鼎」，《集成》02838）、𤔲（〈作冊益卣銘〉，《集成》05427），等等。這麼些形體，從貝的不消說，除了用為人名者外，有足夠的文例證明那都是「遺」。例如：「文考𤔲寶賣，弗敢喪，旂用乍父戊寶尊彝。」（〈旂作父戊鼎銘〉，《集成》02555）又如：「勿𤔲壽幼。」（〈禹鼎銘〉，《集成》02834）再如：「是又（有）䋣（純）德𤔲𤔲（訓）。」（〈中山王䰝壺銘〉，《集成》09735）最後如：「𤔲祜石（祐）宗不刜。」（〈作冊益卣銘〉，《集成》05427）

僅從字形上考察，「盥」字所從「𣲘」與「貴」所從「臾」的確相近。然而，通盤考察所有字形，便可發現兩字存在差異：首先，「𤔲」無論簡作「𣁬」、「𣲘」，還是繁作「𤔲」，都表雙手奉水沃盥之義，而「貴」只表持物贈與之義，而不表承接之義〔註7〕。其次，二字所持之物，雖然近似，但「𤔲」所從為水柱而有水滴之狀（正是匜器傾水之描摹）與「貴」所從之「少／小」微異，儘管有時它只保留一個主幹。如果再拿戰國文字作參照，「貴」字形構與「𤔲」、「𣁬」、「𣲘」等相去甚遠〔註8〕。

即便從用法意義考慮，「𣲘（浣）」作「匜」的名稱也難以成立。《說文》云：「澣，濯衣垢也。……浣，澣或从完。」（卷十一水部）儘管在典籍中，「浣」可通作「盥」，卻又稍嫌輾轉。

倘若「𣁬」、「𣲘」、「𤔲／𤔲」、「𤔲」等字釋為「盥」可以成立，那麼，「會盥」當作何解？或謂「會」通作「沬（湏）」〔註9〕。竊以為有所未逮。

匜固然可用作洗手，也可用作洗面。《尚書・周書・顧命》云：「甲子，王乃洮頮水，相被冕服，憑玉几。」唐・孔穎達疏云：「洗手謂之盥，洗面謂之頮。」漢・班固《漢書・律曆志第一下》引作：「故顧命曰：『惟四月哉生霸，

〔註7〕關於「貴」字說解，或謂象指間遺漏水滴或米粒之形，遺之初文。參看張世超、孫凌安、金國泰、馬如森撰著：《金文形義通解》，京都中文出版社，1996年3月第1版，第328頁。或謂象兩手持物有所贈與之形，是訓贈與之遺的初文。參看黃德寬主編：《古文字譜系疏證》，商務印書館，2007年5月第1版，第2877頁。本文採後說。

〔註8〕參看湯餘惠主編：《戰國文字編》，福建人民出版社，2001年12月第一版，第403～404頁。

〔註9〕楊樹達謂「字假為《說文》之沬」。參氏著《積微居金文說（增訂本）》，中華書局，1997年12月第1版，第147頁。步雲案：學界多從其說。參看河南省文物研究所等：《淅川下寺春秋楚墓》，文物出版社，1991年10月第1版，第13頁。

王有疾，不豫，甲子，王乃洮沫水，作《顧命》。」（卷二十一下）唐‧顏師古注云：「洮，盥手也。沫，洗面也。洮音徒高反，沫即頮字也。」既然洗臉洗手都以專字別之，那所用器皿有所區別也是可能的。否則沒必要別之曰朕／媵／媵（媵）匜、盥匜、尊匜、行匜、旅匜、寶匜，等等。

因此，把「會」讀作「沫（湏）」確實有一定理據。不過，「沫（湏）匜」一稱雖然少見，卻也足以證明「通作」之說難以成立。〈魯伯匜銘〉（《集成》10244）、〈篳肇匜銘〉（《集成》10251）二器見「沫（湏）」字，分別作「🐾」和「🐾」〔註10〕。此外，還有自稱為「盂」然而卻是「匜」的毳匜，沫（湏）字作「🐾」（〈毳匜銘〉，《集成》10247）。自稱為「盤」卻是「匜」的蔡叔季之孫匜，沫（湏）字作「盥」（〈蔡叔季之孫匜銘〉，《集成》10284）。🐾、🐾、🐾、盥等顯然都是「沫（湏）」的古體。《說文》云：「沫，灑面也。從水未聲。湏，古文沫從頁。」（卷十一水部）上揭諸形，正是古文「湏」的繁構，象以器（或省）盛水洗面之形。稱之為「沫（湏）匜」，如同「盥匜」一樣，表明器皿的具體用途。儘管通假之例往往有出人意表者，但是，在已有「沫（湏）」字的情況下，再說「會」通作「沫（湏）」，就不免有濫用通假之嫌了。最有力的證據是〈工盧（吳）季生匜銘〉，辭云：「工盧（吳）季生乍（作）其🐾會🐾。」〔註11〕🐾所從之頁略有訛變殘泐，但仍可隸定為「盥」〔註12〕，即「沫（湏）」。🐾同「🐾／🐾」，即「盥」的異體。有此例，就可以知道「會」不應讀為「沫（湏）」。

既然「會」讀為「沫（湏）」難以成立，那麼，「會盥」應當如何解釋呢？我以為「會」用如本字，所謂「會盥」、「會匜」，其實就是「合匜」，當指有蓋之匜。匜一般有蓋，或全蓋，或流上有蓋（管流）〔註13〕。以防器皿內的水濺出。這在上揭「匜」的象形形體也可以看得出來。《說文》云：「會，合也。從

〔註10〕孫稚雛釋為「沫」。參看氏著：〈金文釋讀中的一些問題的商討（上）〉，《中山大學學報》，1979 年第 3 期。《引得》從之（張亞初：2001 年，第 157 頁）。

〔註11〕參看秦士芝：〈盱眙縣王莊出土春秋吳國銅匜〉，《文物》，1988 年 9 期。二字原均釋作「盥」。《集成釋文》（中國社會科學院考古研究所：2001 年，第六卷，第 144 頁）則作「盥會匜」。

〔註12〕施謝捷作「湏」，無說。參看氏著《吳越文字彙編》，江蘇教育出版社，1998 年 8 月第 1 版，第 534 頁。

〔註13〕參看馬承源主編：《中國青銅器》，上海古籍出版社，198018 年 7 月第 1 版，第 273 頁。

亼从曾省。曾，益也。凡會之屬皆从會。㣛，古文會如此。」（卷五會部）從古文的形體看，會與合關係密切是毫無疑問的。古文字材料可以證明這一點。包山所出楚簡，正有「會」用作「合」的例子：「一會」（《包》263）整理者說：「會，《說文》：『合也。』椁室中有一件銅盒，內盛四件小銅盒，似為簡文所說的『會』。」（湖北省荊沙鐵路考古隊：1991：62頁）郭店所出楚簡「會」用如「合」則更為直接：「《詩》所以會古含（今）之恃（志）也者，《春秋》所以會古含（今）之事也。」（《郭‧語叢一》19～21）例子中兩個「會」都得讀為「合」。銅器銘文也有例證：「凡興士被甲用兵五十以上，〔必〕會王符乃敢行之。燔隊事雖毋會符，行殹。」（〈新郪虎符銘〉，《集成》12108）兩個「會」也等同於「合」。試比較：「合符節別契券者，所以為信也。」（《荀子‧君道》）「公子即合符，而晉鄙不授公子兵而復請之，事必危矣。」（《史記‧信陵君傳》）「會符」相當於「合符」無疑。「合」用為「會」，典籍也有大量例證：「將合諸侯，則令為壇三成，宮旁一門。」（《周禮‧秋官司寇下‧司儀》）漢‧鄭玄注：「合諸侯，謂有事而會也。」又：「合群叟，比校民之有道者。」（《國語‧齊語》卷六）三國‧韋昭注：「合，會也。」又：「齊桓公合諸侯。」（《呂氏春秋‧審應覽》卷十八）漢‧高誘注：「合，會也。」

「合」表「蓋子」的意義，出土文獻即有用例：「四合豆。」（《包》266）「二合簠。」（《包》265）可見，「會盟」例同「合豆」、「合簠」。

至於「鐀」和「盒」，當「會匜」、「會盟」的「會」的孳乳字。而「遹」，〈中山王𧫷壺銘〉二見，俱讀為「會」，則匜銘用為通假無疑。「遹」見《玉篇》：「遹，胡外切，迊也。」（卷十辵部）《集韻》：「帀、迊，作荅切。《說文》：『周也。』從反之而，帀也。或作迊。」（卷十合韻）「遹」釋作「匝」，也不切金文文義。因此，這個字極有可能就是《說文》所載「會」的古體「㣛」，即「襘」。

非常有意思的是以下三器之銘：

〈陳肪簋蓋銘〉（《集成》04190）云：「……作茲寶簋，用追孝於我皇。殹鐀。」這裡的「鐀」，正是必須理解為「合」即蓋子的[註14]。

〔註14〕希白先生云：「《儀禮‧公食大夫禮》『宰夫東面坐，啟簋會，各卻於其西』，注『會，簋蓋也』《士虞禮》『祝酌醴，命佐食啟會』，注『會，合也，謂敦蓋也』。是會乃器蓋而非器也。」可證鐀同「會」，用為「蓋」。參氏著：《商周彝器通考》，上海人民出版社，2008年8月第1版，第285頁。

　　無獨有偶，〈西替毀銘〉（《集成》03710）中也有這麼個「鐘」字，辭云：「西替（楚）乍（作）其妹斳■鉦鐘。」「鐘」恐怕也應該理解為「合」。所謂「鉦」，指器；所謂「鐘」，指蓋。

　　〈趞亥鼎銘〉（《商周》02179）云：「宋莊公之孫趞亥自乍（作）會鼎，子孫永壽用之。」「會鼎」云云，也是指有蓋之鼎。檢諸原物，確為一失蓋之鼎。

　　「鐘」既然用如「合」，指稱蓋，也就可用為器名。〈鐘銘〉（《商周》19243）云：「硓氏晉乍蕭鐘。」其器如盆似蓋，故名。

　　覆核諸匜原物，八例自稱為「會（鐘／盒／遭）盥」者，至少可確定東姬匜、王子适匜、鄎中姬丹匜、王子申匜、工盧（吳）季生匜、唐子仲瀕兒匜、彭子射匜等七器俱為管流，後出的蓳自乍會盥（《商周續》0996）也是管流。而某些器，其蓋殆佚去殘去，例如以鄧匜、曾姪臣匜〔註15〕。只有傳世的蔡子匜既非管流，亦未見蓋（可能已佚）。

　　而唯一一例自稱為「鐘（會）盥（匜）」的虖訇丘匜（《集成》10194），也是管流之器〔註16〕。可見自稱為「會（鐘／盒／遭）盥」或「鐘（會）盥（匜）」者，實在就是指附有蓋子的匜。當然，倘若一個匜器蓋俱全，「會（合）」恐怕也有「完整」的意義，形容匜的渾然一體。

結　語

　　「」、「」、「／」、「／」與「／／」一樣，都是「盥」的異體，宜隸定為「夲」、「」、「」、「」。這個異體的產生，乃由於「盥」已名詞化了。因此，古人為了區分動詞的「盥」與名詞的「盥」而不得不另造一字。春秋時期匜銘「會」、「會」、「鐘」、「會（遭／盒）（／）」等當釋為「會盥」，義同「鐘（會）盥（匜）」，即「合匜」，指有蓋之匜。

本文參考文獻及文獻簡稱

1. 東漢・許慎撰：《說文解字》（大徐本），中華書局，1963 年 12 月第 1 版。本文

〔註15〕據考古發掘報告稱，以鄧匜出土時器碎為數十塊。而曾姪臣匜也有破損，其蓋有可能殘佚。參河南省文物研究所等：《淅川下寺春秋楚墓》（文物出版社，1991 年 10 月第一版，圖一〇，第 15 頁）及湖北省文物考古研究所編：《曾國青銅器》（文物出版社，2007 年 7 月第一版，第 398 頁）。後出的壽匜（《商周續》0928）則未見器影。

〔註16〕虖訇丘匜器影迄今尚未著錄。承蒙陳佩芬館長厚意饋贈上海博物館所藏匜器照片，俾拙論增色。茲謹致謝忱！

簡稱《說文》。

2. 容庚編著，張振林、馬國權摹補：《金文編》，中華書局，1985 年 7 月第 1 版。

3. 湖北省荊沙鐵路考古隊撰：《包山楚簡》，文物出版社，1991 年 10 月第 1 版。本文簡稱《包》。

4. 河南省文物研究所、河南省丹江庫區考古發掘隊、淅川縣博物館撰：《淅川下寺春秋楚墓》，文物出版社，1991 年 10 月第 1 版。

5. 荊門市博物館撰：《郭店楚墓竹簡》，文物出版社，1998 年 5 月第 1 版。本文簡稱《郭》。

6. 張亞初編著：《殷周金文集成引得》，中華書局，2001 年 7 月第 1 版。本文簡稱《引得》。

7. 中國社會科學院考古研究所編：《殷周金文集成釋文》，香港中文大學出版社，2001 年 7 月第 1 版。本文簡稱《集成釋文》。

8. 劉雨、盧岩編著：《近出殷周金文集錄》，中華書局，2002 年 9 月第 1 版。本文簡稱《近出》。

9. 鍾柏生、陳昭容、黃銘崇、袁國華編：《新收殷周青銅器銘文暨器影彙編》，（臺灣）藝文印書館股份有限公司，2006 年 4 月初版。本文簡稱《新收》。

10. 中國社會科學院考古研究所編：《殷周金文集成》（修訂增補本），中華書局，2007 年 4 月第 1 版。本文簡稱《集成》。

11. 容庚著：《商周彝器通考》，上海人民出版社，2008 年 8 月第 1 版。

12. 劉雨、嚴志斌編著：《近出殷周金文集錄二編》，中華書局，2010 年 2 月第 1 版。本文簡稱《近出二》。

13. 吳鎮烽編著：《商周青銅器銘文暨圖像集成》，上海古籍出版社，2012 年 9 月第 1 版。本文簡稱《商周》。

14. 吳鎮烽：《商周青銅器銘文暨圖像集成續編》，上海：上海古籍出版社，2016 年 9 月第 1 版。本文簡稱《商周續》。

原載《古文字研究》第三十輯，中華書局，2014 年 9 月第 1 版，第 168～173 頁。茲有修訂。

【附記】近讀吳鎮烽《商周青銅器銘文暨圖像集成三編》（上海古籍出版社 2020 年），會盥二字或已意化為 ▨▨（〈飲元牡乘馬匜銘〉，《商周三》1256）了，從匚得義。如同本文所徵引的「匜」的變化一樣，正是器名演變的途徑之一。匚內之「𣬛」即便有所殘泐，也無礙讀之為「盥」。由上揭二篆，可以進一步證明「會」不得通作「湏（沬）」，而用以指稱匜器的一部分。本屬動詞的「盥」在銘文中也徹底蛻變為名詞了。而〈限大司馬強匜銘〉（《商周三》1260）以「餇鉈（匜）」替代「會匜」，也證明了「會」的意義業已發生變化，以利於用作食器的修飾語。2021 年 3 月 27 日識於多心齋。

金文倗、嬰考辨

　　金文中「🔣」、「🔣」兩個形體，以前或以為兩字，例如《金文編》，收入附錄上，字頭分別標為 023、024〔註1〕。後來，或均作「倗」〔註2〕，或均作「嬰」〔註3〕。

　　李孝定云：「此所列从大从人（或从企）二形，當分收作『嬰』、『倗』二字，不當入附錄。」〔註4〕筆者以為李先生的意見是正確的。

　　把「🔣」釋為「倗」，大概比較容易為學者所接受。甲骨文有「🔣」（《合》13），金文有「🔣」（〈楚毀銘〉，《集成》04246～04249）、「🔣」（〈帚伯歸夆毀銘〉，《集成》04331）等。因此，「🔣」、「🔣」（甲骨文）、「🔣」、「🔣」（金文）等字可據文例而釋為「朋」〔註5〕，則「🔣」、「🔣」釋作「倗」理所當然。因

〔註1〕參看容庚編著、張振林馬國權摹補：《金文編》，北京：中華書局，1985 年 7 月第一版，第 1030 頁。

〔註2〕例如張亞初，參看氏著：《殷周金文集成引得》，北京：中華書局，2001 年 7 月第 1版，第 261～262 頁。

〔註3〕例如季旭昇，參看氏著：《說文新證》，臺北：藝文印書館股份有限公司，2004 年 11月初版，第 189 頁。

〔註4〕李孝定、周法高、張日昇：《金文詁林附錄》，香港：中文大學，1977 年 4 月初版，第 127 頁。步雲按：是書並沒有從李先生說分列二字，而是俱作「嬰」。周法高：《金文詁林補》（第七冊，臺北：中央研究院歷史語言研究所，1982 年 5 月出版，第 4354 頁）則把🔣釋為「倗」、「嬰」二字，字頭 2026。

〔註5〕參看中國科學院考古研究所：《甲骨文編》，北京：中華書局，1965 年 9 月第 1 版，第 280 頁。又參容庚編著、張振林馬國權摹補：《金文編》，北京：中華書局，1985

此，從形體上考慮，「⿰」是「⿰」、「⿰」的初文恐怕也不容置疑。

基於從大從人無別的古文字考證規律，學者們樂於把「⿱」視為「⿰」的異體也就容易理解了。

不過，如果我們仔細審察，會發現「⿱」和「⿰」在形體上還是有所區別的。首先，前者從大（或可作「天」），後者從人，這是最顯著的差異；其次，前者所從之貝與後者所從之「貝」也不盡相同。「⿱」所從為貝無疑，或體有多至六枚之數（詳下說）。「⿰」所從則類似於倒置的心，而且並無六枚之形的或體。恐怕這正是後者演變為「⿰」、「⿰」的決定性因素。二字的不同，固然體現為從大和從人的差異，而最終取決於從貝與否的差異。「⿰」、「⿰」所從，可能是「玨」，換言之，它是玉串而不是貝串。王國維曾對「玨」、「朋」二字做過考辨，茲摘引如次：

> 殷時玉與貝皆貨幣也。……其用為貨幣及服御者，皆小玉小貝，而有物焉以繫之。所繫之貝、玉，於玉則謂之玨，於貝則謂之朋。然二者於古實為一字。玨字殷虛卜辭作⿰（《後編》卷上第二十六頁），作⿰（《前編》卷六第六十五頁），或作⿰（《後編》卷下第二十及第四十頁）。金文亦作⿰（乙亥敦云：玉十⿰）。皆古玨字也。……古繫貝之法與繫玉同，故謂之朋。其字卜辭作⿰（《前編》卷二第三十頁，作⿰（卷五第十頁）。金文作⿰（遟伯寧敦），作⿰（庚嬴卣），作⿰（且子鼎）。……知玨、朋本一字，可由字形證之也。更以字音證之，玨自來讀古岳反。《說文》亦以瑴為玨之重文，是當從㱿聲。然竊意玨與瑴義同意異。古玨字當與珋同讀。《說文》珋讀與服同。《詩》與《士喪禮》作服。古文作⿰，古服菔同音。玨亦同之。故珋以之為聲。古者玉亦以備計，即玨之假借。齊侯壺云：璧二備。即二玨也。古音服備二字皆在之部，朋字在蒸部。之蒸二部陰陽對轉。故音變為朋。音既屢變，形亦小殊，後世遂以玨專屬之玉，以朋專屬之貝。不知其本一字也。……余意古制貝、玉皆五枚為一系，合二系為一玨，若一朋。〔註6〕

年 7 月第一版，第 438～439 頁。

〔註6〕參看〈說玨朋〉，載氏著：《觀堂集林》，北京：中華書局，1959 年 6 月第 1 版，第 160～163 頁。

撇去時代局限性不論，王先生對於珏、朋卓越的識見實在讓人服膺。

為了進一步理解王先生的論斷，我們不妨分析一下「寶」字。其古形體中便有「玉」、「貝」兩個字符。甲骨文作 ▨（《粹》1489）、▨（《甲》3741）、▨（《存下》63）等形；商代銅器銘文作▨（《集成》02708）、▨（《集成》04144）、▨（《集成》03602）等形。可知「玉」、「貝」二字古人本辨之甚明，那麼，表示雙玉串的「珏」、雙貝串的「朋」不容相混也就理所當然的了。只是二字形、音、義俱相近而容易造成相混而已。

更為重要的是▨（檔銘，《集成》09808。參看本文文末附二檔銘圖）、▨（觚文，《集成》07011）、▨（〈子賏戈銘〉，《集成》11100）〔註7〕、▨（〈蔡賏戈銘〉，《集成》11163）〔註8〕等字的存在，昭示了「▨」與「▨」有著截然不同的源流。▨、▨等字，或作「朋」〔註9〕，其實應當作「賏」。《說文》云：「賏，頸飾也。從二貝。」（卷六貝部）《集成》09808辭云：「賏五，夆（降）父庚。」賏用如本義無疑。賏，亦用作「嚶」、「鸚」、「罌」、「鷪」等字的聲符，那麼，「▨」是「▨」、「▨」的孳乳字無可置疑。《說文》云：「嬰，頸飾也。從女賏，賏其連也。」（卷十三女部）今「嬰」字從女從賏，與從大的金文略異。不過，從人從大從女從卩，在漢字系統中往往無別。例如「侄」或作「姪」，「伎」或作「妓」。古文字系統更是如此。甲骨文「奚」，或從大作▨（《甲》783），或從人作▨（《京津》4535），或從女作▨（《寧滬》1.186）。甲骨文「匜」，或從人作▨（《鐵》172.4），或從卩作▨（《鐵》272.2），或從女作▨（《甲》2239）。金文「光」，或從卩作▨（〈矢方彝銘〉，《集成》09901），或從女作▨（〈宰甫卣銘〉，《集成》05395）。因此，「嬰」或從大或從女，恐怕正反映了古今文字嬗變的歷史軌跡。此處，且舉一個內證，以說明古文字尚無定法的規律。▨（鼎文，《新收》1417），視之為「▨」的或體恐怕不會引起異議。可是這個形體所從大卻無下垂之雙手，而且多出兩貝。▨（觳文，《集成》03151），雖然也從

〔註7〕或作「子眀戈」。參看曹錦炎：《鳥蟲書通考》，上海：上海書畫出版社，1999年6月第1版，第186～187頁。

〔註8〕賏，張亞初：《殷周金文集成引得》作「眀」，北京：中華書局，2001年7月第1版，第586頁。

〔註9〕參看張亞初：《殷周金文集成引得》，北京：中華書局，2001年7月第1版，第122頁。又參中國社會科學院考古研究所編：《殷周金文集成釋文》第四卷，香港：中文大學出版社，2001年10月第一版，第426頁。步雲案：《金文編》均未收。

四貝，卻非從大，而是從夭。而 🔾（壺文，《集成》09501。字又見且癸角、且癸爵二器，《集成》08361、08362），相信正是 🔾 的繁構，從六貝〔註10〕。「🔾父乙」（《集成》10039），既作「🔾父乙」（《集成》03151），又作「🔾父乙」（《集成》09501），可證三形一字。由此可見這個形體所從「大」之兩手可有可無，既可垂下也可上揚；所從貝亦無定數。無獨有偶，「🔾」所從側面人形或亦無手：「🔾」（爵文，《集成》07384），或亦無趾：「🔾」（爵文，《集成》08840）。可見，手之有無，手之下垂上揚，貝之多寡，並不影響這個形體所表意義。這正是古文字考釋讓人倍感困難的地方。

倘若從文義上考察，會發現「🔾」、「🔾」二字的用例也存在不容相混之處。檢《殷周金文集成》和《新收殷周青銅器銘文暨器影彙編》二書，「🔾」凡 20 例，「🔾」凡 18 例。所有文例都十分簡單，除了單個銘文外，都是其後接稱謂日名，為氏族之名無疑。即便如此，也足以讓我們認識二者所用的不同了。茲臚列全部文例如次：

「🔾兄丁」（《集成》05002）、「🔾兄丁」（《集成》05003）、「🔾兄丁」（《集成》05683）、「🔾父乙」（《集成》03151）、「🔾父乙」（《集成》09501）〔註11〕、「🔾父乙」（《集成》10039）、「🔾父丁」（《集成》01592）、「🔾父丁」（《集成》09350）、「🔾父辛」（《集成》08604）、「🔾父癸」（《集成》03214）、「🔾母」（《新收》1417）、「🔾且丁」（《集成》01510）、「🔾且丁」（《集成》03138）、「🔾且癸」（《集成》08361）、「🔾且癸」（《集成》08362）、「辛🔾」（《集成》03068）〔註12〕、「🔾」（《集成》01005）、「🔾」（《集成》01006）、「🔾」（《集成》01007）、「🔾」（《新收》1532）。

「🔾舟」（《集成》01459）、「🔾舟父丁」（《集成》01838）、「🔾舟」（《集成》04842）、「🔾舟」（《集成》06189）、「🔾舟」（《集成》07037）、「🔾舟」（《集成》

〔註10〕 🔾、🔾 二形，張亞初：《殷周金文集成引得》（第 141 頁）均作「趣」，北京：中華書局，2001 年 7 月第 1 版。中國社會科學院考古研究所：《殷周金文集成釋文》（第三卷，第 33 頁、第五卷，第 171、386 頁）均作「倗」，香港：中文大學出版社，2001 年 10 月第一版。步雲案：作「趣」過於拘泥形體差異。

〔註11〕 此器藏陝西省歷史博物館。筆者目驗，當作卣，而非壺。

〔註12〕 此例當讀作「🔾辛」。參看譚步雲：〈商代銅器銘文釋讀的若干問題〉，《中山人文學術論叢》第五輯，高雄中山大學中文系，2005 年 8 月初版，第 1～20 頁。徐同柏：《從古堂款識學》載鼎銘 🔾（卷一，頁 3，仰視千七百二十九鶴齋本），可證。

07038）、「□舟」（《集成》07039）、「□舟」（《集成》07385）、「□舟」（《集成》11449）、（「□舟◇」《集成》08165）、「亞□」（《集成》07789）、「亞□」（《集成》09478）、「亞□」（《集成》10838）、「亞□」（《新收》1679）、「□且丁」（《集成》08840）、「□且己」（《集成》03140）〔註13〕、「□」（《集成》07384）、「□」（《新收》1423）。

前文已述，「□父乙」（《集成》10039），既作「□父乙」（《集成》03151），又作「□父乙」（《集成》9501），證明「□」、「□」、「□」為一組異體字，但是，卻無「□父乙」的文例。其餘「□兄丁」、「□父丁」、「□父辛」、「□父癸」、「□母」、「□且癸」、「辛□」均無作「□兄丁」、「□父丁」、「□父辛」、「□父癸」、「□母」、「□且癸」、「辛□」者。

同樣地，「□舟」沒有一例可以作「□／□／□舟」，「亞□」也無一例作「亞□／□／□」。

只有「□且丁」（《集成》08840）和「□且丁」（《集成》03138）是個例外。然而，「且丁」的稱謂實在太常見，偶而的相同不足為奇。

兩字所用絕不相同可斷言！

這兩個族名，恐怕就是後世嬰氏和倗氏之本源。

戰國璽印有「嬰□」〔註14〕。漢・王符《潛夫論》載：「凡桓叔之後有韓氏、言氏、嬰氏、禍余氏、公族氏、張氏。此皆韓後姬姓也。」（卷九頁十，景江南圖書館藏述古堂景宋精寫本）《康熙字典》則云：「（嬰）又姓，晉季膺之後。別作賏。」所考起源時代偏晚。殆去古太遠，而失其本源矣。

至於「倗」，金文中頗有用作人名的例子：「倗」（〈倗作羲丏姒鬲銘〉，《集成》00586）、「楚弔（叔）之孫倗」（〈楚叔之孫倗鼎銘〉，《集成》02357）、「倗中（仲）」（〈倗仲鼎銘〉，《集成》02462）、「倗丏」（〈倗丏殷銘〉，《集成》03667）、「倗白（伯）」（〈倗伯殷蓋銘〉，《集成》03847）、「中（仲）倗父」（〈楚殷銘〉，《集成》04246）、「倗生」（〈格伯殷銘〉，《集成》04262）、「宰倗父」（〈望殷

〔註13〕此例的「□」殆亦「□」異體。中國社會科學院考古研究所：《殷周金文集成釋文》（第三卷，第32頁）亦作「倗」，香港：中文大學出版社，2001年10月第一版。姑且亦列於此。

〔註14〕參看羅福頤：《古璽彙編》337，北京：文物出版社，1981年12月第一版，第3640頁。亦見莊新興：《戰國璽印分域編》229，上海：上海書店出版社，2001年10月第一版，第1301頁。步雲按：二書所釋不同。此從羅著。

銘〉,《集成》04272)。那它成為姓氏是順理成章的事兒。《廣韻》云:「倗,輔也。又姓。《漢書・王尊傳》云:南山群盜倗宗等。」(十七登韻)「倗」,《漢書》本作「傰」。宋・鄧名世云:「傰,《姓書》曰:漢南山盜帥傰宗,音多,亦音朋。此以形似取之之誤也。謹按《王尊傳》,尊為高陵令時,南山盜帥傰宗等數百人為吏民害,尊捕殺之。藮林曰:傰音朋。晉灼曰:音倍。師古曰:晉音是。然則諸書音多無據,合從師古為正。案傰一作倗。《集韻》、《廣韻》、《唐韻》均音朋。今仍收入登韻。」(《古今姓氏書辯證》卷十七,四庫全書本)今天看來,恐怕《漢書》的「傰」倒是個後起字〔註15〕。

如果從上引諸器的出土地域考察,也可知「🧍」氏和「🧍」氏不同族。鐫有「🧍」和「🧍」的器皿多為傳世之物,只有五件出土地域明確:《集成》01038、11449 均出自安陽;《集成》03068 出陝西武功,《集成》03214 出陝西寶雞,《新收》1417 出雲南石屏(可能為窖藏品)。換言之,「🧍」氏可能與商王室有一定的血緣關係,子姓;而「🧍」,可能為西方方國姓氏,這一點,倒是和典籍所載相合。

結　語

從字形、字義及其流變考察,金文中「🧍」、「🧍」兩個形體應是兩個不同的字。前者當釋為「倗」,後者當釋為「嬰」。不宜等而同之。二字演變途徑如下圖所示:

🧍(商代金文)→🧍(西周金文)→🧍(戰國陶文)→🧍(篆文)

🧍(商代金文)→🧍、🧍(春秋金文)→🧍(戰國璽文)/🧍(戰國陶文)→🧍(篆文)

可以看到,倗字的演變是一個漸進的過程,嬰字的演變則是一個跳躍的過程。

《甲骨文編》收「🧍」作「嬰」(孫海波:1965:478 頁)。虜🧍毀出殷墟,銘止二字。🧍(〈虜🧍毀銘〉,《集成》03114),《金文編》收入附錄上,編號572,疑為「嬰」本字。此二文一併附此待考。

〔註15〕迄今為止,「傰」只見於睡虎地秦簡。參看湯餘惠:《戰國文字編》,福州:福建人民出版社,2001 年 12 月第一版,第 567 頁。

附一　本文主要參考文獻及簡稱

1. 中國社會科學院考古研究所:《殷周金文集成》(修訂增補本),北京:中華書局,2007 年 4 月第 1 版。本文簡稱《集成》。

2. 東漢‧許慎:《說文解字》(大徐本),北京:中華書局,1963 年 12 月第 1 版。本文簡稱《說文》。

3. 容庚編著、馬國權、張振林摹補:《金文編》,北京:中華書局,1985 年 7 月第 1 版。

4. 張亞初:《殷周金文集成引得》,北京:中華書局,2001 年 7 月第 1 版。

5. 郭沫若主編,胡厚宣總編輯:《甲骨文合集》,北京:中華書局,1979 年 10 月～1982 年 10 月。本文簡稱《合》。

6. 中國社會科學院考古研究所:《甲骨文編》,北京:中華書局,1965 年 9 月第 1 版。本文甲骨著錄簡稱請參此書「引書簡稱表」。

7. 鍾柏生、陳昭容、黃銘崇、袁國華:《新收殷周青銅器銘文暨器影彙編》,臺北:藝文印書館,2006 年 4 月初版。本文簡稱《新收》。

8. 中國社會科學院考古研究所:《殷周金文集成釋文》,香港:中文大學出版社,2001 年 10 月第一版。

附二　櫺銘圖

集成09808

原紀念何琳儀先生誕辰七十週年暨古文字學國際學術研討會論文,安徽大學,2013 年 8 月 1～3 日,載《紀念何琳儀先生誕辰七十週年暨古文字學國際學術研討會會議論文集》,第 77～80 頁,安徽大學。

釋隸（洰、蒞、苙）

在金文中，有「圧」（容庚：1985：662 頁）這麼個形體，與《說文》所載「㢊」同。事實上，「圧」止此一例，餘下均從广作「圧」，可隸定為「㢊」，殆「圧」的或體。

而另一個形體「𡦦」，可以隸定為「𡦦」，《說文》所無。根據其用法，學者們大都認為它是「㢊」的異體。因而字書通常也附諸「㢊」字條下（容庚：1985：662 頁）。

然而，《說文》云：「㢊，石聲也。從厂立聲。」（卷九厂部）這個釋義，無法切合金文的所有文例。因此，學者們別闢蹊徑，試圖求得正解。學者們的考釋，可歸納為三派意見：

一、釋形派

吳大澂以為即古居字，高田忠周、郭沫若從之，均有詳說（周法高：1975：5771～5773 頁）〔註1〕。

陳夢家謂字從厂，立聲，即《說文》之廙，行屋也。譚戒甫從之（周法高：1975：5774～5775 頁）。

〔註1〕工具書或採此說。參黃德寬主編：《古文字譜系疏證》，商務印書館，2007 年 5 月第 1 版，第 3865～3866 頁。步雲案：近來或亦釋「居」，以為是周天子離宮的專用字。顯然欠缺語言文字以及文獻方面的理據。參看黃益飛：〈金文所見「㢊」與西周政治統治〉，《考古》，2016 年第 9 期。

　　無論釋居釋廙都有一定的理據，不過，視之為名物，置於銘辭中每每扞格難通。況且，金文中自有「居」（容庚：1985：603 頁）、「廙」（容庚：1985：659頁）二字，因此，釋居釋廙都不無疑問。

二、通假派

　　唐蘭讀為「位」，以為就是臨時蓋的行宮（周法高：1975：5773～5774 頁）〔註2〕。

　　張亞初逕作「位」（張亞初：2001：681 頁），恐怕是受了唐說的影響。

　　孤立地看，不無道理。然而，我們知道，在金文中，讀為「位」的字是「立」，例如金文常語「即位」、「王各位」之類，「位」都作「立」。因此，說「应」通作「位」頗覺牽強，而所謂「臨時的行宮」，也屬無根之談。

三、釋義派

　　吳闓生疑即宰字（周法高：1975：5773 頁）。

　　此說於字形、字音均無徵，庶幾臆測而已。

　　筆者以為，「竦」當從宀從立，立亦聲，當典籍所見泣（或作蒞、莅）字，亦即字書所載的「竦」。而「应（应）」，則是「竦」的通假字。

　　大徐本《說文》云：「竦，臨也。从立从隶。」（卷十立部）小徐本《說文》則云：「竦，臨也。從立隶聲。臣鍇曰：《春秋左傳》：如齊泣盟。今俗作泣。借也。隶音逮，柳嗜反。」（卷二十立部）

　　徐鍇以為字從隶得聲，而且認為它就是「泣（或作蒞、莅）」的本字，大概都沒有什麼問題。不過，從典籍所用的泣（或作蒞、莅）字分析，此字從立得聲或從隶得聲恐怕沒有區別。音韻學家認為，「泣（或作蒞、莅）」來母質韻，「立」來母緝韻，「隶」定母月（質）韻〔註3〕。準此，則「泣（或作蒞、莅）」聲母同「立」，韻母卻同「隶」。可知「竦」從立得聲或從隶得聲都有音韻上的根據。

　　因此，無論從字形還是字音考察，「竦」從宀從立立亦聲也就是「竦」的本字顯然是可能的。

─────────────────

〔註2〕工具書或採此說。參張世超等撰著：《金文形義通解》，（日本）中文出版社，1996
　　　年3月初版，第 2333～2334 頁。
〔註3〕唐作藩：《上古音手冊》，江蘇人民出版社，1982 年9月第1版，第 78、25 頁。

文字從會意向形聲轉化，是漢字發展的規律之一。例子甚夥，不勞列舉〔註4〕。

既然「𡘫」釋作「隸」有著文字演變的理據，那麼，它的意義是否切合所用文例，正是我們所最關心的。

在分析「𡘫」在文例中的意義和用法之前，我們首先看看涖（或作蒞、莅）在文獻中的意義和用法。

《爾雅·釋詁第一》云：「監、瞻、臨、涖、俯、相，視也。」郭璞注云：「皆謂察視也。」

宋·陳彭年《重修玉篇》云：「莅，力至切。臨也。與涖同。」（卷三艸部）

宋·陳彭年《重修廣韻》云：「位，正也；列也；莅也。中庭之左右謂之位。於愧切。」（卷四至韻）

又：「臨，莅也；大也；監也。又姓。《後趙錄》有秦州刺史臨深也。」（卷二侵韻）

又：「莅，臨也。又作蒞。」（卷四至韻）

又：「涖，涖涖，水聲。」（卷四至韻）

宋·丁度《宋刻集韻》云：「隸、莅、蒞、位，《說文》：臨也。或作莅、蒞、位。」（卷七至韻）

又：「蒞，汔也。一曰蒞蒞下瀨，水聲。」（卷七至韻）

以上詞典字書的說法是否可信，不妨再通過文獻用例以及群儒注疏加以驗證。

（1）蓄疑敗謀，怠忽荒政，不學牆面，莅事惟煩。（《尚書·周書·周官》）

（2）凡祀大神，享大鬼，祭大示，帥執事而卜日，宿眡滌濯，涖玉鬯，省牲鑊，奉玉齍。（《周禮·春官宗伯第三》卷五）

（3）若大師，則掌其戒令，涖大卜，帥執事涖釁主及軍器（鄭玄注：大師王出征伐也。涖，臨也。臨大卜，卜，出兵吉凶也）。（《周禮·夏官司馬第四》卷七）

（4）處士修行足以教人可使帥眾蒞百姓者幾何人？士之急難可使者幾何人？（《管子·問第二十四》卷第九）

〔註4〕參譚步雲：〈漢字發展規律別說〉，（香港）《語文建設通訊》總63期，2000年4月。

（5）以道莅天下，其鬼不神（河上公注：以道德居位治天下，則
　　　鬼不敢見其精神以犯人也）。（《老子》六十章）

（6）知及之仁，能守之；不莊以涖之，則民不敬（何晏《集解》
　　　引苞氏曰：不嚴以臨之則民不敬從上也）。（《論語·衛靈公第
　　　十五》卷八）

（7）然則王之所大欲可知己：欲闢土地，朝秦楚，莅中國而撫四
　　　夷也（趙岐注：莅，臨也。言王意欲庶幾王者，莅臨中國而
　　　安四夷者也）。（《孟子·梁惠王上》卷一）

（8）居一年餘，管仲死。君遂不用隰朋而與豎刁，刁蒞事三年……
　　　（《韓非子·十過第十》卷三）

（9）莅官不敬，非孝也（高誘注：莅，臨也）。（《呂氏春秋·孝行
　　　覽第二》第十四卷）

（10）楚莊王蒞政三年，不治而好隱戲，社稷危，國將亡。（漢·劉
　　　向《新序·雜事第二》卷二）

　　聊舉十例，以遵循「例不十法不立」的引證原則。儘管以上臚列的時代不一的文獻用例或作「涖」或作「蒞」或作「莅」，卻也足以說明涖（蒞、莅）的意義用法與字典辭書的解釋相吻合。這裡不妨引用清代學者一段精闢的解說以概括「逨」與「涖（蒞、莅）」的關係：「《玉篇·艸部》：莅，臨也，與涖同。《說文》有逨無莅、涖。鄭注《儀禮》讀位為莅，蓋逨之隸變也。《穀梁傳》：涖者，位也。又《昭七年傳》：涖，位也。《周禮》肆師注：故書位為涖，杜子春云：涖當為位，書亦或為位，又通作立。鄉師司市大宗伯注並云：故書涖作立。鄭司農讀立俱為涖，訓為臨，視也。與《爾雅·釋詁》『涖視也』亦合。《說文》訓逨為臨，與此通。《禮·士冠禮》及《禮記·文王世子》涖皆作蒞。涖、莅皆即逨字。」（清·陳立《公羊義疏》卷二十九頁十二，據南菁書院續經解本排印）

　　可見，文獻中的「涖（蒞、莅）」的確是「逨」的通假字，的確表「臨」、「臨事」的意義，猶言視事。那麼，「⿱宀至」、「⿸厂至（⿱宀至）」在銅器銘文中是否用如「臨」、「臨事」呢？

　　先看「⿱宀至」。

（1）〈揚殷銘〉（《集成》04295）：「眔嗣（司）⿱宀至眔嗣（司）芻眔

　　嗣（司）寇。」

　　　（2）〈師虎殷銘〉（《集成》04316）：「王在杜，🯄，格於大室。」

　　　（3）〈瑪叔鼎銘〉（《集成》02615）：「唯八月在酉，🯄，誨。」

除了「嗣（司）🯄」之外，🯄讀為「臨」、「臨事」可謂暢順無礙，可逕直翻譯為「視事」。這恐怕正是「隶」所具有的「臨」、「臨事」意義所由來。

至於「嗣（司）🯄」，據〈揚殷銘〉上下文意，「嗣（司）🯄」為職稱無疑，傳世典籍未見。以詞義度之，「🯄」可能得讀為「隸」，「嗣（司）🯄」即「司隸」。《周禮・秋官司寇》云：「司隸，掌五隸之瀘。」（卷三十六頁八，新訂六譯館叢書本）這也從另一角度瞭解到「🯄」的讀音與「隶」有共同之處：從立得聲從隸得聲都無妨。

再來看「🯅（🯅）」。

　　　（1）〈農卣銘〉（《集成》05424）：「王在□，🯅，王親令……。」

　　　（2）〈舀鼎銘〉（《集成》02838）：「王在遷，🯅。井弔（叔）易（賜）舀赤金……。」

　　　（3）〈長甶盉銘〉（《集成》09455）：「穆王在下減，🯅。穆王卿（饗）豐（醴）。」

　　　（4）〈師事殷銘〉（《集成》04279）：「王在減，🯅。甲寅，王各立（位）。」

　　　（5）〈不栺方鼎銘〉（《集成》02735）：「王在上侯，🯅奉裸。」

　　　（6）〈中方鼎銘〉（《集成》02751）：「王令中先眚南或（國），貫行埶，王🯅，在罋隂真山。」

　　　（7）〈蔡殷銘〉（《集成》04340）：「王在減，🯅。旦，王各大室。」

　　　（8）〈小臣夌鼎銘〉（《集成》02775）：「王迲於楚麓，令小臣夌先省楚，🯅，王至於迖，🯅，無譴。」

　　　（9）〈中甗銘〉（《集成》00949）：「王令中先眚南或（國），貫行埶，🯅。在曾。史兒至，以王命曰：」

　　　（10）〈趞盨蓋銘〉（《近出》506）：「王在周，執駒於滆，🯅。」

如同「🯄」，「🯅（🯅）」在上引文例中都可翻譯為「視事」。

在銅器銘文中，「在……＋動詞」句式很常見。例如：「王在闌師。公在盩

師。」（〈利毁銘〉，《集成》02728）類似的句子還有：「王在寒師。」（〈中方鼎銘〉，《集成》02785）「雩厥復歸，在牧師。」（〈小臣🔡毁銘〉，《集成》04239）「在高師。」（〈𣪘毁銘〉，《集成》04322）「在而師。」（〈宰甫卣銘〉，《集成》05395）「在炎師。」（〈🔡尊銘〉，《集成》06004）「在微霝處。」（〈史牆盤銘〉，《集成》10175）又如：「王在芬真（貞）。」（〈寓鼎銘〉，《集成》2756）再如：「在雩御事。」（〈大盂鼎銘〉，《集成》02837）因此，學者們習慣於把「在……」看作一介賓結構而在後面的動詞句讀。儘管我們仍舊可以把「在……＋🔡（㾭、㾭）」斷為一句，但是，以「🔡（㾭、㾭）」作動詞謂語的句子，「🔡（㾭、㾭）」大都宜獨立成句。也許，正是以往句讀的慣性思維影響了學者們對「🔡（㾭、㾭）」的正確釋讀。

結　語

「🔡」象人立於屋宇之形，從宀從立立亦聲，可隸定為「宔」，表「㳿臨」之義，當「㳿（泣、㳿、㳿）」的本字，在金文文例中多用為「臨（臨事、視事）」，文義通暢無礙。不過，「嗣（司）宔」的「宔」卻通作「隸」。「嗣（司）宔」即文獻所見之「司隸」，周代官稱。

而「㾭（㾭）」，也許正如高鴻縉所說：「當从石立聲。」（周法高：1975：5775頁）《說文》釋為「石聲」可能並不誤，只是在銅器銘文中，通作「宔」而已。

考察「宔（㾭、㾭）」在銅器銘文中的用法意義，我們不得不重新考慮使用了「宔（㾭、㾭）」字的銘文應如何句讀才接近正確。

此外，貨幣文中亦見呈孤立狀態的「宔」[註5]，疑亦讀作「隸」，意謂「隸屬官方」。

金文的這個字，疑源自甲骨文的「🔡」。《甲骨文編》隸定為「宊」，作未識字收入卷七宀部附錄，凡二例（其中《續》3.31.5出處可能有誤）。辭云：「乙亥卜，王先㞢歲叔乃申？／茲用。／㞢歲，王🔡？」（《合補》10381，即《合》27164＋27165）就上引文例而言，「🔡」讀為「㳿（泣、㳿、㳿）」也並無問題。

〔註5〕汪慶正主編：《中國貨幣大系》，上海人民出版社，1988年4月第一版，第160～161頁。

本文主要徵引文獻及簡稱

1. 中國社會科學院考古研究所（孫海波）：《甲骨文編》，北京：中華書局，1965 年。本文甲骨文著錄簡稱悉參是書「引書簡稱表」。

2. 周法高主編：《金文詁林》，香港：香港中文大學，1975 年。

3. 郭沫若主編胡厚宣總編輯：《甲骨文合集》，北京：中華書局，1979～1982 年 10 月第一版。本文簡稱《合》。

4. 容庚編著，張振林、馬國權摹補：《金文編》，北京：中華書局，1985 年 7 月第 1 版。

5. 中國社會科學院歷史研究所（彭邦炯、謝濟、馬季凡）：《甲骨文合集補編》，北京：語文出版社，1999 年。本文簡稱《合補》。

6. 張亞初編著：《殷周金文集成引得》，北京：中華書局，2001 年 7 月第 1 版。本文簡稱《引得》。

7. 劉雨、盧岩編著：《近出殷周金文集錄》，北京：中華書局，2002 年 9 月第 1 版。本文簡稱《近出》。

8. 中國社會科學院考古研究所編：《殷周金文集成》（修訂增補本），北京：中華書局，2007 年 4 月第 1 版。本文簡稱《集成》。

原 2017 年中國文字學會第九屆學術年會，貴州師範大學文學院、貴陽孔學堂，2017 年 8 月 18～22 日，載《中國文字學會第九屆學術年會論文集》（下），第 566～570 頁，貴州師範大學文學院。

商代彝銘🔲考

🔲（《集成》03393），殷文。此合文止見於《古文字類編》（高明：1980：594頁）以及《商周圖形文字編》（王心怡：2007：704頁），其餘字書皆失收。

《集成》釋文作「亞疋（奄🔲）」（中國社會科學院考古研究所：2007：1828頁）。《引得》釋同（張亞初：2001：60頁）。

《集成釋文》作「（🔲奄）亞尤」（中國社會科學院考古研究所：2001：第三卷69頁）。

高明以為亞內之 🔲 同甲骨文 🔲（《京津》4782）（高明：1980：594頁），無說。

此器流散海外，無出土地可資參考。同銘者近時復見多器，有鼎（《商周續》0081）、瓠（《商周續》0705、0706二器）、卣（《商周續》0862、0863二器）、盤等（參看本文文末附圖），均載此合文。或釋作「亞若」[註1]。

金文中有「尤」、「若」二字，分別作 🔲（〈獻𣪘銘〉，《集成》04205）、🔲（〈大盂鼎銘〉，《集成》02837）諸形。相較之下，可知所釋均不無可商。至於「疋」，張亞初《引得》「疋」字條下臚列金文17例，其實分屬兩個形體：一

[註1] 參看付強：〈亞若天黽獻盤銘文考釋〉，先是以〈介紹一件天黽青銅盤〉為題首發於復旦大學出土文獻與古文字研究中心主辦的網站（http://www.gwz.fudan.edu.cn/Web/Show/3082），2017年8月04日。然後又以〈亞若天黽獻盤銘文考釋〉為題刊發於武漢大學簡帛研究中心主辦的簡帛網（http://www.bsm.org.cn/show_article.php?id=2979），2018年1月24日。亦載《大眾考古》，2018年11期，第52～54頁。

是接近於「足」而讀為「胥」的 ⟨圖⟩，見於〈瘨鐘銘〉（《集成》00247～00250）、〈師晨鼎銘〉（《集成》02817）、〈善鼎銘〉（《集成》02820）、〈免毀銘〉（《集成》04240）、〈走毀銘〉（《集成》04244）、〈申毀蓋銘〉（《集成》04267）、〈元年師兌毀銘〉（《集成》04274、04275）、〈三年師兌毀銘〉（集成 04318、04319）、〈蔡毀銘〉（《集成》04340）、〈鮮盤（毀）銘〉（《集成》10166）等；另一則是接近於《漢語古文字字形表》（徐中舒：1981：78 頁）所載甲骨文「疋」的 ⟨圖⟩，見於〈疋作父丙鼎銘〉（《集成》02118）和〈疋冊鼎銘〉（《集成》01900）。顯然，這兩個形體都與 ⟨圖⟩ 相去甚遠，而 ⟨圖⟩ 並不從止也可以斷言。

筆者以為，⟨圖⟩ 殆可釋作「亞九」。

金文「九」字常見，大致作 ⟨圖⟩（〈毀銘〉，《集成》03035）〔註2〕、⟨圖⟩（〈戍嗣鼎銘〉，《集成》02708）、⟨圖⟩（〈師趛鼎銘〉，《集成》02713）、⟨圖⟩（〈鄧公毀蓋銘〉，《集成》04055）、⟨圖⟩（〈小臣宅毀銘〉，《集成》04201）等形。

⟨圖⟩ 為「九」字古體。這可以通過以下文字得以證實：

犬：⟨圖⟩（〈戍嗣鼎銘〉，《集成》02708）→ ⟨圖⟩（〈犬爵銘〉，《集成》07525）

狷：⟨圖⟩（〈寧狷父丁斝銘〉，《集成》09242）→ ⟨圖⟩（〈作狷寶彝器銘〉，《集成》10539）

象：⟨圖⟩（〈象祖辛鼎銘〉，《集成》01512）→ ⟨圖⟩（〈師湯父鼎銘〉，《集成》02780）

馬：⟨圖⟩（〈馬戈銘〉，《集成》10857）→ ⟨圖⟩（〈戍寅鼎銘〉，《集成》02594）

兔：⟨圖⟩（〈亞兔鴞尊銘〉，《集成》05565）→ ⟨圖⟩（〈后鳧母斝銘〉，《集成》09223）〔註3〕

前者為古體，後者為今體。二者迥異明顯：前者更接近於圖畫而具象，後者則傾向於簡約而抽象。筆者曾經論證過這個形體演變途徑是人類文字由古及今演進的必由之路，其中，文字是橫著寫還是豎著寫正是原始文字與成熟文字的分野〔註4〕。即便數目字也不例外：

〔註2〕 原無釋。《引得》徑作「九」（張亞初：2001 年，第 57 頁），《集成釋文》釋同（中國社會科學院考古研究所：2001 年，第三卷，第 18 頁）。步雲案：儘管銘文止一字，但所釋可從。

〔註3〕 ⟨圖⟩，一般作「⟨圖⟩」或「⟨圖⟩」。本文姑且如此處理，這並不影響論證。

〔註4〕 參看譚步雲：〈甲骨文所見動物名詞研究〉，載《古文字論壇》第三輯，中西書局，2018 年 12 月第 1 版，第 123～125、185 頁。

五：🔲（〈史斿父鼎銘〉，《集成》02373）→ 🔲（〈宰㭨角銘〉，《集成》09105）

有趣的是，用作卦名的「五」多作🔲。除上舉例子外，〈者◇鼎銘〉（《集成》01757）、〈董白鼎銘〉（《集成》02156）、〈效父殷銘〉（《集成》03822、03823）、〈董白器銘〉（《集成》10571）等皆如是作。就筆者目及，只有〈召中卣銘〉（《集成》05020）是個例外。顯然，🔲也是古體，以區別於通常的數目字。應當指出的是，某些🔲的使用，可能只是仿古之作。

我們注意到，🔲諸器的銘文都呈現出古雅的特點，那「九」沿用古體可以理解。何況，這裡的「九」用為專名，與璽印用字趨古的情形類似。

《說文》云：「九，陽之變也，象其屈曲究盡之形。凡九之屬皆从九。」（卷十四九部）解說玄之又玄，難明所以。

因此，高鴻縉別作解釋：「象鉤之形，藉以為數。」（周法高：1975：7892頁）「鉤」自有其本字：「句」或「ㄐ」。這已成學界共識。

朱芳圃也另闢蹊徑：于省吾云「象蟲形之上曲其尾」。馬敘倫謂「肘之初文與厷為一字」。「二說非，象動物足指踐地之跡，蟲類萬、禹，獸類如禺、离，皆從此作，是其證。」（周法高：1975：7892～7893頁）

林義光認為「蓋取曲之意，藉以為數」（周法高：1975：7891頁），而傾向於朱說：「九與内同一語源。」（周法高：1975：7892～7893頁）筆者以為此說最接近確解。

《說文》云：「内，獸足蹂地也，象形。九聲。蹂，篆文从足柔聲。」（卷十四内部）

如果考察載有🔲合文的器皿花紋，「九」與内字同源而為蟲豸之類足指踐地之跡恐怕正是「九」之本義，而借為數目之字。

那麼，「亞九」又是歷史上的誰呢？竊以為殆即典籍中的「九侯」，也就是「鬼侯」。

《史記集解・殷本紀》載：「（紂）以西伯昌、九侯、鄂侯為三公。九侯有好女，入之紂。九侯女不熹淫。紂怒殺之，而醢九侯。」【集解】徐廣曰：「一作『鬼侯』，鄴縣有九侯城。」（卷三頁九，四庫全書本）《竹書紀年》亦載：「元年己亥，王即位，居殷，命九侯、周侯、邘侯（周侯為西伯昌）。」（卷上頁三十四，四庫全書本）

載有 🔲 合文諸器款識簡略，俱作：「亞九天黿獻。」《集成》03393器文有所殘泐，今天也可據後出器銘加以補正。🔲，常見字，人形胯下蟲形頗有異體，學界多隸定作「畬」，其實宜作「黿」。故此也可視之為「天黿」合文，而據郭沫若說讀作「軒轅」〔註5〕。如果其說可信，則「亞九」源出「軒轅」。「獻」殆其姓氏。

倘若以上考證無誤，結合器形、花紋等考察，則載有 🔲 合文諸器殆帝辛時標準器。

結　語

🔲 當讀為「亞九」，「九」即典籍所載「九（鬼）侯」。亞，可能是「侯」爵的標識〔註6〕。《集成》03513器銘「亞矣疑」之「亞」內即見「厌」字。我們注意到，「亞矣疑」為常見合文，多不綴加「厌」字，大概正因為「亞」已具有指稱爵位的功能。或有將整篇銘文置於「亞」之內，其用意恐怕也是如此。此外，「亞」也可獨用，例如：「辛丑，亞賜彭父（金），用乍（作）母丁彝。未。」（尊銘）〔註7〕此銘的「亞」，其指代功能相當於「厌」。當然，附加「厌」字可以使表達更為精確卻是毋庸置疑的。「亞九」源出「天黿」，獻姓。

周、邢都位於商的西方，則「九」也可能為西方方國。如同周侯西伯昌一樣，九侯也是商的方國首領。儘管上揭諸器非科學挖掘品，無出土地可考。不過，2018 年山西聞喜酒務頭商代墓地中出有一斝，銘曰「天黿獻」〔註8〕，卻透露出某些蛛絲馬蹟。「獻」字字體與上揭諸銘接近，儘管銘文未署「亞九」二字，也可推測此器主人可能為「亞九」族人，或者其族群中的一支，而聞喜一帶，則可能是「亞九」封邑。西伯昌亦曾被囚於靠近殷都的羑里，而其封邑卻在陝西。那麼，徐廣所謂的「九侯城」莫非也只是九侯的囚禁地？這都是很有趣的研究課題。具體情況尚有待考古發掘報告發表後再作進一步的考察。成

〔註5〕參看郭沫若：〈殷彝中圖形文字之一解〉，《殷周青銅器銘文研究》，北京：人民出版社，1954 年 8 月第一版，第 1～10 頁。

〔註6〕丁山說：「亞與侯名異而實相近。」參看氏著《甲骨文所見氏族及其制度》，科學出版社，1956 年 9 月第 1 版，第 46 頁。

〔註7〕中國社會科學院考古研究所、安陽市文物考古研究所：《殷墟新出土青銅器》，雲南人民出版社，2008 年 10 月第 1 版，第 309 頁。

〔註8〕詳見山西省考古研究所：〈圖說山西聞喜酒務頭商代墓地〉，考古匯微信號（https://mp.weixin.qq.com）。參看本文所附圖版。

王時〈獻戻鼎銘〉（《集成》02626、02627）所載「獻戻」蓋其族後裔。

附一　本文參考文獻及其簡稱

1. 東漢・許慎撰：《說文解字》（大徐本），北京：中華書局，1963 年 12 月第 1 版。本文簡稱《說文》。
2. 周法高主編：《金文詁林》，香港：香港中文大學，1975 年。本文簡稱《詁林》。
3. 高明：《古文字類編》，北京：中華書局，1980 年 11 月第一版。案：此書所引古文字材料出處及引書簡稱可參其後「引書目錄」。
4. 徐中舒主編：《漢語古文字字形表》，四川人民出版社，1980 年 8 月第一版。
5. 張亞初編著：《殷周金文集成引得》，北京：中華書局，2001 年 7 月第 1 版。本文簡稱《引得》。
6. 中國社會科學院考古研究所編：《殷周金文集成釋文》，香港：香港中文大學出版社，2001 年 10 月第一版。本文簡稱《集成釋文》。
7. 中國社會科學院考古研究所編：《殷周金文集成》（修訂增補本），北京：中華書局，2007 年 4 月第 1 版。本文簡稱《集成》。
8. 王心怡：《商周圖形文字編》，北京：文物出版社，2007 年 10 月第 1 版。
9. 吳鎮烽：《商周青銅器銘文暨圖像集成續編》，上海：上海古籍出版社，2016 年 9 月第 1 版。本文簡稱《商周續》

附二　天黽獻[X]諸器銘圖版

簋，集成03393

鼎銘

商周續0081

商周續0705　　　　　瓢銘　　　　商周續0706

商周續0862卣蓋　　　　　　　商周續0863卣蓋

商周續0862卣器　　　　　　　　商周續0863卣器

亞天黽盤

付强《介紹一件天黽青銅盤》，復旦大學出
土文獻與古文字研究中心網站2017年8月04日
首發。
http://www.gwz.fudan.edu.cn/Web/Show/
3082

2018年出山西聞喜酒
務頭商代墓地

原《中國文字》出刊 100 期暨文字學國際學術研討會論文，載（臺灣）《中
國文字》2020 年冬季號（總第四期），第 121～133 頁，萬卷樓圖書股份有限公
司，國文天地雜誌社。

　　【附記】論文刊出後，讀吳鎮烽《商周青銅器銘文暨圖像集成三編》（上海古籍出版社 2020 年），始知鑄有同銘的器皿除了本文所羅列者外，尚有若干未及引用。計有：觚（0876、0877、0878、0879、0880）、盤（1189、1190、1191，案：1190 殆付強所著錄者。1191 為傳世品，云出蘇州，器形似豆如鋪，阮元稱為「豐」，不知吳先生何以定之為「盤」）等。而作「天黽🔲」者則有鉞（1623）；作「天黽獻」者則有爵（0737、0738）、角（0801、0802、0803）、斝（0934，殆即本文所徵引者）等。此十四器中，確知部分出自山西聞喜，當為一家之物。🔲氏掌有「鉞」，可見其顯赫之地位。2021 年 3 月 8 日識於多心齋。

欒書缶為晉器說

　　欒書缶，原倪玉齋藏器〔註1〕，後歸容希白先生，並首度著錄於他的《商周彝器通考》〔註2〕，定名為「𩵋兄缶」。十餘年後，先生以為晉大夫欒書（字伯，諡武子）所造，遂改名為「欒書缶」〔註3〕。四十餘年以來並無異議〔註4〕。上世紀九十年代，有學者據當時所見，遂疑非欒書所造，當為楚器〔註5〕。及後，質疑時現〔註6〕。不過，據林清源考察，質疑者固然不少，但「學界主流意見仍

〔註1〕筆者嘗刊發容希白先生原藏的欒書缶銘原大照片，上有先生朱批：「晉欒書作𦉥，錯金文，原大。倪玉齋藏器。」參看譚步雲：〈容希白先生和他的欒書缶〉，《南方周末》，2020 年 10 月 5 日電子版。

〔註2〕參看是書 342、823 頁、圖八〇三，上海：上海人民出版社，2008 年 8 月第 1 版。按：1941 年容先生撰《商周彝器通考》云：欒書缶「大小未詳」。可知先生但得器影，而未覩其器。1944 年始入藏該器。參看夏和順整理：《容庚北平日記》，北京：中華書局，2011 年 5 月第 1 版，第 728、730 頁。

〔註3〕參看容庚、張維持：《殷周青銅器通論》，北京：文物出版社，1984 年 10 月新一版，第 96 頁。

〔註4〕參看平心：〈甲骨文金石文劄記·欒書缶銘文略釋〉（一），《華東師範大學學報》（人文科學）1958 年第 1 期。亦載《李平心史論集》，北京：人民出版社，1983 年 9 月第 1 版，第 176～178 頁。又馬國權：〈欒書缶考釋〉，《藝林叢錄》第 4 編，1964 年，第 245～246 頁。又喬淑芝：〈欒書缶與欒書〉，《晉陽學刊》，1983 年第 4 期。

〔註5〕甌燕（葉小燕）：〈欒書缶質疑〉，《文物》，1990 年第 12 期。王冠英：〈欒書缶應稱名為欒盈缶〉，《文物》，1990 年第 12 期。

〔註6〕例如：黃錫全：〈欒書之孫書也缶為楚器說補正〉，載《古文字論叢》，臺北：藝文印書館，1999 年 10 月初版，第 243～250 頁。

傾向於晉器說」〔註7〕。然而時至今日，懷疑聲音仍不絕於耳〔註8〕。

當年我們修訂《古文字學綱要》，涉及「欒書缶」的文字一仍其舊。責任編輯頗為不滿，說：有研究說是楚器，你們怎麼不改啊。我們卻認為：新說未必是，舊說未必非。當然，不妨把新說作為注釋文字，以存歧見。

直到今天，我們仍未改初衷，顯然有必要申述一下理據何在。

「欒書缶」因出土地、出土時間不明，學者們對舊說有所疑，乃至以為偽，都很正常。縱觀歷年新說，導致學者疑竇叢生進而辯難，歸納起來無非三個問題：一是器形器制不見於晉，二是文字形體近楚，三是銘文原作釋讀未盡暢達。

我們認為，這三個問題其實都不難解答。且詳下說。

一、關於器形器制

劉彬徽認為：「尊缶在北方也有出土……形制、紋飾均與楚式尊缶有較大差異。」而欒書缶「介於下寺 M11（春秋晚期偏晚）和江陵望山 M2（戰國中期偏晚）之間。」「應是晉仿楚器。」〔註9〕楚才晉用的典故，表明了其時晉國和楚國人才交流之密切。楚國的工匠或可為晉人造器，反之亦然。這不失為一種合理的解釋。十年後，張德光直截了當地指出：「這種器形的銅器……在晉地早有出土。」「缶器不僅早在春秋初期就已出現，而且發展到春秋晉都時期，即晉景公十五年（前585）。」而錯金工藝為晉人所掌握也毋庸置疑，1915年出土於太原的春秋器「子之弄鳥尊」即其明證〔註10〕。劉、張二位都是資深考古學者，倘若我們相信他們的分析，那麼，就其器形而言，「欒書缶非晉器說」就不能成

〔註7〕 林清源：〈欒書缶的年代、國別與器主〉，（臺北）《史語所集刊》第七十三本第一分，2002年3月，第9頁。

〔註8〕 例如：李學勤：〈欒書缶釋疑〉，《中國社會科學院歷史研究所學刊》第二集，北京：商務印書館，2004年10月，第3～5頁。又如：王恩田：〈重論欒盈缶──兼說欒盈本名與欒盈奔楚〉，《中國國家博物館館刊》，2015年第5期，第150～155頁，又收入氏著《商周銅器與金文輯考》，北京：文物出版社，2017年7月第1版，第499～505頁。

〔註9〕 劉彬徽：〈論東周青銅缶〉，《考古》，1994年第10期，第938～939頁。按：後來劉先生作《楚系青銅器研究》（武漢：湖北教育出版社，1995年、1999年），一再修訂都未把「欒書缶」收入，可知其看法。

〔註10〕張德光：〈關於欒書缶製作者與其相關問題的一點看法〉，《文物世界》，2004年第4期，第53～55頁。

立。此外，青銅缶的形體類似罍，如邳伯缶（《集成》10067）即自銘為「罍」，可證。再如崧仲觱缶（《商周》14087）自名為「瓶」。又如寧缶（《商周》14070）自稱為「皿」。諸如此類，如果不是因方言而異稱，就是人們目為有別於「缶」的器皿。那麼，欒書缶儘管自銘為「缶」，但如果視之為「罍」，那它有別於晉缶而接近於楚缶豈非太正常了？此外，若欒書缶確為春秋晚期之物，那麼，可否視之為開啟了新型缶器風氣而為楚國以及其他諸侯國所仿造呢？換個角度思考，聊供考古學家參考。

二、關於文字形體

王冠英先生舉「金」、「皇」二字以及部首宀為例，謂〈欒書缶銘〉的文字極具楚風〔註11〕。黃錫全則在金、皇、部首宀之外，擴大了考察範圍，指出「正」、「乍（作）」、「祭」、「旗」、「祖」、「我」、「丑」、「鑄」等屬楚系文字，因而堅定地認為欒書缶為楚器〔註12〕。只是不免粗疏草率之譏。誠如林清源所批評的：「『正』、『作』、『旗』、『且』這幾個字的寫法，並非楚國文字特有構形，不宜充當論證欒書缶國別的證據。……『鑄』字也不能充當推論欒書缶為戰國中期楚國器的證據。」〔註13〕

事實上，諸侯源出華夏，諸侯國之間各類交流頻繁，彼此所使用的文字同者多而異者少實屬正常，不統於王之文字異形的情況並非主流。譬如用作偏旁的宀頭，不但楚、晉如此，其他國度亦然。像「賓」，齊文字或作 (〈邾公釛鐘銘〉，《集成》00102）。因此，若干晉文字與楚文字的形體相合實不足為奇。反倒是那些異乎列國的文字才是我們考察的對象。至於攻其一點不及其餘的論證方法，尤其不可取。譬如，埃及聖書字「太陽」作⊙，與金文的⊙（〈史頌殷銘〉，《集成》04229）略同，難道我們可以據此而斷言埃及文字本諸漢語嗎？

我們注意到，〈欒書缶銘〉全文包括重出者共 40 字，與三晉及楚系文字相比較（請參本文附一、〈欒書缶銘〉文字形體對照表），可以分為三種情形：

〔註11〕王冠英：〈欒書缶應稱名為欒盈缶〉，《文物》，1990 年第 12 期，第 44 頁。
〔註12〕黃錫全：〈欒書之孫書也缶為楚器說補正〉，《古文字論叢》，臺北：藝文印書館，1999年 10 月初版，第 243～250 頁。
〔註13〕林清源：〈欒書缶的年代、國別與器主〉，（臺北）《史語所集刊》第七十三本第一分，2002 年 3 月，第 17～18 頁。

1. 形體完全相合者。計有：正、月、元、已、余、畜、子、孫（二文）、也、鞍、吉、金、之、㠯（以，三文）、祭、䜌，凡 16 文。2. 形體近似者。計有：春、日、丑、其、鑄、我、旂（祈）、皇、湏（眉）、壽、萬、枼（世）、是、寶，凡 14 文。3. 形體相異者。計有：季、書（二文）、乍、缶、祖、吾，凡 6 文。

完全相合者絕大多數既見於楚系文字也見於三晉文字，見於楚系文字而不見於三晉文字止「也」、「祭」二字。而「鞍」，在楚地出土文獻中多作「𩏻」，僅新蔡簡一個例外。可知兩系文字存在著一定的共性，據以作出非此即彼的結論無疑是武斷的。

近似者或多或少都與楚系文字或三晉文字存在差異，例如「春」從月；「我」從止；「萬」從言；「枼（世）」似從斤；「壽」較常見者少一口，同〈子𧊒鐘銘 A 庚〉（《商周》15206）的「𩰤」；「寶」似從言從缶。諸如此類，均是此銘所僅見者。嚴格點兒，完全可以視之為相異者。

至於「季」作𣏾，「書」作𢼱𢼱，「乍（作）」作𦥑，「缶」作𦈢（瓦器從瓦作瓶，銅器則從金作鍂），「祖」作𥚯，都止見於此器，儘管三晉出土文字也有相近者；「吾」作𡄹，也見於三晉出土文獻，似是三晉通行文字。上博簡雖有一例，卻讀為「御」，可視為借用（詳下說）。

〈欒書缶銘〉使用了那麼多異乎楚系文字的文字，很難讓人相信其器為楚人所有。其中的相同部分，不妨視為同源或相互之間的影響使然，而不能作為判斷國別屬性的根據。如前所述，鑒於造器者有可能來自不同的國度〔註 14〕，那麼，來自楚地的工匠在造器的過程中，故意加入若干楚文化的元素，藉以表明造器者的身份。史載欒書曾「侵鄭」（成公六年）、「侵蔡」（成公八年），又參與著名的鄢陵之戰（成公十六年），有楚國工匠為這位權傾一時的卿大夫服務的可能性顯然是存在的。

尤其應當注意的是，同一篇銘文中重出文字形體不同，例如「孫」和「書」，

〔註 14〕例如漢・趙曄：《吳越春秋》載：「干將者，吳人也，與歐冶子同師，俱能為劍。越前來獻三枚，闔閭得而寶之。以故使劍匠作為二枚：一曰干將，二曰莫邪。莫邪，干將之妻也。」（卷四，頁 2，古今逸史本）案：越器而吳製殆有以也。楚高缶（《集成》09990）就是一個很好的例子。其銘文「楚高」二字屬楚系文字，「右迈𣐀」三字屬燕國文字。因而或以為楚器，或以為燕器（劉彬徽：1995 年，第 368 頁）。可見僅據文字形體以判斷青銅器國屬的局限性。

乃書手追求書法視覺效果的體現，不能作為分辨國別文字的證據。此外，字體也不能作為斷代的唯一標準。像王孫遺者鐘（《集成》00261），春秋器，但是它的銘文中有的字呈現出早期特徵，例如「其」作𢍜，早期字形；有的字卻呈現出晚期特徵，例如「㠯（以）」作𠃌，晚期字形。

如果我們相信欒書缶是春秋晚期器，那麼，可斷言其銘文文字與楚系春秋銅器銘文文字是兩個判然有別的形體系統：同是銅器文字，前者保留了西周方正質樸的風格，後者則趨於修長流麗，裝飾性極強。讀者諸君不妨考察〈子𨨶鐘銘〉（《商周》15200～15215）等晉國標準春秋器上的文字，便知此言非虛。

三、關於銘文釋讀

既然器形器制乃至文字形體都不能作為判斷青銅器誰屬的主要根據，那麼，我們不妨從銘文內容入手，藉以作出可靠的推論。

重讀〈欒書缶銘〉，我們以為容先生原作考證大體可信，諸新說尚無堅實證據足以推翻舊說。以下，擬從銘文辭例、關鍵字眼一一為之辯。

諸侯不統於王，曆法上自行其是，銅器銘文多有例證。有的清晰明瞭，例如「隹登（鄧）八月」（〈伯氏始氏鼎銘〉，《集成》02643）、「隹登（鄧）九月初吉」（〈鄧公殷銘〉，《集成》04055）、「隹都正二月」（〈都公孜人鐘銘〉，《集成》00059）等，直截了當表明鄧國、都國所採曆法。有的使用地方專有月名，例如「冰月丁亥」（〈墜逆殷銘〉，《集成》04096）、「飯者月」（〈公子土折壺銘〉，《集成》09709）、「陳喜立事歲飤月己酉」（〈墜喜壺銘〉，《集成》09700）、「𣪘月戊寅」（〈墜純釜銘〉，《集成》10371），則是齊國所採曆法；又如「宣月己酉之日」（〈鄆客問量銘〉，《集成》10373）、「夏尸之月」（〈鄂君啟節〉，《集成》12110～12113），則為楚國所採曆法；再如「稷月丙午」（〈子禾子釜銘〉，《集成》10374）、「燕月」（〈嗇夫戈銘〉，《集成》11284）「將軍張二月」（〈九年將軍戈銘〉，《集成》11326），是燕國所採曆法。有的則稍為婉轉，例如「孟冬十月」（〈秦駰玉版銘〉），用的是周曆；又如「惟正月初冬吉」（〈蓏兒缶銘〉，《商周》14088），以十月為歲首，用的是顓頊曆。如果採用周曆，則附注當地所採曆法，以便對照。例如「隹王五年（奠墜得再立事歲）孟冬」（〈墜璋方壺銘〉，《集成》09703），明確地告訴我們：這個器是周曆的孟冬鑄造的。又如「隹王正月初吉丁亥（攻敔仲冬）」（〈牆孫鐘銘〉，《集成》00101），則是周曆、吳國

曆法（夏曆）並見。可證地方諸侯雖用周曆，同時也採當地曆法。有點兒像今天世界各國，中國有農曆，俄羅斯有俄曆，伊朗有伊朗曆，也都並行公曆。〈欒書缶銘〉「正月季春」云云，表達形式同〈秦駰玉版銘〉等，採夏曆曆法〔註15〕。那麼，就曆法而言，「欒書缶」非楚器顯而易見。

檢《引得》（張亞初：2001：頁1080～1086），〈欒書缶銘〉「萬世」一語也見於〈越王者旨於賜鐘銘〉（《集成》00144）、〈之利鐘銘〉（《集成》00171）、〈徐王子旃鐘銘〉（《集成》00182）、〈冉鉦鋮銘〉（《集成》00428），四例〔註16〕。「萬世」殆亦可作「世萬」，見於〈䣄（紵）鎛銘〉（《集成》00271）、〈郘䣅尹征鋮銘〉（《集成》00425）、〈陳㞢因育敦銘〉（《集成》04649）、〈王孫遺者鐘銘〉（《集成》00261），四例。八器當中，只有王孫遺者鐘（《集成》00261）是楚系器。我們知道，詞彙是語言中較易發生變化的元素。楚語裏既然只有「世萬」詞組，那麼，也就可以判斷「欒書缶」非楚人之器了。

〈欒書缶銘〉為求行文的變化，用了三個第一人稱代詞：余、我、吾。其中「吾」作盧。工盧（〈工盧王劍銘〉，《集成》11665A、B），或作「攻敔」（〈攻敔王光劍銘〉，《集成》11666A、B）、「攻吾」（〈攻吾王光劍銘〉，《商周》17915）、「工吳」（〈吳王夫差鑒〉，《集成》10294）、「工獻」（〈姑發䣕反劍銘〉，《集成》11718A、B）等，則「盧」與「吾」同音而通作毫無問題。〈䣄（紵）鎛銘〉（《集成》00271）「保盧兄弟」即如是作。〈欒書缶銘〉同，用為主格。楚語中也有第一人稱代詞「吾」，例如：「吾安茲漾陵。」（〈曾姬無卹壺銘〉，《集成》09710）「吾」作 ⚇ ，通常隸定為「虗」。楚簡——諸如郭店所出——無不如此，皆異乎〈欒書缶銘〉，則欒書缶非楚人器也可論定。「盧」，有學者讀作「虞」，認為指晉國先祖「叔虞（姬姓，成王弟，名虞，字子於）」，於是重新斷句為「以祭我皇祖盧（虞），以祈眉壽」〔註17〕。然而，金文自有「虞」字（容庚等：1985：332頁），不勞通假，且子孫直呼先祖名諱，已然犯忌，而把皇祖大名寫錯，更是令人難以理解。

〈欒書缶銘〉中的「緣」作 ⚇ ，略同於諸國器銘。但怎麼讀很關鍵，乃判

〔註15〕劉彬徽云：「可知乃採用晉國的夏正曆法，而非楚國丑正曆法。」參看氏著〈論東周青銅缶〉，《考古》，1994年第10期，第939頁。

〔註16〕「萬世」一語亦見新出之〈鄭莊公之孫盧鼎銘〉（《商周》02408），則為鄭器。

〔註17〕王恩田：〈重論欒盈缶〉，《中國國家博物館館刊》，2015年第5期，第150～156頁。

斷器主的大問題。「䜌」在金文中或用作「鑾」，例如「鑾旗」，是銘文中常見的賞賜物，毋庸贅例；或用作「蠻」，例如「百蠻」、「蠻方」（均見《集成》00262、00264、00267 等）；或用作「欒」，例如「宋公䜌」（《集成》02233、11133），宋景公之名，與《竹書紀年》作「䜌」合。《左傳》則作「欒」。《古今人表》作「兜欒」，《史記‧宋世家》則作「頭曼」。結合考察〈䜌左庫戈銘〉（《集成》10959、10960），「䜌」當讀作「欒」為是。阮元云：「右『䜌左軍』，戈銘，三字器，為元所藏。案：䜌字古欒省。齊有欒施，晉有欒枝、欒書、欒黶、欒盈。左軍即下軍。古人尚右，則左為下矣。晉有三軍。《左‧僖二十七年》傳城濮之戰，欒枝將下軍。《文十二年》傳河曲之戰，欒盾將下軍。《宣十二年》傳邲之戰，欒書佐下軍。《成二年》傳鞌之戰，書將下軍。此戈其晉欒氏之物與？」〔註18〕估計容先生當受其啟發而讀為「欒」，並斷之為晉器。䜌左庫戈為春秋早期器，殆欒書先輩所造。或別作「蠻」〔註19〕。殆未確。如上文所述，固然有銅器銘文之證據支持，但似乎於理不合，於史無徵，也無法解釋戈銘所載。

　　據以判斷器主的另一個關鍵詞是「書」，凡二見，作 🔲 🔲。字僅見，略近者有 🔲（盟書 163：1）、🔲（《璽匯》2020）、🔲（《璽匯》5187）等。容先生釋為「書」可從。如同文王的「文」作「玟」、武王的「武」作「珷」，基於其專名的屬性，古人乃有意識改變文字的形體。這在彝銘中並不鮮見。其後也還有我們所熟知的武曌的例子，其用意恐怕亦如此。因此，不難理解〈欒書缶銘〉中的「書」字為什麼形體有所變異。不過，大概以為器形晚至戰國始見，遂有學者據《左傳》、《史記‧晉世家》所載欒書世系而讀之為「盈」，卻無詳說〔註20〕。及後，王恩田從之，以為 🔲 🔲 實為從公、從秉的字，音近而借為盈〔註21〕。字從公、從秉似有可商，而「秉」通作「盈」也頗牽強。

　　〈欒書缶銘〉中關乎斷句釋讀的「🔲」字也很關鍵。希白先生初釋為「兄」〔註22〕，後改作「已」，讀為「以」〔註23〕。乃因為 🔲 的形體的確有點兒像「已」：

〔註18〕參見氏著：《積古齋鐘鼎彝器款識》卷八，清咸豐元年李氏半畝園刻本，第 17 頁。
〔註19〕李學勤：〈欒書缶釋疑〉，《中國社會科學院歷史研究所學刊》第二集，北京：商務印書館，2004 年 10 月，第 3～5 頁。
〔註20〕王冠英：〈欒書缶應稱名為欒盈缶〉，《文物》，1990 年第 12 期，第 44、82 頁。
〔註21〕王恩田：〈重論欒盈缶〉，《中國國家博物館館刊》，2015 年第 5 期，第 150～156 頁。
〔註22〕參看氏著：《商周彝器通考》，上海：上海人民出版社，2008 年 8 月第 1 版，第 342 頁。
〔註23〕參看氏著：《殷周青銅器通論》，北京：文物出版社，1984 年 10 月新一版，第 96 頁。

（〈大盂鼎銘〉，《集成》02837）、 （〈毛公鼎銘〉，《集成》02841）。今天看來都不準確。參考今天所能看到的燕國及楚地出土文獻〔註24〕，宜釋作「也」，當晉文字 （〈三十二年坪安君鼎銘〉，《集成》02764）、 （〈坪安君鼎銘〉，《集成》02793）的早期形體。這樣一來即文從字順：「正月季春元日己丑。余，畜孫書也。戰（擇）其吉金呂（以）作鑄缶，呂（以）祭我皇祖。盧（吾）呂（以）旅（祈）湏（眉）壽。䜌（欒）書之子孫萬世是寶。」有學者以為「書也」是「欒書」孫子的名字，客居於楚，乃缶的製造者〔註25〕。非但於史無徵，且有悖中國古代的避諱禮制，實在難以讓人信服。其實，像「余畜孫書也」這樣的判斷句，在古漢語中很常見。金文也不例外，且舉二例：「攻盧王姑讎曰：余，壽夢之子。余，叡䖍𨨗之嗣弟。」（〈吳王余眛劍銘〉）〔註26〕「余，囗犬子配兒。」（〈配兒鉤鑃銘〉，《商周》15985）衹省去表判斷的句末語氣詞「也」而已。

四、結　語

　　欒書缶，希白先生確定為春秋晉器，為晉大夫欒書所造。上世紀九十年代以來，質疑聲不斷。筆者綜合考察了其器形器制、銘文文字形體、辭例以及關鍵字眼，以為先生原作考釋並無大誤。以楚系文字為參照對象，〈欒書缶銘〉文字風格迥然有別，文字形體異多同少，所採曆法、文辭也存在一定的差異，足以斷定欒書缶並非楚器。至於該器所呈現的某些楚文化特徵，乃晉、楚同出華夏一源使然，也表明了其時諸侯國之間文化交流之密切，並不能作為判斷其國別與器主的根據。若然 、 確釋為「書」，那麼，銘文的「䜌書」就只能是欒武子——該器的鑄造者。只是 一字應改釋為「也」，則通篇銘文朗朗可誦。欒書缶大概是欒書晚年所造，祭祀祖先以祈求長壽，並寄望欒氏一族長盛不衰。

〔註24〕例如〈淳于大夫釜甂銘〉（《商周》03326）所載的「也」作 ，為燕國文字寫法，與〈欒書缶銘〉所載同。參看湯餘惠：〈淳于大夫釜甂銘文管見〉，《文物》，1996年第8期，第25頁。

〔註25〕黃錫全：〈欒書之孫書也缶為楚器說補正〉，《古文字論叢》，臺北：藝文印書館，1999年10月初版，第243～250頁。

〔註26〕蘇州博物館：《大邦之夢——吳越楚青銅器》，上海：上海古籍出版社，2017年12月第1版，第001～007頁。

附一　〈欒書缶銘〉文字形體對照表

系別 字例	欒書缶銘	三晉文字	楚系文字
正		長子□臣簠銘 盟書 156：29 盟書 31：9	王孫遺者鐘銘 畲忎鼎銘 包 19 郭・唐 26 郭・老甲 29
月		子軋鐘銘 A 甲 公朱左𦉜鼎銘 盟書 16：3	王孫遺者鐘銘 上郜府簠銘 鄂君啟舟節銘 包 51
季		盛季壺銘	包 127 郭・老甲 1
春		春成侯鐘銘	包 214 郭・六 25
元		子軋鐘銘 B 丁 子孔戈銘 元年鄭令矛銘	王孫遺者鐘銘 新蔡・甲三 15 新・乙四 70
日		鄆孝子鼎銘 璽匯 4260	畲忎鼎銘 包 23
己		己遊子壺鐘銘 長信侯鼎銘	包 22 郭・窮 14
丑		三十三年大梁戈銘 盟書 16：3	包 20
余		盟書 16：3 邵黛鐘銘	王孫遺者鐘銘 包 153 郭・太 14 郭・成 33
畜		晉公盆銘	郭・六 15 帛丙

孫	孫	孫 格伯作晉姬毁銘 孫 盟書200：1 孫 璽彙1514 孫 中山王嚳鼎銘	孫 包42 孫 郭·老4
書	書 書	書 盟書163：1 書 璽彙2020 書 璽彙5187 書 璽彙2541	書 曾1正 案：楚簡多用箸為書，曾簡止一見，用為人名。
也	也	也 三十二年坪安君鼎銘 也 坪安君鼎銘	也 郭·窮12 也 郭·語1 也 郭·語3 也 郭·成6
斁（擇）	斁	斁 中山王嚳方壺銘 斁 璽彙1159	斁 新·甲三303
其	其	其 子軋鐘銘A甲 其 盟書194：5 其 盟書1：47 其 156：16 其 中山王嚳方壺銘	其 王孫遺者鐘銘 其 上鄀府簠銘 其 鄂君啟舟節銘 其 郭·緇35 其 郭·老丙1
吉	吉	吉 子軋鐘銘B甲 吉 盟書303：1 吉 子孔戈銘	吉 王孫遺者鐘銘 吉 上鄀府簠銘 吉 酓忎鼎銘 吉 包197
金	金	金 子軋鐘銘A戊 金 子孔戈銘 金 中山王嚳方壺銘	金 王孫遺者鐘銘 金 上鄀府簠銘 金 包103 金 包147
巳（以）	巳巳巳	巳 盟書194：4 巳 邵鸞鐘銘	巳 王孫遺者鐘銘 巳 包2 巳 郭·語三44

乍	（圖）	（圖）邵黛鐘銘 （圖）中山王譽方壺銘 （圖）璽匯 3148	（圖）王孫遺者鐘銘 （圖）曾姬無卹壺銘 （圖）郭‧緇 2 （圖）郭‧老甲 31
鑄	（圖）	（圖）哀成叔鼎銘 （圖）宜鑄戈銘 （圖）子孔戈譽	（圖）鄂君啟舟節銘 （圖）鄂君啟車節銘 （圖）畬忻鼎銘
鎺（缶）	（圖）	案：僅見。瓦器從瓦作瓿，銅器則從金。楚簡或從土或從石。	（圖）包 260 （圖）包 255 （圖）包 255
祭	（圖）	（圖）中山王譽方壺銘	（圖）包 237
我	（圖）	（圖）邵黛鐘銘 （圖）杕氏壺銘	（圖）王孫遺者鐘銘 （圖）郭‧老甲 31 （圖）郭‧語 4
皇	（圖）	（圖）盟書 156：24 （圖）盟書 156：22 （圖）中山王譽方壺銘	（圖）王孫遺者鐘銘 （圖）曾矦乙鐘銘 （圖）包 266 （圖）郭‧緇 46 （圖）郭‧忠 3
祖	（圖）	（圖）中山王譽方壺銘	（圖）王孫遺者鐘銘 （圖）王子午鼎銘 （圖）包 241 （圖）天卜
虘（吾）	（圖）	（圖）盟書 3：1 （圖）中山王譽鼎銘	（圖）上一‧緇衣 4 案：楚系文字止一見，用為「御」，而以（圖）（郭‧老甲 30）為「吾」。
祈	（圖）	（圖）子軋鐘銘 A 庚 （圖）璽匯 2386 （圖）璽匯 2387	（圖）曾 68 （圖）新‧零 284

湏（眉）	（字形）	子軛鐘銘 A 庚脒 / 湏脒鼎銘 / 長子□臣簠銘	王孫遺者鐘銘 / 上都府簠銘
壽	（字形）	子軛鐘銘 A 庚 / 璽匯 4540 / 十六年窟壽令戟	王孫遺者鐘銘 / 包 108
戀	（字形）	鑾左庫戈銘 / 鑾左庫戈銘	包 105
之	（字形）	子軛鐘銘 B 乙 / 盟書 1：1 / 智君子鑒銘	王孫遺者鐘銘 / 包 2 / 包 15
子	（字形）	子軛鐘銘 A 丁 / 鄂孝子鼎銘 / 邵鸞鐘銘 / 子孔戈銘	王孫遺者鐘銘 / 包 2 / 包 215 / 郭·語 1
孫	（字形）	子軛鐘銘 B 辛 / 盟書 198：5 / 邵鸞鐘銘	王孫遺者鐘銘 / 包 23
萬	（字形）	子軛鐘銘 B 辛 / 璽匯 4491 / 璽匯 4736 / 璽匯 4793	王孫遺者鐘銘 / 王子午鼎銘 / 郭·太 7 / 郭·老甲 24
枼（世）	（字形）	璽匯 1986	王孫遺者鐘銘 / 包 129 / 郭·窮 2
是	（字形）	盟書 340：1 / 195：1 / 溫縣 1：3780	王子午鼎銘 / 包 89 / 包 4 / 郭·老甲 3

寶	詰	邵鸞鐘銘	上郡府簠銘 包221

附二　參考書目（依作者姓氏排序）

1. 山西省文物工作委員會編：《侯馬盟書》，北京：文物出版社，1976 年 12 月。本文簡稱「盟書」。

2. 中國社會科學院考古研究所編：《殷周金文集成》（修訂增補本），北京：中華書局，2007 年 4 月。本文簡稱《集成》。

3. 吳鎮烽：《商周青銅器銘文暨圖像集成》，上海：上海古籍出版社，2012 年 9 月。本文簡稱《商周》。

4. 吳鎮烽：《商周青銅器銘文暨圖像集成續編》，上海：上海古籍出版社，2016 年 9 月。本文簡稱《商周續》。

5. 容庚等撰集：《金文編》，北京：中華書局，1985 年 7 月。

6. 張守中撰集：《包山楚簡文字編》，北京：文物出版社，1996 年 8 月。本文簡稱「包」。

7. 張守中等撰集：《郭店楚簡文字編》，北京：文物出版社，2000 年 5 月。本文簡稱「郭」。

8. 張亞初編著：《殷周金文集成引得》，北京：中華書局，2001 年 7 月。本文簡稱《引得》。

9. 張新俊、張勝波著：《新蔡葛陵楚簡文字編》，成都：巴蜀書社，2008 年 8 月。本文簡稱「新蔡」。

10. 曾憲通撰集：《長沙楚帛書文字編》，北京：中華書局，1993 年 2 月。

11. 滕壬生：《楚系簡帛文字編》（增訂本），武漢：湖北教育出版社，2008 年 10 月。本文所引部分楚系簡帛簡稱請參是書「引用資料全稱、簡稱及出處表」。

12. 劉彬徽著：《楚系青銅器研究》，武漢：湖北教育出版社，1995 年 7 月。

13. 羅福頤主編：《古璽彙編》，北京：文物出版社，1981 年 12 月。本文簡稱「璽匯」。

原載《〈中國文字〉出刊 100 期暨文字學國際學術研討會會議論文集》，福建師範大學文學院，2020 年 12 月 11～13 日，第 176～189 頁。

卷三　戰國秦漢文字論叢

楚地出土文獻語詞數考

　　楚地出土文獻，如竹帛，如銅器，如璽印，如布貨，文字考釋尚不無可作者。或有釋而未得確解；或闕疑而待問；甚或格於隸定而不知所云。竊以為皆未察楚文字之形異，楚語詞之義殊，楚方言之音異故也。有見及此，本文合典籍，比照同期文物，參諸今日之方言，作楚語詞數考，以期於楚地出土文獻之釋讀有所裨益也。為行文方便計，正文所引釋字皆以～代之。

一、釋　甕

　　原篆大致作🔲、🔲等形。或以為「籃」〔註1〕。可商。字從酉從共。大概可隸定為「奠」。

　　🔲，原篆或隸定為「𥁊」，無釋〔註2〕。或隸定為「𥆊」，以為與「𠬞」接近，借作「籃」〔註3〕。可商。原篆象雙手捧持器皿之狀，器如以草繩等物封口之酉（即「甕」）狀。徐中舒曾指出：「公象甕（甕）形……」〔註4〕顯然，

〔註1〕李家浩：〈關於邞陵君銅器銘文的幾點意見〉，《江漢考古》，1986 年 4 期，第 83～86 頁。

〔註2〕此形體直至《殷周金文集成引得》（張亞初撰，北京：中華書局，2001 年 7 月第 1 版）出版，仍未確釋。

〔註3〕湖北省荊沙鐵路考古隊：《包山楚簡》，北京：文物出版社，1991 年 10 月第 1 版，第 60 頁。滕壬生隸定亦同，收入卷七网部。參氏著：《楚系簡帛文字編》，武漢：湖北教育出版社，1995 年 7 月第 1 版，第 673 頁；又參氏著：《楚系簡帛文字編》（增訂本），武漢：湖北教育出版社，2008 年 10 月第 1 版，第 719 頁。

〔註4〕徐中舒：〈怎樣考釋古文字〉，《出土文獻研究》，北京：文物出版社，1985 年 6 月第

徐先生是把「公」看作「甕」的本字的。儘管這還需要進一步考證，但是，給我們考釋楚簡的這個形體卻不無啟發。筆者認為：它從酉從廾，廾亦聲，不妨隸定為「奠」。「甕」古音影紐東韻，「廾」則為見紐東韻。據研究，見母有漸次轉為影母的古例〔註5〕。可知甕、廾讀音相同。在傳世文獻中，「甕」、「罋」、「甖」並用無別。《墨子》「甕」、「罋」並見：「甕亓端。」「百步一井，井十罋。」（〈備城門〉）孫詒讓云：「吳鈔本作『甕』，同。」（《墨子閒詁》卷十四頁十六，清光緒三十三年刻本）《韓非子》則並見「罋」、「甕」：「或令孺子懷錢挈壺罋而往酤。」「救火者令吏挈壺甕而走火，則一人之用也。」（《韓非子》卷十三頁八、卷十四頁八，涵芬樓本）所以《玉篇》說：「瓮，於貢切。大甖也。甕，同上。」（卷十六瓦部）與《說文》所釋一致：「瓮，甖也。從瓦公聲。」（卷十二瓦部）可知「瓮」、「罋」、「甕」實在是一字之異。《正字通》說「甖」是「甕」的本字。可能是不正確的。前者是《說文》所謂「汲瓶」（卷五缶部）；後者應是《說文》所謂「甖也」的「瓮」的異體（卷十二瓦部）。古時，醓、醢之類的食物均以甕盛放。《周禮・天官冢宰（下）》「醓人」條和「醢人」條記述得相當清楚：「王舉，則共醓六十甕。」「賓客之禮，共醓五十甕。」「王舉，則共齊菹醢物六十甕。」「賓客之禮，共醢五十甕。」〔註6〕醓醢之類置於甕中用作陪葬，《禮記・檀弓（上）》則別有記述：「宋襄公葬其夫人，醓醢百甕。」〔註7〕聯繫《包》255～256 的內容，可知原篆釋為「甕」是很切合文義的。

楚地傳世文獻、出土文獻均見「甕」的用例：

> 見一丈人方將為圃畦，鑿隧而入井，抱甕而出灌，搰搰然用力甚多而見功寡。」明・焦竑編撰《莊子》卷五頁六，涵芬樓本）

> 以青粱米為鬻，水十五而米一，成鬻五斗，出，揚去氣，盛以新瓦甕。（《馬王堆帛書・五十二病方》52 頁，文物出版社 1979 年）

時至今日，「甕」仍是深受楚文化影響的粵方言區人們的常用器皿。

---

1 版，第 217 頁。

〔註5〕黃綺：《解語》，石家莊：河北教育出版社，1988 年 3 月第 1 版，第 35 頁。

〔註6〕林尹：《周禮今注今譯》，北京：書目文獻出版社，1985 年 2 月第 1 版，第 55～57 頁。

〔註7〕陳澔：《禮記集說》，上海：上海古籍出版社，1987 年 3 月第 1 版，第 211 頁。

　　包山楚墓出有考古工作者稱之為「陶罐」的器皿〔註8〕，可能就都是「甕」。因此，「奠」可能就是「甕」的楚方言形體。

　　在楚地的出土文獻中，「奠」有兩個義項：

1. 容器。例：

　　　　魯（熊）肉酳（醢）一～、萩（韱）酳（醢）一～、鮨一～、醹（醢）一～、膚（麂）一～、蟻粒一～。（《包》255～256）

2. 度量衡單位。例：

　　　　郢姬府所造，重十～四～圣（格）朱（銖）。（〈郾陵君王子申豆銘〉，《集成》04694）

　　「奠」作重量單位，目前還無法提供有力的典籍證據。但是，如同「斗」、「升」、「鍾」一樣，容量或重量單位事實上都是由容器名稱漸變而來的，「奠」也不應例外。「奠」作重量單位，當僅限於楚地之內。「奠」比「銖」的單量要大，根據相關文獻的記載，大於「銖」的重量單位有「錙（8 銖）」、「鋝（10 又 13／25 銖）」、「兩（24 銖）」等。「奠」不知與何者相當。

　　就其字形、字義、字音以及在文例中的用法而言，雖說原篆釋為「甕」並無不妥，卻和《方言》所記有出入：「瓵、瓿、瓾、𦉢、甑、瓮、甀、瓮、瓵甀、甈，罃也。靈桂之郊謂之瓵。其小者謂之瓿。周、魏之間謂之瓾。秦之舊都謂之甑。淮、汝之間謂之𦉢。江、湘之間謂之瓮。自關而西，晉之舊都、河汾之間其大者謂之甀，其中者謂之瓵甀。自關而東，趙、魏之郊謂之瓮，或謂之罃。東齊海岱之間謂之甈。罃其通語也。」（卷五頁二，景江安傅氏雙鑒樓藏宋刊本）如揚氏所錄不誤，那「瓮」應是趙、魏的方言，楚方言應稱為「瓮」或「𦉢」。然而，除了《方言》等字書所載外，「瓮」、「𦉢」都無實際的用例。從《周禮》、《禮記》、《墨子》、《韓非子》乃至《馬王堆漢墓帛書》都有「甕」字的情況看，也許「甕」是通語，而楚人用通語罷了，而別造一個方言形體。

　　淅川下寺楚墓所出銅器有名為「浴（浴）輿」者，廣瀨薰雄讀為「甕」〔註9〕，若可信，則「輿」亦形聲之體，從共（廾）得聲，從甕省，與「奠」一字異形。

〔註8〕參湖北省荊沙鐵路考古隊：《包山楚墓》圖一二六，北京：文物出版社，1991 年 10
　　　月第 1 版，第 196 頁。

〔註9〕參看氏著：〈淅川下寺 3 號墓出土的「甕」〉，《簡帛》第七輯，上海：上海古籍出版
　　　社，2012 年 10 月第一版。

二、釋合歡

《包》259：「一🔲🔲之觴。」

釋者把🔲🔲二字隸定為「會懽」，是準確的。不過，解讀就有問題了。或讀「會」為「繪」，「懽」疑讀作「獲」，「觴」讀為「蕩」，以為是盃一類的器物〔註10〕。或讀「懽」為「觀」，把「觴」隸定為「觴」，通作「易（睗）」，訓為「笏」，以為是「對君命以備觀示之笏」〔註11〕。這種濫用通假的考釋方法難免讓人疑竇叢生。

會與合形近義通。《說文》云：「會，合也。从亼从曾省。曾，益也。凡會之屬皆从會。𦥑，古文會如此。」（卷五會部）典籍可證：「不能五十里者不合於天子。」（《禮記・王制》）注云：「合，會也。」古文字材料也可以證明這一點：「《詩》所以會古含（今）之恃（志）也者，《春秋》所以會古含（今）之事也。」（《郭・語叢一》19～21）／「王子适之遣（會）盟。」（〈王子适匜銘〉，《集成》10190）〔註12〕／「蔡子口自乍會匜。」（〈蔡子匜銘〉，《集成》10196）／「凡興士被甲用兵五十以上〔必〕會王符乃敢行之，燔隊事，雖毋會符，行殹。」（〈新郪虎符銘〉，《集成》12108）上引諸例的「會」都得讀成「合」。楚簡、典籍可證，試比較：「四合豆」（《包》266）／「二合簠」（《包》265）／「合符節別契券者，所以為信也。」（《荀子・君道》）／「公子即合符，而晉鄙不授公子兵而復請之，事必危矣。」（《史記・信陵君傳》）「會盟」、「會匜」例同「合豆」、「合簠」；「會符」例同「合符節」、「合符」。湊巧的是，在包山所出竹簡中，也有「會」讀作「合」的例子：「一會」（《包》263）整理者說：「會，《說文》：『合也。』槨室中有一件銅盒，內盛四件小銅盒，似為簡文所說的『會』。」〔註13〕而「懽」之形構，也是顯而易見地與後起之「懽」相合，楚簡所載只不過從觀得聲罷了。「懽」同「歡」。《說文》：「懽，喜欵也。从心雚聲。《爾雅》曰：『懽懽愮愮，憂無告也。』」（卷十心部）又：「歡，喜樂也。

〔註10〕湖北省荊沙鐵路考古隊：《包山楚簡》，北京：文物出版社，1991年10月第1版，第61頁。

〔註11〕劉信芳：〈包山楚簡遣策考釋拾零〉，《江漢考古》，1992年3期，第71頁。

〔註12〕張亞初釋作：「王子适之遣盨（浣）。」見氏著：《殷周金文集成引得》，北京：中華書局，2001年7月第1版，第155頁。步雲案：所釋「遣」、「盨」二字容有可商。此處不贅。

〔註13〕湖北省荊沙鐵路考古隊：《包山楚簡》，北京：文物出版社，1991年10月第1版，第62頁。

從欠蒦聲。」（卷八欠部）雖然《說文》並收二字，但彼此意義接近，所以典籍中每每通作（用例繁多，茲不贅列），即便是出土文獻，例如郭店所出楚簡，也每每以「懽」作「歡」。因此，「會（合）懽（㰚）」也就是傳世文獻常見的「合歡」。

「合歡」本是植物名，據《辭源》所釋：「葉似槐葉，至晚則合。故也叫合昏，又寫作合楮，俗稱夜合花、馬纓花、榕花。……古代常以合歡贈人，說可以消怨合好。」因此而產生了「聯歡」的意義，例如：「故酒食者，所以合歡也。」（《禮記・樂記》）又：「雖使鬼神請亡，此猶可以合驩聚眾，取親於鄉里。」（《墨子・明鬼下》）「驩」通作「歡」。楚地傳世文獻也見「合驩」一詞：「以眿合驩，以調海內。」（《莊子・天下》）

在傳世文獻中，「合歡」通常用為修飾語，有所謂「合歡杯」、「合歡席」、「合歡扇」、「合歡被」、「合歡帽」等等名物〔註14〕。因此，「觴」顯然就是「觴」的簡省。《說文》：「觴，觴。實曰觴，虛曰觴。從角昜省聲。」（卷四角部）事實上，「昜」卻是從「易」得聲的。《說文》：「昜，傷也。從矢易聲。」（卷五矢部）「觴」正作「觴」，說明「省聲」云云，可能並不正確。所以，後出的字書都把「觴」視為「觴」〔註15〕，實在是很正確的。包山楚墓中正好出土了一件所謂的「雙連杯」〔註16〕，實際上就是這件「合歡之觴」。名為「合歡之觴」，可能相當於後世的「合歡杯」。

三、釋 腊

䐗，可隸定作「猎」，或謂讀作「腊」〔註17〕。不如直接釋為「腊」，也就是《說文》所載之「昔」。《說文》云：「昔，乾肉也。從殘肉，日以晞之，與俎同意。腊，籀文從肉。」（卷七日部）稍後的馬王堆竹簡仍作「昔」：「右方卵、

〔註14〕關於諸詞中的「合歡」，葉晨輝別有說解，認為是指形制。參氏著：〈合歡解〉，《山西大學學報》，1980 年 1 期，第 70～71 頁。

〔註15〕參滕壬生：《楚系簡帛文字編》，武漢：湖北教育出版社，1995 年 7 月第 1 版，第 356 頁；又參湯餘惠：《戰國文字編》，福州：福建人民出版社，2001 年 12 月第 1 版，第 282 頁。

〔註16〕參看湖北省荊沙鐵路考古隊：《包山楚墓》彩版六、圖版四二，北京：文物出版社，1991 年 10 月第 1 版。

〔註17〕湖北省荊沙鐵路考古隊：《包山楚簡》，北京：文物出版社，1991 年 10 月第 1 版，第 54 頁。

羊、兔昔筍三合。」又：「羊昔一筍。」[註18]楚簡所載從「豕」，當特指「豕之乾肉」。是「腊」的楚方言形體，特指「豕腊」，犧牲名。《周禮·天官冢宰》云：「腊人，掌乾肉，凡田獸之脯腊膴胖之事，凡祭祀，共豆脯，薦脯膴胖凡腊物。」[註19]據此可知古代亦以乾肉作祭祀之用，楚簡用如此。例：

> 罷禱於夫人戠～。（《包》200）
>
> 裪於新父鄴公子豪（家）戠牛、～、酉（酒）飤（食）。（《包》202）
>
> 塞（趣）禱社一全～。（《包》210、248）
>
> 賽禱新母戠～，饋之。（《包》214～215）
>
> 塞（趣）禱於繼無遑（後）者各肥～，饋之。」《包》250）

或以為「狙」[註20]。殆非確解。

四、釋 戚

衡量單位。小於 1／12 銖，相當於「粟」，即 1／12 分。例：

> 豕（重）三朱（銖）二仝（格）朱（銖）四～。（〈鄴陵君王子申豆銘〉，《集成》04694）

案：《玉篇》：「戚，徒弄切，船板木。」（卷十七戈部）明代粵方言正有以之為地名者：「戚船澳」（今廣東陽江市西南閘坡港）。可證顧氏言之不誣。那麼，用為衡量單位的「戚」也許是個借字。

五、釋臾、腴

《曾》簡有 𡨄𢎬（銤）二字，首字未見釋[註21]。原篆與《說文》所載之臾字形近。小篆作 𦥑，象雙手擾人之狀。金文則更為形象： （〈師臾鐘銘〉，《集

〔註18〕李正光：《馬王堆漢墓帛書竹簡》，長沙：湖南美術出版社，1988 年 2 月第 1 版，第 261、270 頁。

〔註19〕林尹：《周禮今注今譯》，北京：書目文獻出版社，1987 年 2 月第 1 版，第 43 頁。

〔註20〕滕壬生：《楚系簡帛文字編》，武漢：湖北教育出版社，1995 年 7 月第 1 版，第 742 頁。後來滕先生已放棄此釋。參氏著：《楚系簡帛文字編》（增訂本），武漢：湖北教育出版社，2008 年 10 月第 1 版，第 847 頁。

〔註21〕滕壬生：《楚系簡帛文字編》，武漢：湖北教育出版社，1995 年 7 月第 1 版，第 1140 頁；又滕壬生：《楚系簡帛文字編》（增訂本），武漢：湖北教育出版社，2008 年 10 月第 1 版，第 1283 頁。

成》00141）、〔圖〕（〈尹𣄪鼎銘〉，《集成》01351、01352）〔註22〕。《說文》析作「从申从乙」不大準確。次字或隸定為「輏」，作「輨」〔註23〕，或體隸定為「鐯」，作「鐯」〔註24〕。睡虎地秦簡有「禹」字，或讀為害〔註25〕。那麼，「輏」、「鐯」等同於「輨」、「鐯」是沒有問題的。

事實上，「禹」應是「离（禼）」的本字。從形體上分析，兩字相當接近，後者上部所從，恐怕正是「止」的訛變。從意義上考察，《說文》云：「禹，蟲也。从厹，象形。」又：「离，蟲也。从厹，象形。讀與偰同。禼，古文离。」（卷十四内部）則「禹」、「离」為同義詞。「禹」象禹齒趾形，那所謂的「禹」恐怕也是蛇一類的動物。如果此說可信，那麼，〔圖〕、〔圖〕二字嚴格上應分別隸定為「輏」和「鐯」。相應地，「〔圖〕」（《上博一・孔子詩論》16）也應隸定為「蒚」，是「葛」的楚方言形體。楚方言有「蕾」一字，恰好可以證明「禹」不當作「害」。《方言》：「蘇、芥，草也。江、淮、南楚之間曰蘇。自關而西或曰草；或曰芥。南楚、江、湘之間謂之芥。蘇亦荏也。關之東西或謂之蘇；或謂之荏。周、鄭之間謂之公蕡。沅、湘之南或謂之蕾；其小者謂之釀葇。」（卷三）《玉篇》：「長沙人呼野蘇為蕾。」（卷十三草部）「蒚（葛）」、「蕾」分明是兩種不同的植物。換言之，「禹」是不能作「蕾」的。

此外，〔圖〕（《郭・尊德義》23、37、38），諸家都隸定為「憲」，讀為「害」。

〔註22〕參看容庚編著張振林、馬國權摹補：《金文編》，北京：中華書局，1985年7月第1版，第1000頁。

〔註23〕滕壬生：《楚系簡帛文字編》，武漢：湖北教育出版社，1995年7月第1版，第1021頁；滕壬生：《楚系簡帛文字編》（增訂本），武漢：湖北教育出版社，2008年10月第1版，第1184頁。

〔註24〕滕壬生：《楚系簡帛文字編》（增訂本），武漢：湖北教育出版社，2008年10月第1版，第1164頁。

〔註25〕裘錫圭認為「禹」與「𧒰」為一字之異，參氏著：〈釋「𧒭」〉，載《古文字學論集（初編）》，香港：中文大學中國文化研究所、吳多泰中國語文研究中心，1983年9月，第217～227頁。步雲案：裘先生的見解頗有啟發意義。不過，「禹（离）」可讀為「害」，卻只是「通」而已，那是因為「𧒰」字离省聲。睡虎地秦簡別有「害」字。參看張守中：《睡虎地秦簡文字編》，北京：文物出版社，1994年2月第1版，第117頁。楚簡也是「禹」、「害」并見。參看張新俊、張勝波：《新蔡葛陵楚簡文字編》，成都：巴蜀書社，2008年8月第1版，第106頁「𧒰」字條、第140頁「害」字條。又有「邁」「遃」二字。參看張新俊、張勝波：《新蔡葛陵楚簡文字編》，成都：巴蜀書社，2008年8月第1版，第54頁。都證實「禹」、「害」應為二字。關於「禹」、「害」二字，禤健聰有詳說，參氏著：〈說上博吳命先人之言並論楚簡「害」字〉，載《古文字研究》28輯，北京：中華書局，2010年10月第1版。可備一說。

筆者以為字從心從离，而贅加「口」，為功能轉移詞形，也不妨隸定為「愿」。

《說文》：「羣，車軸耑鍵也。兩穿相背，從舛㢝省聲。㢝，古文偰字。」（卷五舛部）「轊」、「鐯」二字既然都從「离（㢝）」得聲，那與「羣」讀音相同也就無可懷疑的了。

羣，前賢認為同「轄（鎋）」。例如段玉裁便說：「金部鍵，一曰轄也。車部轄，一曰鍵也。然則許意謂羣、轄同也。」（《說文解字注》卷五「羣」字條）顯而易見地，楚簡所載的「轊」、「鐯」便是「轄（鎋）」的楚方言形體。

楚簡「臾轊（鐯）」指稱用於防止車輪滑脫的車軸耑（端）鍵，當為車輛的零部件。《說文》：「臾，束縛捽抴為臾。」（卷十四申部）《毛詩‧小雅‧車舝》云：「間關車之舝兮，思孌季女逝兮。」毛傳：「間關，設舝也。」楚語所用近此。例：

「～」（《曾》4） ／「～」（《曾》10）

楚簡別有從宀一字，作𧳋[註26]，不妨隸定為「骲」。筆者以為就是「胅」的異體。古字從肉從骨或無別。例如「膀」，或作「髈」（見《說文》）。是其證。不過，字止二見，其用法仍有待考察：

「金～」（《天‧策》） ／「素周之～」（《天‧策》）

六、釋 籠

𥯦，原篆諸家隸定為「𥯥」。或謂同共[註27]。或以為「篡」[註28]。或以為竹笥之屬，無釋[註29]。《字彙補》謂「𥯥」與「笁」同，心準切，音筍，簊也（據《康熙字典》所引）。均未安。竊以為原篆當從竹共聲，「共」古音群紐東韻，「龍」古音來紐東韻，群、來二紐古有過分合[註30]。顯然，「共」、「龍」用作聲符可無別。因此，「𥯥」可能就是「籠」的楚方言形體。「籠」用作盛放食物等的容器，不但見於傳世典籍和出土文獻，而且可征諸現代漢語方言。例

〔註26〕滕壬生：《楚系簡帛文字編》，武漢：湖北教育出版社，1995 年 7 月第 1 版，第 1138、1282 頁。

〔註27〕郭若愚：《戰國楚簡文字編》，上海：上海書畫出版社，1994 年 2 月第 1 版，第 71 頁。

〔註28〕滕壬生：《楚系簡帛文字編》，武漢：湖北教育出版社，1995 年 7 月第 1 版，第 742 頁。又商承祚：《戰國楚竹簡彙編》，濟南：齊魯書社，1995 年 11 月第 1 版，第 40 頁。

〔註29〕湖北省荊沙鐵路考古隊：《包山楚簡》，北京：文物出版社，1991 年 10 月第 1 版，第 60 頁。

〔註30〕黃綺：《解語》，石家莊：河北教育出版社，1988 年 3 月第 1 版，第 28～29 頁。

如：「黃金百鎰為一篋，其貨一穀籠為十篋。」（《管子・乘馬》）又例：「負籠操
臿」（《馬王堆帛書・戰國縱橫家書》五四，文物出版社 1978 年）／「飤〔以〕
宮人籠」（《馬王堆漢墓文物・周易》〇一二）又例：「……籠蒸而食者，呼為
蒸餅；而饅頭謂之籠餅，……」（宋・黃朝英《靖康緗素雜記》卷二頁七，四
庫全書本）今天粵人稱「蒸屜」為「蒸籠」（這類器皿今已不限於竹編）。盛放
食物的、較小型的「蒸屜」也稱為「籠」，例如：「一籠叉燒包」（一蒸屜烤肉
包子）、「一籠燒麥」等；盛放衣物的箱子也可稱為「籠」，例如「樟木籠」（樟
木做的衣箱。也有竹編者）；甚至貌似編織的木柵欄也稱為「籠」，例如：「趙
籠」。（一般寫成「櫳」。以圓粗木條造成的活動門柵欄，今已罕見。）《說文》
云：「籠，舉土器也。一曰笭也。从竹龍聲。」（卷五竹部）（小徐本）《說文》
「笭」字條，徐鍇注曰：「笭，亦籠。笭，絡也。猶今人言籮。」（卷九竹部）。
《方言》郭璞注：「今江南亦名籠為箄」（卷十三）。「箄」也就是「笓」。「籠」
在楚地出土文獻中均用為器名。例：

> 〔大〕～四十又（有）四。少（小）～十又（有）二。四檽（簍）
> ～、二豆～、二笭（簍）～。（《信》2・06）
>
> 五～。（《信》2・020）
>
> 少（小）囊檽（簍）四十又（有）八，一大囊檽（簍）十又（有）
> 二～。（《信》2・022）
>
> 鐸～一十二～，皆有繪繢。（《仰》25・21）
>
> 飤室所以食～：冢胥（脯）一～、脩二～、𥻗（蒸）豬一～、庶
> （炙）豬一～、審（蜜）飴（飴）二～、白飴（飴）二～、𩱱（熬）
> 雞一～、庶（炙）雞一～、𩱱（熬）魚二～、栗二～、棋二～、葟苝
> 二～、蒘（笱）二～、蒛（茛）二～、蔞二～、薑（薑）二～、蔴一
> ～、薜利（梨）二～。（《包》257～258）

從上引諸例，我們可以知道「籠」是總稱，泛指一類器皿，其使用範圍相
當廣泛；而「籠」從竹又使我們認識到這類器皿均為竹編。因此，這類見於包
山楚墓的竹器，宜確定為「籠」〔註31〕。

〔註31〕包山楚墓所出「長方形空花竹笥」以及「竹籠」，可能都是「箕」。參湖北省荊沙鐵
　　　　路考古隊：《包山楚墓》，北京：文物出版社，1991 年 10 月第 1 版，第 157、164
　　　　頁、圖九四、圖一〇二。

七、釋各朱

坴，原篆隸定為「坴」，並無異議〔註32〕。諸家無考。筆者以為，雖然楚地文獻有「各」字，但它可能是楚方言表「至也」的「各」的形體。這是因為，在楚簡中，「各」多用為「各自」、「分別」。《說文》：「各，異辭也。从口久。久者，有行而止之不相聽也。」（卷五口部）那麼，「各自」、「分別」當是其本義。不過，在金文中，「各」基本上用如「至」。可能「至」才是「各」的本義。在楚地文獻中，只有帛書的「各」用如「至」。此外，楚簡別見從二「各」者（《信》1·01），應是「各」的繁體（增益聲符「各」），亦用如「至」。也許是為了區別意義，楚人另造「坴」字，以表「至」的意義。「坴」象足踏土地之形，比「各」所表「至」義更為清晰。而「各」，則用以表「各自」、「分別」的意義，尤其是在《包》簡中，無一例外。這種情況，有點兒像文獻中的「各」、「格」的情況。前者表「各自」、「分別」，後者表「至」。「坴」在楚地出土文獻中用為：

1. 至；來。例：

訟羅之廏 寍（域）之～者邑人郘女。《包》83）

2. 間隔的框，通作「格」。例：

二□～仇。（《包》261）

3. 用為人名。例：

車軝～斫片。（《包》157）

石～刃。（〈石坴刃鼎銘〉，《集成》01801）

冶帀（師）紹～、佐陳共為之。（〈畬忎鼎器銘〉，《集成》02795）

冶帀（師）絜～、佐陳共為之。（〈畬忎盤銘〉，《集成》10158）

冶紹～、佐共為之。（〈冶紹坴匕銘〉，《集成》00977、00978）

楚系金文又有「坴朱」錘，錘當讀為「格銖」，為度量單位。在楚地出土文獻中有兩個用法：

1. 重量單位，可能相當於「分」，即 1 / 10（或 1 / 12）銖。例：

〔註32〕學者或徑作「各」，無說。例如李紹曾：〈試論楚幣蟻鼻錢〉，載河南省考古學會：《楚文化研究論文集》，鄭州：中州書畫社，1983 年 9 月第 1 版，第 151 頁。又如天津市歷史博物館編：《天津市歷史博物館藏中國歷代貨幣》（第一卷），天津：天津楊柳青畫社，1990 年 4 月第 1 版，第 186 頁。

郢姬府所造，重十冥（甀）四冥（甀）～。（〈郢陵君王子申豆銘〉，

《集成》04694）

2. 貨幣單位，1／10 或 1／12 銖。例如：

～（貝幣文）

《說文》：「銖，權十分黍之重也。」（卷十四金部）又：「稱……其以為重：
十二粟為一分，十二分為一銖。」（卷七禾部）顯然，一銖可分成十或十二等
分，反映在衡器上即有十或十二刻度，這刻度列國就稱為「分」。據上引文例
可知，「坌（格）朱（銖）」的度量小於「銖」。可能地，楚方言的「坌（格）
朱（銖）」就是列國的「分」，即 1／10（或 1／12）銖。迄今所見先秦衡器，
只有十等分刻度的，未見有十二等分刻度的。當然，因為現存的這兩件衡器都
是楚物，讓我們有理由相信，楚人使用十進制。那麼，「坌（格）朱（銖）」可
能為 1／10 銖，而不是 1／12 銖〔註33〕。今天的廣州話仍稱刻度為「格」，可
謂淵源有自。

楚簡別見從「坌」之字，一作 𨔶（《包》163），一作 𨕳（《包》269 等）。前
者可隸定為「郯」，後者可隸定為「桱」。

「郯」用為地名可無疑，但其具體所指，則有待考證：「～邑人鄭彼、陸
晨」（《包》163）

而「桱」，則可以肯定是「格」的楚方言形體。有兩個義項：

1. 類似於「畐」的工具。例：

　　斁（釋）板～而為覯（朝）卿，垬（遇）秦穆。（《郭·窮達以時》
7）

文獻中往往「板」「畐」並舉。例如：「以冬無事之時，籠、畐、板、築各
什六。」（《管子·度地》卷第十八）因此，上引文例的「桱」可能類似於畐，
可用於版築。

2. 類似於「戟」的兵器。《釋名·釋兵》：「戟，格也。旁有枝格也。」（卷
七）例：

　　一～（《包》牘1、《天·策》）

〔註33〕　參馬承源主編：《中國青銅器》，上海：上海古籍出版社，1988 年 7 月第 1 版，第
317 頁。又參劉彬徽：《楚系青銅器研究》，武漢：湖北教育出版社，1995 年 7 月第
1 版，第 372 頁。

• 343 •

在古代，工具和兵器往往二位一體。因此，「格」既可以指稱工具又可以指稱兵器。

八、釋 圣

鉎，字書不載，釋者隸定為「鉎」，無釋〔註34〕。「鉎」可能「圣」的孳乳字。《說文》：「圣，汝、穎之間致力於地曰圣。從土從又。讀若兔窟。」（卷十三土部）。《說文》所釋為方言義無疑。楚簡用為量詞，義為「塊」。例：

> 爰屯二儋之飤金～二～。（《包》147）

按照楚地文獻表示數量的慣例，前一鉎當是十鉎之省。（西漢）泥質冥版云：「……金十兩二兩折作黃金斤半兩」〔註35〕「斤」便是「一斤」之省略。正如「百」表示「一百」（《包》140）一樣，有時卻又明確書以「一百」（《包》115）。「圣」的讀音可能就是後人所標的「苦骨切」，這是今日廣州話「窟」（塊，例如：一岩一窟）字之所本。楚文字「鉎」從金，表明「鉎」用作版金的度量單位。我們知道，楚國的版金上有用於切割的分隔標識，所以「鉎」當指一小塊一小塊的度量。

《古文四聲韻》收有「鉎」，同「鏗」，為「輕」的異體，謂出崔希裕纂古（下平聲十七清）。恐怕與楚簡「鉎」字無涉。

九、釋 囟

囟，一般作「甶」。或以為「借作畀」〔註36〕。或以為「鬼」之頭〔註37〕。皆誤。

楚簡中「囟」之形體，即「思」字所從至為明顯。周原甲骨已見「囟」字，作「囟」〔註38〕。例：「囟有正？」（《周原》H11：1）。西周銅器銘文也有這個

〔註34〕湖北省荊沙鐵路考古隊：《包山楚簡》，北京：文物出版社，1991年10月第1版，第28頁。

〔註35〕轉引自周世榮：〈湖南出土黃金鑄幣研究〉，載湖南省楚史研究會編：《楚史與楚文化研究》（《求索》增刊），1987年12月，第173～184頁。

〔註36〕湖北省荊沙鐵路考古隊：《包山楚簡》，北京：文物出版社，1991年10月第1版，第48頁。

〔註37〕滕壬生：《楚系簡帛文字編》，武漢：湖北教育出版社，1995年7月第1版，第725～726頁。又參彭浩：〈包山二號楚墓卜筮和祭禱竹簡的初步研究〉，載湖北省荊沙鐵路考古隊：《包山楚墓》，北京：文物出版社，1991年10月第1版，第325～347頁。

〔註38〕近來學者多傾向於視之為「囟」。如張玉金：〈周原甲骨文「囟」字釋義〉，載《殷

字，例如〈師訇殷銘〉（《集成》04342）：「訇其邁（萬）⊕年子=孫=永寶用」，宋人讀之為「思」〔註39〕。又如〈長甶盉銘〉（《集成》09455）、〈長甶殷銘〉（《集成》03581、03582），用為人名：「長⊕」。從情理上分析，人們大概不至於用「鬼頭」為名的吧〔註40〕。在包山楚簡出土之前，學者們或從宋人釋為「囟」，讀為「思（斯）」；或隸定為「甶」；或釋為「叀」。李學勤釋作「囟」，讀為「斯」，云為表疑問之詞〔註41〕。是很正確的。楚地出土文獻有「囟」字，作「⊘」（《望》2‧31、60），可在包山所出竹簡中，卻作「⊕」。文字編著作通常隸定為「甶」〔註42〕。大抵是不錯的。然而，看看包山、郭店以及新蔡出土文獻所見的「思」，作「⊕」（例如「子思」），可知「⊕」字所從就是「⊕」。更重要的是，在「⊕攻解於……」（《包》217等）這樣的句式中，有「⊕攻解於……」（《望》1‧117、《包》198）的異文。而有時，⊕又通作⊕，例如：「天陛（地）名忞（字）并立，古（故）忢其方，不⊕相……」（《郭‧太一生水》12）證明「⊕」應當釋為「囟」。「囟」與「甶」相混無別，實在是因為它們的形體太接近了。所以，在楚地出土文獻中，《說文》中從甶的「畏」（《郭‧五行》）、「禺」（《新蔡》乙四：45）大都從「囟」，偶有從「甶」，例如「愄」，《郭‧性自命出》52、60從「甶」，其餘六例都從「囟」。而本從「囟」的「思」多從

都學刊》，2000年第1期。又如陳斯鵬：〈論周原甲骨和楚系簡帛中的「囟」與「思」：兼論卜辭命辭的性質〉，載《第四屆國際中國文字學研討會論文集》，香港中文大學中國語言文學系，2003年10月。再如沈培：〈周原甲骨文裏的「囟」和楚墓竹簡裏的「囟」或「思」〉，載中國文字學會、河北大學漢字研究中心編：《漢字研究》第1輯，北京：學苑出版社，2005年6月第一版。但釋義方面則言人人殊。

〔註39〕宋人作「師遽敦」，參薛尚功：《歷代鐘鼎彝器款識》，瀋陽：遼瀋書社，1985年7月第1版，第275頁。陳夢家云：「其萬思年，摹本無心，今從薛釋。《大雅‧下武》曰：『於萬斯年，受天之佑。』思年即斯年。」參氏著：《西周銅器斷代》，北京：中華書局，2004年4月第1版，第309頁。唐蘭云：「余舊讀為囟，據宋代所出師遽毀『其邁囟年』，通思，讀為斯，當由⊗訛為甶，實非甶字。」參氏著《西周青銅器銘文分代史徵》，北京：中華書局，1986年12月第1版，第378頁。

〔註40〕當讀為「長思」。

〔註41〕參李學勤、王宇信：〈周原卜辭選釋〉，載《古文字研究》第四輯，北京：中華書局，1980年12月第1版。步雲案：李、王二氏釋為「囟（思）」，讀為「斯」，大概本自陳夢家的說法。參氏著：《西周銅器斷代》，北京：中華書局，2004年4月第1版，第309頁。不過，也有學者釋為「叀」，例如陳全方等，參氏著《西周甲文注》，學林出版社，2003年8月第1版，第5頁。殷墟甲骨文恒見「叀」字，形體與此迥異。綜合今天所見資料，「⊕」恐怕還是釋為「囟」更為正確。

〔註42〕《楚系簡帛文字編》（滕壬生：1995）、《包山楚簡文字編》（張守中：1996年）、《戰國文字編》（湯餘惠：2001年）、《新蔡葛陵楚簡文字編》（張新俊、張勝波：2008年）無一例外，只有滕著後來改作「囟」（滕壬生：2008年，第896頁）。

「由」，偶而從「囟」（《郭·尊德義》18）。《說文》：「囟，頭會腦蓋也。」（卷十囟部）「囟」在楚地出土文獻中有兩個用法，都是通假：

1. 為表不確定及疑問語氣的語氣詞，通作「斯」，相當於「其」，置於句首。「囟」這個形體及用法，實際上上承周原甲骨文，稍後的楚地文獻用如此：

〜一戠（識）獄之主以至（致）命？不致命，隓（陞）門有敗。（《包》128）

〜䢷之栽（來）敘於䢷之所諻（證）？（《包》138 反）

〜攻解於槑（明）禮（祖），歔（且）敘於宮室？五生占之曰：吉。（《包》211）

〜攻解於不姑（辜）？苛嘉占之曰：吉。（《包》217）

〜攻敘於宮室？五生占之曰：吉。（《包》229）

〜攻祝、歸（歸）繡（佩）珥、完（冠）繻（帶）於南方？觀繡占曰：吉。（《包》231）

〜左尹㐌逯（踐）遉（復）尻？〜攻解於歲？盬吉占之曰：吉。（《包》238）

〜攻解於禮（祖）與兵死？（《包》241）

〜攻解於水上與溺（沒）人？五生占之曰：吉。（《包》246）

〜攻解日月與不姑（辜）？晉吉占之曰：吉。（《包》248）

〜紫之疾遫（越）癒（瘥）？（《秦》1·3）

〜杠解於槑（明）癒（祖）與彊（強）死？（《天·卜》）

〜攻解於不姑（辜）、強死者？（《天·卜》）

〜攻解於槑（明）禮（祖）？（《天·卜》）

〜某遬歸飤故？（《九》56·44）

亙（恒）〜郙亥敓於五殜（世）？」（《新蔡》乙四：27）

通過上引例證，尤其是占卜類例證，可知「囟」表不確定及疑問語氣，捨此別無他解。

2. 通作「斯」，轉折連詞，相當於「則」。例：

九月癸丑之日不僤（逆）邻大司敗以（盟）邻之機里之敾，無又

（有）李焚，～阩門有敗。（《包》23）〔註43〕

　　子郹公誜之於陰之數客，～斷之。（《包》134）

　　僕不敢不告於見日，～聽之。（《包》135～136）

　　虘（吾）未又（有）以愚（憂），亓（其）子脾既與虘（吾）同車，或□衣，～邦人（皆）見之三日。安命葬之脾見？（《上博四·昭王與龔之脾》10）〔註44〕

　　而遾（後）楚邦～爲者（諸）侯正（征）。（《上博七·鄭子家喪乙本》2）〔註45〕

　　繇之於屖（宗）畗（廟）曰：「褐（禍）敗囙（因）童（動）於楚邦，懼槐（鬼）神以取芠（怨），～先王亡所歸（歸），虘（吾）可改而可（何）？」（《上博六·平王問鄭壽》1～2）〔註46〕

「囟」或以「思」通作。例：

　　～〔攻解〕於宮室……（《望》1·117）

　　～攻解於下之人不死。（《望》1·176）

　　……～攻……（《望》1·177）

　　～攻解於人禹？（《包》198）

　　～速解安？（《天·卜》）

　　「奠三天□，～敓奠四亞。」「～百神風雨晨亂乍（作）。乃逆日月，以㲋相□，～又（有）宵又（有）朝，又（有）晝又（有）夕。」（《帛·甲》）

　　【附記】是稿爲筆者博士學位論文《古楚語詞彙研究》之一節。承蒙憲通師通閱全稿，多有敎正。茲謹誌謝忱。

〔註43〕原考釋在「囟」後點斷，大概是因爲「囟」字後有句讀符號。參看湖北省荊沙鐵路考古隊：《包山楚簡》，文物出版社，1991年10月第1版，第18頁。事實上，「囟」字後的句讀符號，恐怕是手誤。《包》87「訟」字之後也有誤加的句讀符號，可證。

〔註44〕原考釋在「囟」後點斷。參馬承源：《上海博物館藏戰國楚竹書（四）》，上海：上海古籍出版社，2004年12月第1版，第190頁。誤。

〔註45〕陳佩芬讀爲「思考」之「思」。參馬承源：《上海博物館藏戰國楚竹書（七）》，上海：上海古籍出版社，2008年12月第1版，第173頁。顯然並未讀懂原文。

〔註46〕陳佩芬讀爲「思」。參馬承源：《上海博物館藏戰國楚竹書（六）》，上海：上海古籍出版社，2007年7月第1版，第258頁。未明所以。

附錄：本文引書簡稱表（按簡稱筆劃為序）

1. 《九》——湖北省文物考古研究所，北京大學中文系編：《九店楚簡》，北京：中華書局，2000 年 5 月第 1 版。「56」指 56 號墓；「621」指 621 號墓。

2. 《上博》——馬承源《上海博物館藏戰國楚竹簡》，上海：上海古籍出版社，2001～2011 年第 1 版。「一」指第一冊，「二」指第二冊，餘下仿此。

3. 《天》——《湖北江陵天星觀竹簡》，據滕壬生：《楚系簡帛文字編》，武漢：湖北教育出版社，1995 年 7 月第 1 版。「卜」指「占卜類簡」，「策」指「遣策」。

4. 《包》——湖北省荊沙鐵路考古隊：《包山楚簡》，北京：文物出版社，1991 年 10 月第 1 版。「牘」指該墓所出木牘，「簽」指該墓所出簽牌文字。湖北省荊沙鐵路考古隊：《包山楚墓》（下冊），北京：文物出版社，1991 年 10 月第 1 版。

5. 《仰》——《長沙仰天湖 25 號墓竹簡》，據商承祚：《戰國楚竹簡匯編》，濟南：齊魯書社，1995 年月第 1 版。

6. 《帛》——《長沙楚帛書》，據饒宗頤、曾憲通《楚地出土文獻三種研究》，北京：中華書局，1993 年 8 月第 1 版。「甲」指內層十三行該篇文字，「乙」指內層八行該篇文字，「丙」指外層十二段邊文。

7. 《周原》——《周原甲骨文》，據王宇信《西周甲骨探論》摹本，北京：中國社會科學出版社，1984 年 4 月第 1 版。

8. 《信》——《信陽長臺關 1 號墓竹簡》，據河南省文物研究所：《信陽楚墓》一書所載，北京：文物出版社，1986 年 3 月第 1 版。「1」指第 1 組竹書簡，「2」指第 2 組遣策簡。

9. 《馬王堆》——馬王堆漢墓帛書整理小組：《馬王堆漢墓帛書》，北京：文物出版社，1978～1985 年第 1 版。〔壹〕指第一冊，〔貳〕指第二冊，餘下仿此。

10. 《郭》——荊門市博物館：《郭店楚墓竹簡》，北京：文物出版社，1998 年 5 月第 1 版。

11. 《望》——湖北省文物考古研究所、北京大學中文系：《望山楚簡》，北京：中華書局，1995 年 6 月第 1 版。「1」指 1 號墓，「2」指 2 號墓。

12. 《曾》——湖北省博物館：《曾侯乙墓》，北京：文物出版社，1989 年 7 月第 1 版。

13. 《集成》——中國社會科學院考古研究所編：《殷周金文集成》（修訂增補本），北京：中華書局，2007 年 4 月。

14. 《新蔡》——河南省文物考古研究所：《新蔡葛陵楚墓》，鄭州：大象出版社，2003 年 10 月第 1 版。「甲」指甲區，「乙」指乙區，甲、乙後所繫數字指該區所分組別。「零」則指「殘損嚴重者」。

15. 《說文》——東漢·許慎《說文解字》（大徐本），北京：中華書局，1963 年 12 月第 1 版陳昌治刻本縮印本。

原載《中山人文學術論叢》第二輯，廣州：廣東高教出版社，1999 年 8 月第 1 版，第 309～316 頁。

「秦雍十碣」解惑

一、釋 題

「秦雍十碣」，較流行的名稱是「石鼓文」。因此，本文所謂的「秦雍十碣」，實際上就是指「石鼓文」。但是，「石鼓文」並非科學的術語（下文將論及），所以本文在行文中將不再使用「石鼓文」這一名稱，除非有此必要。

「秦雍十碣」是發現較早的出土文獻，因之研究成果也較多，真可以用「汗牛充棟」一語形容之，以至於幾乎已經成為一專門之學。雖然研究不知凡幾，但仍然有些問題懸而未決，例如：關於「秦雍十碣」時代的討論，迄今還沒有一說可以服眾。又如：探求其搨本、尤其是探討搨本源流的著述較少，疑問卻很多。面對類似的問題，筆者在閱讀相關的研究成果時，心中的種種疑惑固然有隨之而消釋了的，但也有隨之而益發鬱結的，於是便有了「解惑」的念頭。不過，所謂「解惑」，當然只是自家所惑，自家解之，解得如何，只憑方家評說。

二、中國最早的石刻文字？

在互聯網上隨便打開一個搜索引擎，輸入「石鼓文」三字，彈出的條目時而可見「中國最早的石刻文字」的說法。這種說法早在上世紀八十年代就有了〔註1〕。如果一般人這樣說，那倒無傷大雅。但如果學界內也這樣認為，就不得

〔註1〕 例如陶靜波：〈它在荒野中沉睡了一千多年──我國最早的刻石石鼓文〉，《羊城晚報》，1982 年 5 月 5 日；又如琦楓：〈我國最早的三種石刻〉，《紫禁城》，1982 年 5 期。

不稍加辨正了。儘管關於它們的時代有多種意見，但還沒有把「秦雍十碣」確定為商代時物的（因為下面將要談及「秦雍十碣」的時代，所以這裡暫時不討論它們所屬的時代）。倘若我們列舉出商代的孿殷石範母、玉版、石磬等器物上的文字〔註2〕，不知道「最早」二字該往哪兒擺？

即使把「石刻」定義為「碣石上的契刻文字」，「秦雍十碣」恐怕也不是「最早」的遺物。例如岣嶁碑銘，便有學者認為是春秋間楚或越的石刻文字〔註3〕。又如仙字潭的石刻文字，沒準也比「秦雍十碣」早〔註4〕。而歐陽修所作的《集古錄》，便著錄了一枚「周穆王刻石」〔註5〕，並將它置於「石鼓文」之前。可見，宋時人已經知道「秦雍十碣」並非最早的石刻文字。

因此，「中國最早的石刻文字」的桂冠絕不能戴在「秦雍十碣」的頭上。

三、「石鼓文」名實相符嗎？

「秦雍十碣」，唐人稱為「石鼓」（韓愈、韋應物皆有〈石鼓歌〉），遂使二字流傳。張懷瓘最早稱其銘為「石鼓文」〔註6〕，於是沿用至今。當然，自古以來還有另外一些定名，但都沒有「石鼓」、「石鼓文」的影響大。關於唐代諸家對「秦雍十碣」的著述，張勳燎先生有詳論〔註7〕，讀者諸君可參閱。

儘管「石鼓文」一名早已是家喻戶曉，然而，馬衡、希白祖師、羅君惕等先生還是力辯其非：

馬衡先生說：「唐以來著錄此刻者，蘇勗、竇臮皆以為獵碣，其餘皆以石鼓名之，此猶大謬。當刻碑未興以前，只有刻石。《史記·秦始皇本紀》凡言頌德諸刻，多曰刻石，或曰刻所立石，摩崖與立石，皆刻石也。立石又謂之碣，《說文》石部『碣，特立之石』是也。其有實物可證者，則有泰山無字石、禪國山刻石（惟琅邪臺一石亡於近年，餘皆無恙）。此十石之形制，皆與之同。其制上

<hr>

〔註2〕參陳志達：〈商代的玉石文字〉，《華夏考古》，1991 年 2 期。

〔註3〕高景成：〈岣嶁碑文應是春秋戰國間文字〉，《河北師院學報》，1985 年 3 期。

〔註4〕李蔚：〈先秦的石刻文字──仙字潭原始圖像〉，《光明日報》，1985 年 3 月 24 日。

〔註5〕見氏著《集古錄》卷一，銘作「吉日癸巳」，其中「癸」字的形體比「秦雍十碣」中的形體更為古拙。

〔註6〕見〈書斷上〉、〈書斷中〉，《張懷瓘書論》，湖南美術出版社，1997 年 4 月第 1 版，第 79、130 頁。

〔註7〕參氏著〈唐代關於石鼓文的研究及其評價〉，《徐中舒先生九十壽辰紀念文集》，巴蜀書社，1990 年 6 月第一版，第 284～292 頁。

小而下大，頂圓而底平。四面有略作方形者，有正圓者；刻辭即環刻於其四面。此正刻石之制，非石鼓也；蘇、竇獵碣之名，差為近之。……故余草此篇既竟，特為正其名曰『秦刻石』。」〔註8〕

希白先生也說：「十石底圍自六尺三寸至七尺八寸，高自一尺六寸至二尺六寸不等。因其自然，形粗似鼓而頂微圓。石質堅頑，有類碓磴。世人咸稱為石鼓，而竇蒙《述書賦注》稱為『獵碣』，羅振玉先生稱為『岐陽獵碣』，馬衡先生稱為『秦刻石』。余意欲稱為『秦雍十刻石』，蓋秦著其國，雍著其地，十著其數，刻石著其類，猶言『泰山刻石』也。」〔註9〕

羅君惕先生則說：「夫刻石方者曰碑，圓者曰碣。十碣上狹下寬，其形如礎，實碣也。泰山岱廟之無字石、琅邪臺刻石、禪國山刻石皆與之類，但或高或短耳。蘇勖、竇蒙皆曰『獵碣』，蓋已疑之。今人馬衡尤竭力辯證，名曰『秦刻石』；然秦刻石綦眾，余恐其易溷也，因名曰『秦刻十碣』，庶有別焉。」〔註10〕

三位先生所論，有理有據，然從者寥寥，可謂積重難返，難怪馬衡先生無奈地說：「定名晦而傳說彰，天下事往往然也。」〔註11〕

所謂「石鼓」，顯然是不甚科學的定義，尤其是存在著「石鼓」這麼一類文物的情況下，實在不應該採「石鼓」這一名稱〔註12〕。然而，馬、容、羅三位先生卻各有定名，未免使人無所適從。

綜合三位先生的意見，鄙意以為稱為「秦雍十碣」較為科學：秦，明其世系；雍，著其地域；十，總稱其數；碣，示其性質。

四、何時何地發現「秦雍十碣」？

學者們大都認為，這批刻石是隋、唐時期被發現的，經唐人一再宣傳，遂顯於世〔註13〕。關於這些刻石的歷史，楊若漁（壽祺）有《隴廬石鼓文史研究》

〔註8〕馬衡：《凡將齋金石叢稿》，中華書局，1977年10月第一版，第171～172頁。

〔註9〕容庚：〈隴廬石鼓文史研究序〉，《頌齋文稿》，臺北中研院中國民哲所籌備處，1994年6月初版，第103～106頁；又見《頌齋述林》，香港翰墨軒出版有限公司，1994年8月，第527～528頁。

〔註10〕羅君惕：《秦刻十碣考釋》，齊魯書社，1983年12月第一版，第1～2頁。

〔註11〕參註8。

〔註12〕參譚步雲：〈漢語文字學若干術語的英譯探討〉，《中山大學學報》（社會科學版）1999年4期。

〔註13〕馬衡先生云：「石鼓在隋以前，未見著錄。出土之時，當在唐初。其名初不甚著，自韋應物、韓愈作《石鼓歌》以表章之，而後始大顯於世。」出處見註8。

一書予以介紹〔註14〕。

　　不過，歐陽詢《藝文類聚》卷八「石鼓山」條載有晉・庾闡〈觀石鼓〉詩〔註15〕。據此，難道它們早在晉時就為世人所知？又據《金石萃編》王昶的按語：「劉昭《續漢書・郡國志》注云：『陳倉有石鼓山。』而不言其時代，使石鼓果為秦時所刻，不應漢時即以名山。」〔註16〕言下之意是說可能漢時人已見「秦雍十碣」。

　　顯而易見，最初發現「秦雍十碣」的時間仍有進一步研究的必要。

　　關於「秦雍十碣」原在何地，李仲操先生在引用唐代的典籍為證後，認為：「秦雍十碣」最初所在地是陳倉石鼓山，即今寶雞之石嘴頭〔註17〕。

　　李先生的文章是令人信服的。然而，查《辭源》，「石鼓」條云：「全國以石鼓名山者甚多，如陝西寶雞、廣東東莞、安徽廣德、湖南衡陽等，皆有石鼓山。多因山有大石如鼓而得名。」〔註18〕

　　又查《中國歷史地名詞典》，「石鼓山」條云：「一名峴石山。即今江蘇蘇州市西靈巖山。春秋吳建娃宮於此。」又「石鼓縣」條云：「1. 西魏置，治所在今四川宣漢縣西南。……2. 元至元二十二年（1285年）置，治所在今雲南楚雄縣西北呂合。……」〔註19〕全然不及陝西者，顯然是個疏失。

　　雖然這批石刻已經被確定為秦國的遺物，雖然前賢也說「其初散在陳倉野中」〔註20〕，但是，由於以「石鼓」為名的地域太多，因而不能排除這個可能性：它們原來在秦國某地，卻歷經遷徙，陳倉只是其中一個滯留點。

五、「秦雍十碣」到底有幾？

　　眾所周知，存於世上的「秦雍十碣」凡十具，後來歷經多次遷徙，最終落於北京。

　　唐、宋時期「秦雍十碣」的遷徙，南宋・王厚之有詳細的描述：「其初散在

〔註14〕其書未見。參註9。
〔註15〕上海古籍出版社，1999年5月新2版，第144頁。
〔註16〕王昶：《金石萃編》卷一，中國書店，1985年3月第一版，第9頁。
〔註17〕參氏著〈石鼓最初所在地及其石刻年代〉，《考古與文物》，1981年2期。
〔註18〕商務印書館，1988年7月版，第1213頁。
〔註19〕江西教育出版社，1988年3月第一版，第195頁。
〔註20〕王厚之：〈石鼓文跋〉，《古文苑》卷一，四庫全書本，第12頁。

陳倉野中，韓吏部為博士時，請於祭酒，欲以數橐馳輿致太學，不從。鄭餘慶始遷之鳳翔孔子廟。經五代之亂又復散失。本朝司馬池知鳳翔，復輦至於府學之門廡下而亡其一。皇佑四年，向傳師搜訪而足之。大觀歸於京師（今河南開封——引者注），詔以金填其文以示貴重，且絕摹拓之患，初致之辟雍，後移入保和殿。靖康之末，保和珍異北去。」〔註21〕

　　元以後的遷徙，則可參希白先生的敘述：「光定五年（1215年），元人入燕京，廟學毀於兵。宣撫使王楫取舊樞密院地復創立之，仍取十石列廡下。大德之末，虞集為大都路儒學教授，得之於泥土草莽中，洗刷扶植之。皇慶二年（1313年），集為國子助教，言於時宰，得兵部差大車十乘載之於國子大成門內，左右壁下各五石，為磚壇以承之，又為疏櫺而局鐍之。歷明、清兩代未改。民國二十二年（1933年），日寇逼河北，古物南遷，並及十石。勝利以後，遷回北京，仍藏故宮博物院。」〔註22〕

　　根據唐人的記載，這批秦刻石只有十枚。例如韋應物的〈石鼓歌〉詠道：「石如鼓形數止十，風雨缺訛苔蘚澀。」又如韓愈也在〈石鼓歌〉中唱道：「氈包席裹可立致，十鼓只載數駱駝。」杜甫〈李潮八分小篆歌〉的注亦有類似的文字：「其石粗有鼓形，字刻石旁，其數有十……」

　　郭沫若等學者認為：「『石鼓文』是詩，……而且，石鼓剛好是十個，所刻的詩剛好是十首，這和〈小雅〉〈大雅〉以十首為『一什』的章法恰恰相同，這也恐怕不是偶合。」〔註23〕

　　因此可以相信，韓愈他們所見到的「十碣」就是今天藏在故宮裏的十件石刻作品。

　　然而，五代以後曾出現過不止一套的贋品或仿製品！容先生說：「經五代之亂，又復散失。宋景佑元年（1034），司馬池知鳳翔，復輦置府學之門廡下。其一石最小，文亦不類，乃好事者所補，非原石也。」〔註24〕赤冢忠氏亦云：五代後曾有一件贋品（〈作原〉）羼雜其間，後向傳師於民間尋得原石，贋品始

〔註21〕王厚之：〈石鼓文跋〉，《古文苑》卷一，四庫全書本，第12頁。
〔註22〕容庚：〈隔廬石鼓文史研究序〉。
〔註23〕參氏著《郭沫若全集》考古編第九，科學出版社，1982年9月第一版，第卷16〜17頁。宋鴻文也有類似的說法。宋說見氏著〈石鼓文新探〉，《貴州文史叢刊》，1993年4期；又載中國人民大學《複印報刊數據‧語言文字學》，1993年11期。
〔註24〕容庚：〈隔廬石鼓文史研究序〉。

除去〔註25〕。準此，那個時候的「秦雍十碣」實際上有十一件。不過，從宋人的記述中，我們得不到曾產生贗品的信息。例如上述王厚之的跋語、歐陽修的《集古錄》、薛尚功的《歷代鐘鼎彝器款識》、晁補之的〈胡戢秀才效歐陽公集古作琬琰堂〉詩、梅堯臣（聖俞）的〈雷逸老以仿石鼓文見遺因呈祭酒吳公〉詩〔註26〕，等。

到了清代，「乾隆五十五年，高宗臨雍講學，見十碣原刻，懼其歲久漫漶，為立重闌，以蔽風雨。別選貞石，摹勒十碣之文，俾便椎拓。……孫星衍覆刻於蘇州虎丘孫氏祠。今者祠堂不存，其石與拓本均不可得。清嘉慶初，張燕昌以北宋本參考甲秀堂本、上海顧氏本雙句刻石，……清嘉慶二年阮元督學兩浙時，取鄞縣范氏天一閣本，並參以明初諸本，屬張燕昌以油素書丹，吳厚生刻之，江德地運意，置杭州府學明倫堂壁間，摹勒俱妙，不失原意，覆刻本中第一佳品也。原拓可於市賈購之。」〔註27〕據此，原物之外，至少還有四套刻石曾存於世上。

這些記述非常重要，因為，今天我們所能見到的同時期的拓本，字數竟然參差不齊！可能地，這些拓本有著不同的來源（詳下）。尤其值得注意的是，據竇蒙和王厚之的記述〔註28〕，經五代之亂散失的「秦雍十碣」，已是再度散失。雖然我們目前還找不到證據證明後來找回來的「秦雍十碣」是偽作，也無法證明其間有否出現仿刻，但是卻難以否定存在著這些可能。

六、「秦雍十碣」總字數有多少？

關於「秦雍十碣」的總字數，賴炳偉先生有過詳細的考證，他說：「石鼓原來大概有 730 字左右」，延至今日，餘「280 餘字」〔註29〕。不過，賴先生文中

〔註25〕赤冢忠：〈石鼓文の新研究〉，《甲骨學》第十一號，日本甲骨學會，1976 年 6 月，第 100 頁。

〔註26〕晁詩云：「共和十鼓記亡一，嶧山肉在無復骨。」（《雞肋集》卷九，第 9 頁，四庫全書本）；梅詩云：「傳至我朝一鼓亡，九鼓闕泐文失行。近人偶見安碓床，云鼓作臼剜中央。心喜遺篆猶在旁，以白易白庸何傷。」（《宛陵集》卷五十九，第 5～7 頁，四庫全書本）

〔註27〕容庚：〈隝廬石鼓文史研究序〉。

〔註28〕竇蒙云：「石尋毀失，時見此本傳諸好事。」（見吾邱衍《周秦刻石釋音》第 9、10 所引）王厚之〈石鼓文跋〉云：「經五代之亂又復散失。」（《古文苑》卷一，第 12 頁，四庫全書本）

〔註29〕參氏著〈《石鼓文》字數考〉，載《古文字研究》22 輯，中華書局，2000 年 7 月第 1 版，第 192～194 頁。

所附「諸家著錄及傳世拓本所存字數」表格略有疏漏：元「潘迪」欄，劉梅國《廣義選》「義」應作「文」；清「馬繡」欄，「繡」應作「驌」；另外清一欄中應補吳玉搢所見 310 餘字〔註30〕。

如果我們從「秦雍十碣」殘泐的速度推斷：從宋時歐陽修所見的 465 字到元時潘迪所見的 386 字，再到清代方若所見 310 餘字，每三百年約殘 70 餘字，那唐人所見充其量也就 540 字左右。這個數應只多不少。如此看來，原石有 730 字的估算可能少了。秦（從秦惠文王元年〔前 337 年〕起算）去唐（至韓愈一半年壽時〔公元 796 年〕止）約有 1，120 年，按上述殘泐速度計算，則原石至唐時應已殘去 280 字左右，540＋280＝820，原石約有 820 字，況且，就石頭的空間論，每石增十字是綽綽有餘的。

七、「秦雍十碣」的著錄情況如何？

現在流傳在世的所謂「秦雍十碣」文字，有搨本，也有摹本。最早的傳世本據說為唐代的本子〔註31〕。

唐代已有「秦雍十碣」的搨本或摹本是無庸置疑的。竇臮〈述書賦〉云：「石雖貞而云亡，紙可寄而保傳。」竇蒙注曰：「岐州雍城南，有周宣王獵鼓十枚，並作鼓形，上有篆文，今見打本。吏部侍郎蘇勖敘記卷首云：『世咸言筆跡存者，李斯最古，不知史籀之跡，近在關中，即其文也。石尋毀失，時見此本傳諸好事。』」〔註32〕韓愈的〈石鼓歌〉詩也可為證：「張生（步雲按：指張藉）手持石鼓文，勸我試作石鼓歌。」〔註33〕不過，據說是唐人所編次、宋人作注的《古文苑》和明人楊慎所得的唐搨本都不無可疑〔註34〕。

〔註30〕據《金石萃編》卷一，第 9 頁。
〔註31〕宋·翟耆年《籀史》卷上「石鼓碑一卷」條云：「右石鼓碑，唐·張彥遠《法書錄》，載處士張懷瓘〈書斷敘〉。籀文，周太史史籀作。其跡有石鼓文存焉。又《古蹟記》云：『史籀石鼓文。』不知徐浩何據也。」（叢書集成初編本，商務印書館，民國二十四年十二月初版）步雲案：是宋人猶見唐本石鼓文之證也。
〔註32〕見吾邱衍：《周秦刻石釋音》，第 9、10 頁所引。
〔註33〕《全唐詩》，上海古籍出版社，1986 年 10 月第一版，第 841 頁。
〔註34〕《古文苑·序》云：「《古文苑》者，唐人所編，史傳所不載、《文選》所不錄之文也。……始於周宣石鼓文，終於齊永明之倡和。」但《四庫全書總目提要·古文苑》卻說：「然所錄漢魏詩文多從《藝文類聚》、《初學記》刪節之本，石鼓文亦與近本相同，其真偽蓋莫得而明也。」又楊慎云：「右石鼓文，宋代搨本。洪武中藏於餘姚儒者趙古則，後歸予家。……余得唐人搨本於李文正先生，凡七百二字。蓋全文也。嘗刻之木以傳矣，然都元敬《金薤篇》、劉梅國《廣文選》所收仍是殘缺四百

宋代的刻本有薛尚功《歷代鐘鼎彝器款識法帖》。搨本則有范氏所藏「天一閣本」以及明安國所藏的「先鋒本」、「中權本」和「後勁本」。關於這批搨本的源流，當以郭沫若所述最詳。郭氏云：「北宋古拓，如四明范氏所藏『天一閣本』，亦久成稀世之珍矣。……」然後有「明錫山安氏十鼓齋」所藏「先鋒本」、「中權本」和為郭氏所見「後勁本」（亦作「寫真本」）。據郭氏考證，「先鋒本」最古，「後勁本」次之，「中權本」最晚。證據之一就是安氏的「先鋒本」跋文：「周宣王石鼓文，相傳史籀所書，為千古篆法之祖。惜代遠年湮，殘缺日甚。余先得江陰徐氏本，嗣得燕人朱氏手墨。各本及吾鄉顧氏、浦氏本存字較多，已稱罕覯。今又得此本於姑蘇曹氏，完全無闕，紙墨尤古，增字數十，內多昔人所未見者。蓋為五、六百年前物，傳世最古之本也。」〔註35〕

奇怪的是，據郭氏相校「中權本」和「後勁本」，此本有的字而彼本無，或彼本有的字而此本無。所存字數最多的是宋拓的「中權本」，存 500 字。但卻以「先鋒本」（存 480 字）為最古，「後勁本」（存 497 字）次之。為什麼後出的搨本反倒比先出的拓本字數少呢？郭氏推測說：「二本互有優劣，事頗弔詭，揣其所由，蓋其原搨本係湊合，否則於剪裝時互易或為匠人所奪損也。」〔註36〕賴炳偉先生也認為：「剪裝時剔去半泐字過多，有幾個全字也被誤刪。」〔註37〕

這個解釋當然不無道理，但卻難以令人信服。按理說，越早的搨本存字越多，隨著歲月的流逝，石刻風化，人為損壞，石頭上的文字便漸漸湮滅，乃至搨本所存字數越來越少。至於所謂裁剪拼合導致出現差錯，像「秦雍十碣」這樣大型的文字刻石搨本，幾率幾乎為零。如果說，存 480 字的先鋒本是最古老的搨本，那麼，它比中權本所少的 20 字原就是屬它的。事實上，郭氏也正是用後勁、中權二本對先鋒本所奪字做了補輯的工作的。可是，難道精於鑒藏的安氏竟然會犯這樣的錯誤嗎？我不相信！倘若三井銀行所收藏的原搨還在，

九十四字本，蓋亦未見此也。」（〈升菴外集〉，《金石萃編》卷一，第 6 頁引）不過，朱彝尊對此多有質疑。他引用了韓愈、杜甫、韋應物、蘇軾等人的作品為證，說：「以唐宋元人未見其全者，用修獨得見之，此陸文裕亦不敢信。由石鼓而推之用修他所考證，吾亦不能已於疑無惑乎！陳晦伯有正楊一編矣。」（〈曝書亭集〉，《金石萃編》卷一，第 7 頁引）

〔註35〕見《郭沫若全集》考古編第九冊，科學出版社，1982 年 9 月第一版，第 230～231 頁。
〔註36〕參《郭沫若全集》考古編第九冊，第 24 頁。
〔註37〕賴炳偉：〈《石鼓文》字數考〉。

是非應不難分辨〔註38〕。不過，近時有研究表明，三井銀行的拓本全為民國期間仿刻〔註39〕。可見所謂拼合失誤的揣測不無疑問，而仿刻偽作之所以出也不無可能。

愚以為，在對原搨進行鑒定、並得出科學的結論以前，這三個拓本孰先孰後還不能遽下斷語。

郭氏據〈作原〉成臼遂致每行失去上端三字，而先鋒、後勁、中權諸拓正是如此，故謂諸拓均係北宋時所為〔註40〕。此言差矣。「作原」石固然可以在宋時搨印，但不能據此斷定每一塊石頭的拓本均係北宋時物。在我看來，可能每塊石頭的傳搨時間都不相同。如果從總字數上判斷，500 字的搨本可能早至五代或五代之前。

另外，如前所述，由於歷史上曾出現仿刻，故爾不能排除以仿刻（尤其是在五代時期或以前出現的仿刻）搨本補原刻搨本的可能性。

八、「秦雍十碣」作於何時？

「秦雍十碣」作於何時，既是熱門課題，也是個大難題。就筆者目及，至少有以下諸說：

說 1：周文王—（周武王）—周宣王（？～前 1046～前 782）。代表人物有韋應物〔註41〕。

說 2：周成王（前 1024～前 1005）。代表人物有董逌、程大昌。

說 3：共和（前 841～前 828）。代表人物有晁補之〔註42〕。

說 4：周宣王（前 827～前 782）。代表人物有張懷瓘、竇臮、韓愈、歐陽修、蘇軾。

說 5：秦襄公—秦獻公（前 778～前 384）。代表人物有鞏豐、馬衡〔註43〕。

〔註38〕關於安國所藏拓本在日本的流傳，郭沫若略有申述。參註36。
〔註39〕馬成名：〈日本三井所藏宋拓石鼓文均為民國翻刻〉，《典藏與美術》第 333 期，2020年 6 月號。
〔註40〕參《郭沫若全集》考古編第九冊，第 28～30 頁。
〔註41〕說見歐陽修：《集古錄》卷一，第 17 頁。羅君惕辯之曰：韋未嘗謂「文王」，只說「周宣」（參羅君惕：《秦刻十碣考釋》，第 213 頁）。以下諸說，除特別注明外，均參羅君惕《秦刻十碣考釋》，第 211～283 頁。
〔註42〕宋・晁補之〈胡戢秀才效歐陽公集古作琬琰堂〉詩云：「共和十鼓記亡一，嶧山肉在無復骨。」（《雞肋集》卷九，第 9 頁，四庫全書本）
〔註43〕鞏豐云：岐本周地，平王東徙以賜秦襄公，自此岐地屬秦。秦人好田獵，是石鼓詩

說 6：秦襄公八年（前 770）。代表人物有郭沫若〔註44〕。

說 7：秦文公（前 765～前 714）。代表人物有震鈞、馬敘倫、宋鴻文〔註45〕。

說 8：秦武公「滅小虢」以後（前 687 後）。代表人物李仲操〔註46〕。

說 9：秦德公（前 677～前 675）。代表人物段揚、戴君仁〔註47〕。

說 10：秦哀公二十九年左右（前 505 或稍後）。代表人物有徐暢〔註48〕。

說 11：秦靈公三年（前 421）。代表人物有唐蘭（早期說）、蘇瑩輝〔註49〕。

說 12：秦獻公十一年（前 373）。代表人物有唐蘭（後期說）〔註50〕。

說 13：秦武王元年（前 310）—秦昭王三年（前 304）。代表人物有黃奇逸〔註51〕。

說 14：秦惠文王—秦始皇（前 337～前 246）。代表人物有鄭樵、羅君惕。

說 15：漢。代表人物有武億。

說 16：宇文周。代表人物有馬定國。

說 17：元魏世祖。俞正燮。

現在，學界較為傾向於「秦雍十碣」屬秦國遺物的說法，但究竟應繫於哪個王世卻言人人殊。關鍵的一點是：上述研究都沒有把銘文撰寫的時間和刻石的時間區分開來〔註52〕。筆者以為，兩者並非同時進行，甚至，十碣之間可能

之作其在獻公之前襄公之後乎？其字類小篆，地秦地，聲秦聲，字秦字，其為秦詩何疑？（明‧楊慎《丹鉛續錄》卷十一，第 5 頁，四庫全書本）馬說參《凡將齋金石叢稿》。

〔註44〕《郭沫若全集》考古編第九冊，第 99～128 頁。

〔註45〕宋鴻文：〈石鼓文新探〉，《貴州文史叢刊》，1993 年 4 期；又載中國人民大學《複印報刊數據‧語言文字學》，1993 年 11 期；馬敘倫〈石鼓為秦文公時物考〉，《北平圖館館刊》七卷二號，1933 年。步雲按：宋謂文公十一年（前 755）。

〔註46〕氏著〈石鼓最初所在地及其石刻年代〉。

〔註47〕段揚：〈論石鼓乃秦德公時遺物及其他——讀郭沫若同志《石鼓文研究》後〉，《學術月刊》，1961 年 9 期；戴君仁：〈重論石鼓的時代〉，《大陸雜誌》26 卷 7 期。

〔註48〕網上文章〈南京書法家解開千古謎案〉（http://www.longhoo.net/gb/longhoo/culture/view/user），2003 年 10 月 17 日發表。

〔註49〕唐蘭：〈石鼓文刻於秦靈公三年考〉，《申報‧文史週刊》，1947 年 2 期（又以「唐國香」之名重載於《大陸雜誌》5 卷 7 期）；蘇瑩輝：〈石鼓文刻於秦靈公三年說補正〉，《大陸雜誌》5 卷 12 期。

〔註50〕唐蘭：〈石鼓文年代考〉，《故宮博物院院刊》，1958 年 1 期。

〔註51〕黃奇逸：〈石鼓文年代及相關諸問題〉，《古文字研究論文集》（《四川大學學報叢刊》第十輯），四川人民出版社，1982 年 5 月。

〔註52〕例如徐寶貴就認為「刻石的年代要晚於作詩的年代」，參氏著：〈石鼓文的學術價值

也有先後之分。證據是銘文的用語和字體互異。

「秦雍十碣」的用字及其與金文、秦文字等的比較研究，羅君惕先生所作最為詳盡，讀者可參《秦刻十碣考釋》一書。此處筆者只舉「四」字一例以說明之。

「秦雍十碣」銘文「四」的寫法均作「四」（〈田車〉2 見、〈鑾車〉1 見、〈吾水〉1 見），與早期作「三」異。秦系器皿，〈秦公毀銘〉（《集成》04315）「四」作「三」，而近出〈秦駰玉版銘〉則作「四」。雖然「秦公毀」的時代斷定有秦襄公（陳澤）〔註53〕、秦文公（馬叙倫）、秦德公（王國維）、秦成公（楊南仲、李學勤等）、秦穆公（羅振玉）、秦共公（李零等）、秦桓公（容希白等）、秦景公（楊樹達、郭沫若、王輝等）、秦哀公諸說。但以「秦景公說」較優〔註54〕。按照前人不能作後人書體的原則，則「秦雍十碣」的刻石時代絕不能早於「秦公毀」，即早於秦哀公之世，如果「秦公毀」確為秦哀公所作的話。而其下限，則與「秦駰玉版」時期相當。「秦駰玉版」的時代雖有爭議〔註55〕，但畢竟相去不遠。結合〈秦惠文王四年賜宗邑瓦書〉考察〔註56〕，「秦雍十碣」的時間下限當止於秦惠文王之世。概言之，「秦雍十碣」刻石的時間當在成公──秦始皇之間。筆者以為，可以進一步斷定在秦景公（前 576～前 537）──秦惠文王（前 337～前 309）之間。事實上，因「四」的寫法，「秦雍十碣」確定為戰國時器是適宜的，雖然我們不能確切知道秦國什麼時候開始使用「四」這一形體。

儘管「秦雍十碣」的刻石時間可以確定在戰國，但是，其銘文創作的時間卻相對地早。儘管韋應物「文王時詩，宣王時器」的說法已經被否定，但曾經存在過的這種說法倒是很有啟發性。筆者以為，根據銘刻的遣詞造句判斷，它們的創作時間應比較早。日人赤冢忠氏曾把〈靈雨〉篇與《詩·秦風·蒹葭》、〈汧沔〉篇與《詩·周頌·潛》等、〈馬薦〉篇與《詩·小雅·車攻》、〈作原〉

及藝術價值〉，（臺灣）《故宮學術季刊》，2002 年春季第 19 卷第 3 期，第 15 頁。

〔註53〕參陳澤：〈秦公簋銘文考釋與器主及作器時代的推定〉，中國先秦史網站（http://zgxqs.org），2002 年 5 月。

〔註54〕參王輝：《秦銅器銘文編年集釋》，三秦出版社，1990 年 7 月第 1 版，第 20、27～28 頁。

〔註55〕有「秦惠文王（《史記》作惠文君駰）或秦武王」說（李零）、「秦惠文王」說（李學勤、周鳳五）、「秦莊襄王」說（曾師憲通等）及「秦昭襄王至秦始皇之間的王室成員」說（王輝）。參徐筱婷：〈秦駰玉版研究〉，《第十三屆全國暨海峽兩岸中國文字學學術研討會論文集》，（臺灣）萬卷樓圖書有限公司，2002 年 4 月，第 80 頁。

〔註56〕參袁仲一：《秦代陶文》，三秦出版社，1987 年 5 月第 1 版，第 75～84 頁。

篇與《詩・小雅・節南山》等作過比較〔註57〕，從中可以發現：「秦雍十碣」銘確實具有春秋時代的詩風。凡稍具語言學常識的人都知道，在語言的各個構成因素中，語法的發展變化最緩慢，換言之，語法現象可以作為語言的斷代標誌。

限於篇幅，筆者這裡只把「吾」字作為考察對象，以論證「秦雍十碣」創作的時間當在春秋。周法高先生引唐蘭〈石鼓文刻於秦靈公〉說：「『秦公殷』和『秦公鐘』裏所用第一人稱代詞，只有『朕』和『余』，『朕』字用在領格，『余』字用在主格。『石鼓文』有兩處用『余』字，兩處用『我』字，十一處用『避』字。『避』字的用法有主格，有領格，領格較多，沒有『朕』字。」〔註58〕「秦雍十碣」中「吾」字有兩個形體：「避」（〈吾水〉4 見，〈車工〉7 見，〈田車〉1 見，〈鑾車〉1 見，〈吳人〉1 見，凡 14 見）和「敔」（〈靈雨〉1 見），可能是不同時代的不同寫法，可以作為各石刻寫時間互有先後的證據。前者佔了絕對多數，正好說明了它在當時是常用詞，而後者則是非常用詞：或已屆淘汰的階段，或剛為人們所接受。第一人稱的「余」出現很早，甲骨文「余一人」中的「余」可以視為領格。余（〈吾水〉1 見）在「秦雍十碣」中的使用，不妨看作古之孑遺，而不能視之為早期的標誌。我（〈而師〉1 見，〈作原〉1 見）的情況應和「余」相同。周法高先生說：「在列國時代，『朕』字少見，只用在引古或摹古的地方。」〔註59〕所以，「秦雍十碣」詩創作的時間無疑較〈秦公殷〉為晚。如果把春秋時期的《論語》做參照物，那麼，把「秦雍十碣」詩創作的時間確定為春秋大概是合適的。《論語》使用「吾」（113 次）、「我」（46 次）、予（25 次）作第一人稱代詞〔註60〕，與「秦雍十碣」中「避（敔）」、「我」、「余」三字的使用頻次接近〔註61〕，而且同樣不用「朕」〔註62〕。可見，就第一人稱的使用而言，「秦雍十碣」詩和《論語》應是同一時期的作品。當然，器物的斷代應綜合考慮，不能攻其一點，不及其餘。本文這裡對「秦雍十碣」時代的判斷，只是利用語法作為斷代標準的一個嘗試，而並不是最終的斷代結論。

〔註57〕赤冢忠：〈石鼓文の新研究〉，《甲骨學》第十一號，日本甲骨學會，1976 年 6 月，第 97～152 頁。

〔註58〕周法高：《中國古代語法：稱代編》，中央研究院史語所，1959 年，第 61 頁（注一）。

〔註59〕參周法高：《中國古代語法：稱代編》，第 52 頁。

〔註60〕參楊伯峻：《論語譯注》所附〈論語詞典〉，中華書局，1980 年 12 月第 2 版。

〔註61〕周法高先生認為：「予」「余」二字「恐怕只是由於寫法上的差異罷了」。參看周法高：《中國古代語法：稱代編》，第 49 頁。

〔註62〕「朕」在《論語》中出現兩次（均見「堯曰篇」），都是引述前世典籍時所用。

九、「秦雍十碣」篇次如何？

早期「秦雍十碣」的著錄，其序次理據不甚明瞭。舉例說，《古文苑》作：一、〈車工〉；二、〈汧沔〉；三、〈田車〉；四、〈鑾車〉；五、〈靈雨〉；六、〈作原〉；七、〈而師〉；八、〈馬薦〉；九、〈吾水〉；十、〈吳人〉。《歷代鐘鼎彝器款識法帖》作：一、〈而師〉；二、〈吾水〉；三、〈田車〉；四、〈鑾車〉；五、〈汧沔〉；六、〈馬薦〉；七、〈作原〉；八、〈車工〉；九、〈靈雨〉；十、〈吳人〉。《金薤琳琅》作：一、〈而師〉；二、〈吾水〉；三、〈田車〉；四、〈鑾車〉；五、〈汧沔〉；六、〈馬薦〉；七、〈作原〉；八、〈車工〉；九、〈靈雨〉；十、〈吳人〉。

到了清代，諸家著錄依然是各師各法。例如朱彝尊和劉心源所序次就互不相同。

直到郭沫若作《石鼓文研究》，才提出「秦雍十碣」的序次有其內在規律：十塊石頭上的詩篇應據其內容論列先後：一、〈汧沔〉（首敘風物之美以起興）；二、〈靈雨〉（追敘初由汧源出發攻戎救周時事）；三、〈而師〉（追敘凱旋時事）；四、〈作原〉（敘作西畤時事）；五、〈吾水〉（敘作西畤既成，將畋遊以行樂）；六、〈車工〉（敘初出獵時情景）；七、〈田車〉（敘獵之方盛）；八、〈𦳊漱〉（敘獵之將罷）（步雲按：即〈鑾車〉。「漱」字，諸家隸定作「㭬」或「㰘」。其實它就是《說文》卷十一水部中的「漱」字。不過，字當從次，束聲，應隸於卷八次部。至於其用法，仍有待進一步的研究）；九、〈馬薦〉（敘罷獵而歸時途中所遇之情景）；十、〈吳人〉（敘獵歸獻祭於畤）〔註63〕。

日人赤冢忠也認為可以根據詩歌的內容排列「秦雍十碣」的次序，雖然他並沒有重新排列所有的石頭，但他的序次似乎更合理。赤冢氏認為〈靈雨〉、〈汧沔〉、〈馬薦〉、〈作原〉是一組記錄祭祀的歌謠：〈靈雨〉述好雨初下→〈汧沔〉因而水漲→於是薦宗廟→然後祭祀。尤其是赤冢氏引典籍對「作原」缺文所做的補苴，令人歎服。原文「□□□栗柞棫其□」「二日𠦝□□□五日」，赤冢氏分別補作「嘉樹維栗，柞棫其拔」和「二日𠦝栗，灌之五日」〔註64〕。甚是！這可以說是因石刻的序次而對內容研究的突破。

後來，黃奇逸繼續這方面的研究，他認為「秦雍十碣」銘是一組「田獵」詩歌，可以根據出獵時間重新釐定其次第：一、〈靈雨〉（癸巳日從咸陽宮中出

〔註63〕氏著：《郭沫若全集》考古編第九冊，第71～79頁。
〔註64〕氏著：〈石鼓文の新研究〉。

發，溯渭水而西）；二、〈吾水〉（述獵於道次的景況，三天後抵達三畤原附近，從咸陽宮到三畤原恰好三天路程）；三、〈田車〉（田獵正盛）；四、〈作原〉（五日後在三畤原整治原野，駐蹕於此）；五、〈吳（虞）人〉（在三畤原上以田獵所獲祭神）；六、〈汧沔〉（遊憩於原上風物佳美處）；七、〈車工〉（小畋遊以行樂）；八、〈馬薦〉（小畋遊有獲）；九、〈辇漱〉（即〈鑾車〉）（述田獵完畢，歸於道次）；十、〈而師〉（回宮）〔註 65〕。黃說是非常有意思的推論，不過，這裡便產生了問題：這組日記體的詩篇，是逐日刻寫的呢，還是事後追述補刻的呢？如果是前者的話，這十塊石頭是不是分散在當年出獵的沿途呢？

「秦雍十碣」也許真的可以按照其內容的邏輯性或創作時間的先後系聯起來，但還是有學者採用別的編排方式。例如羅君惕，就是根據石頭的大小序次的〔註 66〕。這不失為審慎的態度，畢竟，銘文殘泐過甚，某些內容實在難以推測，強為之解，不免訛誤。例如，多數學者認為「秦雍十碣」銘與狩獵有關，但卻有學者認為：「鼓詩十首，乃詠歌新邑之詩篇。」〔註 67〕

總之，有關「秦雍十碣」銘的篇次是個饒有趣味的研究課題，它可以促使我們深入探討其內容，從而得到意料之外的收穫，就像赤冢忠先生那樣。

十、結　語

本文對「中國最早的石刻文字」等八個問題作了探討，茲撮要如下，以為結語：

1. 石料是銘刻的主要載體，早在商、周時期就有石刻文字，因此，「秦雍十碣」並非「中國最早的石刻文字」。

2.「石鼓文」是不甚科學的概念，宜改稱為「秦雍十碣」。

3.「秦雍十碣」的發現時間和最初所在地域，仍存在疑問。它們可能早在東漢時期即為人所知；而「其初散在陳倉野中」只不過指出了唐人發現它們時的地域，陳倉可能並不是它們最初所處的地方。

4.「秦雍十碣」數量為十，但歷史上曾出現過仿製品，而有些搨本可能源自仿製品。

〔註 65〕氏著：〈石鼓文年代及相關諸問題〉。
〔註 66〕氏著：《秦刻十碣考釋》，第 20 頁。
〔註 67〕參戴君仁：〈石鼓文偶箋〉，《中國文字》6 卷 23 冊，1967 年 3 月。

5. 根據「秦雍十碣」殘泐的速度推算，原石的總字數當在八百以上。

6. 現存的拓本，可能有早至五代者。

7.「秦雍十碣」銘文創作的時間和刻石的時間並不一致：創作時間早於刻石時間，約當春秋時期，與《論語》出現的時代相當；刻石時間當在秦景公（前576～前537）—秦惠文王（前337～前309）之間。

8.「秦雍十碣」詩的序次可能有內在的必然聯繫：或可據內容的邏輯性，或可據創作時間的先後。

【附記】乙丑秋，光輝兄與余入中文，習古字之學。是年曾師等始為導師，余輩即其開山弟子。後曾師授「古文字學導論」、「春秋戰國文字」二課之餘，欲作《春秋戰國文字編》，諸同門咸襄之。曩所作「石刻文字及秦文字」稿本猶在，而忽忽廿載矣。適值曾師七秩華誕，遂發笥取舊作以為先生壽，且示永誌師恩也。

參考文獻

1. 王昶：《金石萃編》，北京市中國書店，1985 年 3 月第 1 版。

2. 馮雲鵬、馮雲鶍：《金石索》，書目文獻出版社，1996 年 3 月第 1 版。

3. 《文淵閣四庫全書》（電子版，ISBN7-980014-92-X／Z52），上海人民出版社／迪志文化出版有限公司，1999 年 11 月。

原載《康樂集》，中山大學出版社，2006 年 1 月第 1 版，第 102～112 頁。

釋「柷敔」

一

在中國有關禮樂的傳世典籍中，「柷敔」是出現頻率頗高的詞。在較早期的文獻中就已經見其蹤影。例如：「下管鞀鼓，合止柷敔，笙鏞以間。」（《書‧益稷》）又如：「應田縣鼓，鞀磬柷圉。」（《詩‧周頌‧有瞽》）這兩個例子，一作「柷敔」，一作「柷圉」，但前賢早就知道，儘管「柷敔」有許多不同的寫法，其意義卻無不同。關於「柷敔」的諸種詞形，當以清人吳玉搢所考最為詳盡。他在《別雅》中說：「祝圉、柷圉，柷敔也。」「《虞書‧益稷》：『合止柷敔。』」堯廟碑作『祝圉』。《詩‧周頌》作『柷圉』。《廣韻》云：『柷亦作祝。』《禮記‧樂記》：椌楬。注謂：柷圉也。《釋文》云：『圉本又作敔，同圄，亦與圉通，用囹圄之圄。』《說文》作囹圄。圉既與圄通，圄又與敔通，故圉亦通作敔。」（卷五頁七，四庫全書本）儘管「柷敔」常常連用，事實上，它們是兩類不同的樂器。《周禮‧春官宗伯下》上說：「小師，掌教鼓、鞀、柷、敔、塤、簫、管、弦、歌。」《說文》亦云：「柷，樂木，空也，所以止音為節。從木祝省聲。」（卷六木部）「敔，禁也。一曰樂器椌楬也，形如木虎。從攴吾聲。」（卷三攴部）晉代郭璞更有具體的描述：「柷如漆桶，方二尺四寸，深一尺八寸，中有椎，柄連底，挏之令左右擊，止者以椎名。……敔如伏虎，背上有二十七鉏鋙，刻以木，長尺櫟之，籈者其名。」（《爾雅》卷中釋樂第七「所以鼓柷謂之止」、

「所以鼓敔謂之籈」條注）

　　那麼，在出土文獻中，有「柷敔」的記載嗎？據裘錫圭（1980）、宋鎮豪（1994）、陳雙新（2002）等學者的研究，出土文獻中是沒有「柷敔」這兩種重要樂器的記載的。這是讓人頗感意外而且疑惑的。

　　出土文獻到底有無「柷敔」的記載，筆者倒是持肯定的態度的。

　　先來看看秦文字的例證：

　　1985 年，在鳳翔的秦公（秦景公）一號大墓出土了成組的石磬「數十枚，其中部分已殘缺。」〔註1〕編磬多有銘文，總字數凡 206 字（含重文 6）。這組編磬中，鳳南 M1：300 與 1982 年出於該墓的另一殘磬已綴合，存銘文兩行，共 38 字。編磬出土的次年，郭子直先生即把這件綴合的磬銘摹本分貽眾學者，以供研究。是年，孫常敘先生在古文字研究會第六屆年會上宣讀了〈𢼋虎考釋〉的論文，對其中的「𢼋虎」二字做了考證〔註2〕。

　　一眨眼二十年過去了，有關的研究卻並不多〔註3〕，迄今為止，「𢼋虎」的釋讀一仍孫先生舊說，並無異議。

　　「𢼋虎」一語，孫常敘先生讀作「鉏鋙」，以為乃「敔」的合音形式。孫先生的考證不但頗有啟發意義，而且距離確解只有一步之遙。由於筆者近年找到了新的證據（詳下說），故爾得知，「𢼋虎」其實應釋作「柷敔」兩字為是。柷字從木祝省聲，古音章紐覺韻；𢼋字原篆作𢼋，當從「乍」得聲，則屬崇紐鐸韻。二字讀音應相當接近，乃至相同。虎與敔同是魚部字，雖然聲紐稍不同，但相通應無疑問（在古文字文獻中，從虎得聲的字常常用為「吾」，例證甚多，不煩贅舉）。不過，根據上引古籍的描述，編磬所載才是正字。𢼋字所從右形實際上可以隸定為攵或攴，表明這種樂器屬敲擊樂；而「虎」，則因其形狀而得名。因此，祝圄、祝圉、柷圄、柷敔等均為音同形異詞。

　　「𢼋虎」既釋為「柷敔」，那磬銘的「𢼋虎戈入」當讀為「柷敔載入」〔註4〕，

〔註1〕王學理、尚志儒、呼林貴：《秦物質文化史》，西安：三秦出版社，1994 年 6 月第一版，第 389 頁。

〔註2〕載《孫常敘古文字學論集》，長春：東北師範大學出版社，1998 年 7 月第一版，第 371～378 頁。

〔註3〕筆者僅見二文：王輝、焦南輝、馬振智：〈秦公大墓石磬殘銘考釋〉，姜彩凡：〈秦公大墓的磬〉，均載《秦文化論叢》（七），西安：西北大學出版社，1999 年 5 月第一版。前一文亦載（臺北）《史語所集刊》第六十七本第二分冊，1996 年 6 月。

〔註4〕第三字讀為「載」，詳參王學理、尚志儒、呼林貴：《秦物質文化史》，西安：三秦

意思是「把柷敔設置在內」。「載」是動詞詞頭，無義。

「镂」即「柷」，有一個旁證。此字亦見〈虢文公子镂鼎銘〉（《集成》02634〜03636）〔註5〕：圖。與磬文略同。這個「子镂」可能就是虢文公的名諱。虢，姬姓，文王之弟虢仲之後。史載虢文公曾諫宣王「不藉千畝」，則虢文公稱「子柷」倒是名實相符的。此可補文獻之未及。

再來看看金文的例證：

〈郐䛯尹鉦鋮銘〉（《集成》00425）〔註6〕第三行首四字，張亞初先生釋作「次圖升羂」〔註7〕。《殷周金文集成釋文》釋作：「次者升祝」〔註8〕。其實這四字當作「次唬升祝」。其中，「唬」即「虎（敔）」；「祝」即「柷」。「虎」贅加「口」符，殆表明樂器可以發聲；「祝」從矛兄（祝）聲，恐怕是個通假字。四字的意思是，把（鉦鋮）置於敔後柷前。

最後來看看竹簡的例證：

《上海博物館藏戰國楚竹書（四）·采風曲目》簡4：「羽䕽。」簡5：「邧䕽弋虎。」〔註9〕「䕽」，楊澤生博士改釋為「詖」〔註10〕，何有祖先生改隸為「誮」和「詐」，讀為「詐」〔註11〕。筆者認為何先生的隸定是準確的，但解釋則稍有失之。簡文的「誮（詐）」和「虎」其實也就是編磬的「镂虎」，即傳世文獻的「柷敔」。筆者以為，在〈采風曲目〉中出現樂器名是很自然的事情，何況還是在記載音律的簡文裏。因此，把「誮（詐）」、「虎」讀為「柷敔」，這兩簡的文意就容易理解了。簡4的「羽誮」實際上是標識「柷」屬「羽」音。簡

　　　出版社，1994年6月第一版，第390頁。

〔註5〕王輝等以為字亦見〈虢季氏子圖盙銘〉。說見注3。步雲案：事實上，〈虢季氏子圖盙銘〉（《集成》00661、00662）的「圖」（亦見〈虢季氏子圖簋銘〉，《集成》03971、03972、03973）與此文全然不同，虢文公子镂、虢季氏子圖似為二人。

〔註6〕羅振玉：《三代吉金文存》卷十八目錄作「郐□尹句鑃」，北京：中華書局，1983年12月。此處器名從張亞初先生。

〔註7〕張亞初：《殷周金文集成引得》，北京：中華書局，2001年7月第1版，第19頁。

〔註8〕中國社會科學院考古研究所：《殷周金文集成釋文》，香港：中文大學中國文化研究所，2001年10月，第461頁。

〔註9〕馬承源主編：《上海博物館藏戰國楚竹書（四）》，上海古籍出版社，2004年12月第1版，第168〜169頁。

〔註10〕楊澤生：〈讀《上博四》箚記〉，《簡帛研究》網站（www.jianbo.org/）2005年3月24日。

〔註11〕何有祖：〈《上博楚竹書（四）》箚記〉，《簡帛研究》網站（www.jianbo.org/）2005年4月15日。步雲案：何先生的隸定不夠徹底，其實在古文字中，從言從音往往無別，字例甚夥，無庸贅舉。因此，從音從言的這兩個字不妨統一從音或從言。

5 的「邘誰弍虎」則應讀為「置柷載敔」。可能與〈郘䚦尹鉦鋮銘〉一樣，簡文的內容說的是安排主音樂器的位置。

就上述例子，足以證明出土文獻中是有「柷敔」的記載的。因此，筆者的考證有可能掛一漏萬，沒準兒，在浩如煙海的出土文獻中還存在同樣的記載。

二

一直以來，關於「敔」的形制，除了傳世文獻的描述外，並無實物可證。儘管「敔」這種樂器早至周代就存在了，然而，迄今所能見到的實物僅為清代器。參看下圖一（網絡資料）。

值得慶幸的是，江西新干大洋洲商代大墓所出青銅器，竟有作虎形者，參看下圖二〔註 12〕。這件銅器至今連其用途也不甚了了，自然也就沒有確切的界定，只稱之為「立體圓雕虎」、「伏鳥青銅虎」或「伏鳥雙尾虎」。結合文獻所述以及後世所見實物分析，筆者以為，這就是「敔」。器中空，如同鐘、鎛，適宜敲擊以發出共鳴。而虎身之上的鳥形及鳥形後整齊的凹凸紋，其功能恐怕正如後世的鉏鋙，用於刮擊以籈。值得我們注意的是，同墓出有「鎛」和「鐃」等樂器。因此，不能排除這件所謂「雜器」其實是樂器。

下圖三、四、五為銅器銘文，有助於我們認識「敔」作伏虎之狀實在是其來有自的。

結　語

本文對出土文獻中出現的「柷敔」作了考釋，茲撮要如次：

「柷敔」是中國古代兩種重要的樂器，在傳世文獻中多有記載。筆者認為，在出土文獻中應當也有「柷敔」的著錄。筆者的這個推測，至少在秦景公墓所出編磬、〈郘䚦尹鉦鋮銘〉和《上海博物館藏戰國楚竹書（四）·采風曲目》等出土文獻中得到了證明。

據文獻所述及後世所見，江西新干大洋洲商代大墓所出虎形器可能就是青銅「敔」。

〔註 12〕江西省博物館、江西省文物考古研究所：《新干商代大墓》，北京：文物出版社，1997年 9 月第一版，第 131 頁。

附　圖

圖一

圖二　　　　　　　　　　圖三　殷文，《集成》02976-1

圖四　殷文，《集成》02976-2　　　圖五　殷文，《集成》02974

參考文獻（以本文徵引先後為序）

1. 《文淵閣四庫全書》（電子版，ISBN7-980014-92-X／Z52），上海：上海人民出版社／迪志文化出版有限公司，1999 年 11 月。本文所引用的古籍，除特別注明者外，均見於此電子版。

2. 東漢・許慎：《說文解字》，北京：中華書局，1963 年 12 月第 1 版。

3. 裘錫圭：〈甲骨文中幾種樂器名稱〉，《中華文史論叢》1980 年第 2 輯。

4. 宋鎮豪：《夏商社會生活史》，北京：中國社會科學出版社，1994 年 9 月第 1 版。

5. 陳雙新：《西周青銅樂器銘辭研究》，保定：河北大學出版社，2002 年 12 月第 1 版。

原載《古文字研究》第二十六輯，北京：中華書局，2006 年 11 月第 1 版，第 499～501 頁。

曾國出土文獻 ⿱羴麗 字考釋

⿱羴麗字見於傳世的〈曾大保盆銘〉(《集成》10336)(參看圖一)。早期隸定作「⿰羊羊 麗」二字[註1]。大概受此影響，後出的《集成釋文》也作:「曾大保麗弔(叔)亞用其吉金自乍(作)旅盆子=孫=永用之。」[註2]卻忽略了「⿰羊羊」的存在。因此有學者指出，⿱羴麗當為一字[註3]。顯然，隸定為「⿰羊羊 麗」或「麗」都存在問題。字應是從麗從會。金文「麗」字多見(容庚:1985:680頁)，形體最近⿱羴麗字當數近年所出鍾離諸器所載之 ⿰鹿鹿 (〈童(鍾)麗(離)君柏簠銘〉)[註4]。

更為重要的是，同屬曾國物的曾侯乙墓所出竹簡見「⿱羴麗」[註5]，簡文均用

〔註1〕 容庚:《商周彝器通考》，上海:上海人民出版社，2008年8月第一版，第357頁。《金文編》從之。

〔註2〕 中國社會科學院考古研究所編:《殷周金文集成釋文》第六卷，香港:中文大學出版社，2001年10月，第191頁。

〔註3〕 參韓自強、劉海洋:〈近年所見有銘銅器簡述〉，載《古文字研究》第二十四輯，北京:中華書局，2002年7月第一版，第167頁。步雲案:本自郭沫若說:「(字)作⿱羴麗，示鹿頭有大角，蓋如今之馴鹿。」詳參著《兩周金文辭大系圖錄考釋》，北京:科學出版社，1957年12月新1版，第188頁。胡澱咸非之，參氏著《甲骨金文釋林》，合肥:安徽人民出版社，2006年4月第1版，第366～367頁。

〔註4〕 安徽省文物考古研究所、蚌埠市博物館:〈安徽蚌埠雙墩一號春秋墓發掘簡報〉，《文物》，2010年3期。

〔註5〕 參看張光裕、黃錫全、滕壬生主編:《曾侯乙墓竹簡文字編》，臺北:藝文印書館，1997年元月初版，第187～188頁。

為馬名（例中 字以〜替代）：

「某囿之〜為左驌（服）。」（《曾》151）／「竿斬之〜為左驂。迅弁啟之〜為左驌（服）。」（《曾》155）／「贏尹郢之〜為左驂。」（《曾》157）／「高都之〜為左驂。黻夫之〜為左驌（服）。䚯君子之〜為右服。桃甫子之〜為右驂。」（《曾》170）／「殤褮之〜為左飛（騑）。獹之〜為左驂。卿事之〜為左驌（服）。鄸君之〜為右驌（服）。……獹之〜為右飛（騑）。」（《曾》172）／「麗兩〜。」（《曾》202）

整理者隸定為「黸」，認為字如從會當讀為「黰」，如從麗則讀為「驪」〔註6〕。很有啟發意義！不過，字卻不宜釋為「驪」。理由很簡單，曾侯乙墓所出竹簡就有「麗（驪）」〔註7〕，況且，在楚地或別的出土文獻中，「驪」通常以「麗」代之。例如楚或秦文字〔註8〕。證明「黸」、「驪」非一字。筆者曾論述過「麗」與「黎」等字有同源關係〔註9〕，故「麗」有「黑」義，則楚文字從「麗」從「黑」義同， 釋之為「黰」似乎可以接受。《說文》云：「黰，沃黑色。从黑會聲。」（卷十黑部）在曾侯乙墓竹簡中，以顏色指代有色之馬也屬常態。例如：「右尹之白為左驂。」（《曾》145）又如：「牢敏（令）之黃為左驌（服）。」（《曾》146）再如：「秈黑為右驌（服）。」從上舉例子看，「黑」與「黰」在意義上存在差異毋庸置疑。所謂「沃黑色」，大概是指黑得泛光。

簡文與上揭金文相近，因此，把「 」隸定為「黸」應可以接受，而且也應當釋之為「黰」。

然而，與〈曾大保盆銘〉相關的青銅器銘文卻透露出另外一些信息，令我們不得不作更深入的思考。

名為「大（太）保」的銅器，還有兩件殷（分別藏隨州博物館和湖北省博物館）一件盆（私人收藏）。殷銘云：「曾大保□用吉金自乍（作）寶殷用享於

〔註6〕裘錫圭，李家浩：〈曾侯乙墓竹簡釋文與考釋〉，湖北省博物館：《曾侯乙墓》，北京：文物出版社，1989 年 7 月第一版，第 526 頁。

〔註7〕參看張光裕、黃錫全、滕壬生主編：《曾侯乙墓竹簡文字編》，臺北：藝文印書館，1997 年元月初版，第 187 頁。

〔註8〕參看譚步雲：〈麗字源流考〉，載《中國文字學會第七屆學術年會會議論文集》，長春：吉林大學古籍研究所，2013 年 9 月 20〜23 日，第 253〜256 頁。

〔註9〕參看譚步雲：〈釋「黎」：兼論犬耕〉，載《農史研究》第 7 輯，北京：農業出版社1988 年 6 月，第 26〜28 頁。

其皇祖文考，子=孫=永用之。」〔註 10〕盆銘云：「曾大保慶用乍寶皿。」（參看圖二）殷銘「大（太）保」下一字殘泐難辨，細審之，彷彿介乎於「䜌」、「慶」之間。

或云：「曾國的太保䜌一職應是與太師相對。曾大保器還有傳世的曾大保叔盆和新出現的曾大保慶盆，兩件盆的作器者可能是同一人，但與曾太保殷關係不詳。」〔註 11〕

或以為曾大保䜌盆器主名亟字䜌叔，䜌字為慶字增繁。兩件盆為同一人所作〔註 12〕。

筆者以為，「䜌」、「慶」二字形體相去太遠，不宜視為一字。不過，二字卻有著某些聯繫。

《說文》云：「慶，行賀人也。从心从夊。吉禮以鹿皮為贄，故从鹿省。」（卷十心部）今天看來，許慎大概已不知道「慶」的本義了，雖然他仍然視之為會意字。通過今天所見古文字考察，「慶」字應當從鹿從心，本義可能為鹿名，《說文》應入鹿部。甲骨文迄今不見「慶」字。金文「慶」字一般作：🦌（〈㠱伯盨銘〉，《集成》04442～04445）〔註 13〕。但是，〈天亡殷銘〉（《集成》04261）辭云：「唯朕有🦌。」前賢讀「🦌」為「慶」〔註 14〕。甚切文義。又〈秦公殷銘〉（《集成》04315）辭云：「高弘有🦌。」〈秦公鎛〉（《集成》00270）亦見。〈伯其父簠銘〉（《集成》04581）亦有「🦌」，前賢據文獻常語亦讀「🦌」為「慶」〔註 15〕。字其實當隸定作「麔」，即「麠」之古體。檢《甲骨文編》，也見「麔」字，作：🦌（《前》4.47.3、《後》下 15.8）、🦌（《存》下 915）等形。文皆用為獸名。《說文》云：「麠，牝麒也。从鹿㐭聲。」（卷十鹿部）「㐭」從文得聲。《說文》：「㐭，恨惜也。从口文聲。」（卷二口部）則甲骨文、金文

〔註 10〕 湖北省文物考古研究所編：《曾國青銅器》，北京：文物出版社，2007 年 7 月第 1 版，第 279 頁。

〔註 11〕 湖北省文物考古研究所編：《曾國青銅器》，北京：文物出版社，2007 年 7 月第 1 版，第 279 頁。

〔註 12〕 韓自強、劉海洋：〈近年所見有銘銅器簡述〉，載《古文字研究》第二十四輯，北京：中華書局，2002 年 7 月，第 167 頁。

〔註 13〕 更多的字例請參看《金文編》，第 716 頁。

〔註 14〕 例如于省吾：《雙劍誃吉金文選》，北京：中華書局，1998 年 9 月第 1 版，第 170 頁。《集成釋文》（第三卷，第 374 頁）則作「麎」。

〔註 15〕 參看《金文詁林》，第 6234～6274 頁。

從鹿從文者為「麤」可無疑。如此看來,「🦌」為象形,「🦌」為會意或形聲,古今字。它們與「慶」也許存在同源關係。若乞靈於聲韻,古音韻學家認為,吝為來紐文部,慶為溪紐陽部。相去頗遠。因此,針對諸家所考,林潔明說:「據諸家說各得一是。劉心源、高田忠周、羅振玉等釋為麤固是。然按之秦公𣪘銘文,於字音求之,則必讀為慶(古音讀如羌,音轉讀如卿)。唐、郭二氏考定之為物,亦確不可移。唐謂字從麤从文,會意。是也。惟字本讀如慶,非從文聲之語轉也。郭說於其字形字音字義之衍變,闡之最精。殆無可易者。麤即慶之古文。古文文字或从心作🈯,慶之訛為慶,猶🈯之訛為寧也。」〔註16〕這也許是可以令人接受的解釋。

子嗣取彼此意義相關的文字以定排行,是古代中國人的取名習慣。這兩(或三)名大保同為曾國人,又同為大保,為族人的可能性相當高。因此,以從鹿之字為名,以明輩份。麤、慶二人可能為同族兄弟。尤其值得我們注意的是,「麤」和「慶」所從獸形實際上是相當接近的,只是「麤」所從麗多了個聲符「丽」而已。因此,「麤」字當從麗會聲,麗與黑同義,則麤可能正是驪的楚方言形體,本義當指黑鹿,轉義而指黑馬。1970 年出於隨縣的「曾白文𣪘」,銘文有作「唯曾白文白乍寶𣪘」(《商周》05025)者。如果這裡的「文」通作「慶(麤)」,那又為我們提供了曾氏族人的取名證據。

尤其值得注意的是,楚系形聲字形符的確定,往往以楚地名物為依歸。例如「羿(旗)」(《曾》3 等)、「𦐇(旄)」(《包》牘 1)、「𦐇(旃)」(《包》28 等)等字,楚系文字均從羽,說明其旗幟以羽毛為重要特徵,儘管楚文字中也有用「㫃」為形符的。有意思的是,即便在秦統一文字之後,某些楚地特有的字仍為人們所沿用。像上舉的「𦐇(旃)」(《包》28 等),就出現在馬王堆漢墓所出的帛書裏:「名曰之(蚩)尤之𦐇(旃)。」(《馬王堆〔壹〕‧十六經》一〇四)當然也有可能,這文獻本就是先秦時的作品。又如「貂」、「豹」、「貉」一類的概念,楚文字一律從鼠,不從豸。楚人大概認為所屬非豸而是鼠。再如「剔(傷)」(《郭‧語叢四》2)或「𢦏(傷)」(《包》144),楚人顯然更為強調刀、戈對人的傷害,因而字從刀不從人。這種情況,文字學上稱之為「異體」;而在方言學上,則可以稱之為「方言字」。

〔註16〕參看《金文詁林》,第 6247 頁。

　　因此，「麤」字應是從麗會聲，麗與黑同義，則「麤」有可能是「黸」的方言形體，本義當指黑鹿，轉義而指「沃黑色」。後來「黸」行而「麤」廢，遂致「麤」之音義幾至湮滅。迄今為止，「黸」字除《說文》所載外並無出土文獻例證。這也從另一個角度反映了「黸」或許另有本源。

　　中國水鹿，又稱黑鹿，身體高大粗壯，體毛粗糙而稀疏，雄獸背部一般呈黑褐或深棕色，腹面呈黃白色，雌獸體色比雄獸較淺且略帶紅色，也有棕褐色、灰褐色的個體。中國水鹿廣泛分布於雲南、貴州、四川、湖南、江西、廣西、海南、臺灣。麤，或許就是中國水鹿的古稱。

　　如果本文關於「麤」的考釋可以成立，那麼，〈曾大保毁銘〉殘泐的字也可能從鹿或從麗。

結　語

　　〈曾大保盆銘〉的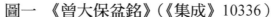字，應據後出的曾侯乙墓竹簡的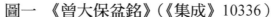字隸定為「麤」。麤字從麗會聲，當《說文》所載黸字之方言形體。如同慶，由象形而會意（或形聲），歷經訛變而成今形。麤字也經歷了複雜的演變過程。通過相關的銅器銘文文義，可知麤、慶二字原都指鹿類動物，字典應編入鹿部。「麤」本指黑鹿，轉義而指「沃黑色」，遂與共同語合流而成「黸」。

圖一　《曾大保盆銘》（《集成》10336）

圖二　《曾大保慶盆銘》（《近出二》965）

本文參考文獻及文獻簡稱

1. 東漢・許慎撰：《說文解字》（大徐本），北京：中華書局 1963 年 12 月第 1 版。本文簡稱《說文》。

2. 中國社會科學院考古研究所編輯：《甲骨文編》，北京：中華書局 1965 年 9 月第 1 版。本文甲骨著錄簡稱請參此書「引書簡稱表」。

3. 周法高主編：《金文詁林》，香港：中文大學，1974～1975 年。

4. 容庚編著、張振林、馬國權摹補：《金文編》，北京：中華書局，1985 年 7 月第 1 版。

5. 湖北省博物館：《曾侯乙墓》，北京：文物出版社，1989 年 7 月第一版。本文簡稱《曾》

6. 中國社會科學院考古研究所編：《殷周金文集成釋文》，香港：中文大學出版社，2001 年 10 月第一版。本文簡稱《集成釋文》。

7. 中國社會科學院考古研究所編：《殷周金文集成》（修訂增補本），北京：中華書局，2007 年 4 月第 1 版。本文簡稱《集成》。

8. 劉雨、嚴志斌編著：《近出殷周金文集錄二編》，北京：中華書局，2010 年 2 月第 1 版。本文簡稱《近出二》。

原中國文字學會第八屆學術年會論文，中國人民大學，2015 年 8 月 22～23 日，載《中國文字學會第八屆學術年會論文集》（下冊），北京：中國人民大學，第 125～128 頁。

說「嫩」及其相關的字

　　在漢語中，與「醜」、「惡」相對的概念是「美」，寫成漢字，就是「羊」＋「大」。所以徐鉉等人說：「羊大則美矣，故從大。」（《說文》卷四羊部美字條）以致現在從事美學研究的學者也拿「羊大」來加以發揮。

　　儘管在甲骨文中已有「美」字，儘管在傳世文獻中，表示與「醜、惡」相對的概念的確被寫成「美」，但是，由於出土文獻給我們提供了證據，從而讓我們知道：中國古人所謂的「美」並不是由「羊大」所生發出來的概念。

　　甲骨文中已見「美」字。據《殷墟甲骨刻辭類纂》（姚孝遂：1989：86 頁）一書所收甲骨文統計，殷墟甲骨文「美」字凡 38 見，但沒有一例表「美好、美麗」義。例如「子美」（《合》3100），用為人名；又如「……小臣𤔲比伐，禽危、美人廿人四……」（《合》36481 正），用為地名。所以李孝定先生說：「契文羊大二字相連，疑象人飾羊首之形，與羌同意。」（李孝定：1991：1323 頁）確有見地。

　　《金文編》（容庚等：1985：262 頁）只收了兩個「美」：一見於〈美爵銘〉（《集成》09086、09087）〔註1〕，一見於〈中山王𧊒方壺銘〉（《集成》09735）。前者用為人名，後者用如「善」。

　　如此看來，早期的文字充分證明了從羊從大者並不表「美麗、美貌、美好」

〔註1〕器二，或稱「美乍𣪘且可公爵」。

的意義（戰國時的〈中山王𧊕方壺銘〉是個例外，詳下說），表示「美麗、美貌、美好」意義的可能另有其字。

　　宋人所編《汗簡》（郭忠恕：1983：33頁）和《古文四聲韻》（夏竦：1983：37頁），收錄了古本《尚書》中的「媺（美）」字，卻似乎從來沒有引起人們的重視。直到近年楚地出土了許多竹簡後，終於讓我們意識到，「媺」才真的是表示「美麗、美好」意義的字〔註2〕。郭店楚簡〈老子甲〉、〈唐虞之道〉、〈六德〉諸篇見「𢼸」字，凡三例；〈老子甲〉、〈老子丙〉、〈緇衣〉、〈性自命出〉諸篇見「媺」字，凡七例。〈老子乙〉見「岂」字，一例。《六德》、《語叢一》見「頠」，凡二例。除了《六德》的「𢼸」讀為「微」外，其餘的都讀為「美」。稍後，上海博物館收藏的戰國楚竹簡裏也見「媺」字〔註3〕。既然「岂」用為「媺」，說明其讀音與「媺」相同。顯然，「岂」應是「媺」、「𢼸」、「頠」等字的聲符，也就是從「𢼸」得聲的「媺」的間接聲符。當然，「媺」也有可能是「媺」的簡省。在《說文》當中，表示美麗、美貌、美好等意義的字多從女，例如「姝」、「姣」、「嫙」、「嫛」、「娧」，等。大概緣自女子娟秀的面龐，曼妙的身姿，婀娜的體態。明顯地，表示「美麗、美貌、美好」意義的應是「媺」或「媺」。而「頠」，從頁岂聲，可能是「媺」、「媺」的異體。至於「美」、「𢼸」和「岂」，則可能都是「媺」、「媺」或「頠」的通假字。

　　不過，「媺」字的重新認識只解決了問題的一半：因為《說文》並沒有「媺」字！

　　《說文》當中不但沒有「媺」，而且沒有「媺」、「頠」和「岂」，只見「𢼸」一字。《說文》：「𢼸，妙也。从人从攴豈省聲。」（卷八人部）就目前我們所能見到的資料看，此字應是從岂從攴。許慎顯然弄錯了。所以徐鉉也說：「豈字從𢼸省，𢼸不應從豈省。蓋傳寫之誤。」《說文》雖然沒有「媺」，卻另有與之相當的字。《說文》云：「媄，色好也，从女从美。」（卷十二女部）筆者以

〔註2〕《郭店楚墓竹簡》的整理者據《汗簡》所引而釋之為「美」，北京：文物出版社，1998年5月第一版，第115頁。崔仁義徑作「媺」。見氏著《荊門楚簡〈老子〉研究》，北京：科學出版社，1998年10月第一版，第51頁。步雲按：湯餘惠主編的《戰國文字編》（福建人民出版社，2001年12月第一版）失收「媺」二字。

〔註3〕《上海博物館藏戰國楚竹書》（四）逸詩〈交交鳴鳥〉有一字原隸定為「紴」，讀為「豫」。董珊改釋為「媺」，見氏著〈讀《上博藏戰國楚竹書（四）》簡記〉，《簡帛研究》網站（http://www.jianbo.org/admin3/2005/dongshan001.htm）2005年5月20日刊出。筆者認為是正確的。

為，這才是表示「美麗、美貌、美好」的本字或正體。之所以作此推斷，乃基於三方面的原因：一，《說文》的釋義和字形分析。「媄」無疑最切文獻用例。二，文字的源流演變規律。當甲骨文出現「美」的時候，「散」字尚未出現，因而造出「媄」比造出「嬍」的時間要早。現在我們所見到的最早的「嬍」不過為戰國文字，而「媄」早就見於西周銅器銘文了。《金文編》（容庚等：1985）附錄下 1254 頁收一字：𡜟〔註4〕，左邊的形體原摹與原搨之𡜟稍有參差。甲骨文「美」多作𦫳（參《甲骨文編》該字條），比較可知此字左形即「美」，那麼，𡜟實際上就是「媄」字〔註5〕。雖然「媄」在銘文中用為人名，但在傳世文獻中，「媄」用為「美麗、美貌、美好」的意義還是有例證的：「語笑能嬌媄，行步絕透迤。」（南朝梁・蕭綸〈車中見美人〉詩，南朝陳・徐陵《玉臺新詠》卷七頁十六，景無錫孫氏小綠天藏明五雲溪館本活字本）文例是晚了點兒，但不排除這是仿古之作。所以朱駿聲《說文通訓定聲》上說：「（媄），經傳皆以美為之。」（履部弟十二媄字條，清道光二十八年刻本）實在是很有道理的。三，如果上述的推論是錯誤的，那又怎樣解釋《說文》收「媄」而不收「嬍」呢？因為在《周禮》中已有「嬍」字。《冬官考工記》「輈人為輈」條云：「輈有三理：一者，以為嬍也；二者，以為久也；三者，以為利也。」這裡的「嬍」正是可以解為「完美」的。鄭玄注謂：「無節目也。」意思是說用作軸的木材以沒有結節曲紋為上品。號稱「五經無雙」的許慎沒道理視而不見。唯一讓人信服的推測是，許慎所看見的《周禮》中的「嬍」原來就寫成「媄」！退一步說，即便許慎見過「嬍」字，但只是認為那是個不合規範的俗體，所以甚至不列在「媄」字條下作為異體！說也奇怪，在出土文獻中，至今我們還沒有發現除《汗簡》以外的「嬍」字。難道楚簡的「娞」或「頮」才是正體？在沒有進一步的證據之前，我們不妨仍視之為簡省或異體好了。

就〈中山王𧊒方壺銘〉和馬王堆帛書甲本《老子》出現「美」字的情況分析〔註6〕，「美」通作「媄」的用法至遲在先秦時代就已經出現了。

〔註4〕此盉收入《集成》，編號 09411，亦稱「數王盉」，𡜟則釋作「姝」。
〔註5〕張亞初亦釋為「姝」。見氏著《殷周金文集成引得》，北京：中華書局，2001 年 7 月第一版，第 314 頁。中國社會科學院考古研究所編輯《殷周金文集成釋文》第五卷，第 362 頁 9411 器則略作隸定，未釋，香港：中文大學中國文化研究所，2001 年 10 月第 1 版。
〔註6〕陳松長編著的《馬王堆簡帛文字編》（北京：文物出版社，2001 年 6 月第 1 版）失

結　語

　　經過上述文字的梳理，現在我們可以對「媄」及其流變作一個總結了：表示「美麗、美貌、美好」意義的本字或正體，應是「媄」；延至戰國時代，列國或造出「嫩」、「娓」，是為「媄」的異體；其間，或以「敆」，「岂」和「美」替代之，是為「媄」的通假字；經秦火後，「美」字遂佔據了正體的地位而一直沿用至今。其流變過程大致如下圖所示：

媄—————————→美

↘嫩（娓、顗）↗

本文主要參考文獻（以本文徵引先後為序）

1. 許慎：《說文解字》，北京：中華書局，1963 年 12 月第 1 版。本文簡稱《說文》。
2. 姚孝遂主編：《殷墟甲骨刻辭類纂》，北京：中華書局，1989 年 1 月第 1 版。
3. 郭沫若主編、胡厚宣總編輯：《甲骨文合集》，北京：中華書局，1979 年 10 月～1982 年 10 月第 1 版。本文簡稱《合》。
4. 李孝定：《甲骨文字集釋》，臺北：中央研究院歷史語言研究所，1991 年 3 月影印五版。
5. 容庚編著、張振林、馬國權摹補：《金文編》，北京：中華書局，1985 年 7 月第 1 版。
6. 郭忠恕、夏竦：《〈汗簡〉〈古文四聲韻〉》，北京：中華書局，1983 年 12 月第 1 版。
7. 中國社會科學院考古研究所編：《殷周金文集成》（修訂增補本），北京：中華書局，2007 年 4 月第 1 版。本文簡稱《集成》。
8. 湯餘惠主編：《戰國文字編》，福州：福建人民出版社，2001 年 12 月第 1 版。
9. 馬承源主編：《上海博物館藏戰國楚竹書》（四），上海：上海古籍出版社，2004 年 12 月第 1 版。
10. 中國科學院考古研究所：《甲骨文編》，北京：中華書局，1965 年 9 月第 1 版。

　　【附記】拙論承蒙陳師煒湛教授披閱一過，嘗在中國文字學會第四屆學術年會（陝西西安・陝西師範大學～2007.8.）上宣讀，謹誌謝忱。

　　原中國文字學會第四屆學術年會論文，西安：陝西師範大學，2007 年 8 月，載《中國文字學會第四屆學術年會論文集》，陝西師範大學，第 482～485 頁，又載簡帛研究網站（http://www.bamboosilk.org），2007-12-30，又載《古文字論壇》，廣州：中山大學出版社，2015 年 1 月第 1 版，第 308～312 頁。

收《老子》「美」字。

說「朱」及其相關的字：
兼說「守株待兔」之釋義

一、「朱」字諸說

甲骨文已見「朱」字，作 ✹。據姚孝遂主編《殷墟甲骨刻辭類纂》一書所載，凡二見，均作地名〔註1〕。

據張亞初編著《殷周金文集成引得》所載，金文中所見「朱」至少有 78 例〔註2〕。或用如「赤色」義（數量最大）；或用如姓氏人名；或通作「㕑」、「銖」。字形也有了變化，或作✹、✹，或作✹。不過，後者似應隸定為「宋」，與「朱」非一字之異〔註3〕。本文暫不作討論。

見於戰國文字的「朱」，數量龐大，但其用法、意義、字形等則與前世相去不太遠。

〔註1〕參是書，北京：中華書局，1989 年 1 月第一版，第 521 頁。

〔註2〕參是書，北京：中華書局，2001 年 7 月第一版，第 1132～1134 頁。

〔註3〕步雲案：諸家并隸定為「宋」。《金文詁林》，第 3713～3714 頁，朱字條引高田忠周云：「按銘朱字兩用，一作朱，一作宋，从穴。其義未識。……丹本取於礦穴，朱字从穴，或泥丹字而然乎？《廣韻》、《集韻》有朱字，音朱，訓丹砂也，亦朱字異文，猶宋从穴，并古俗字。」第 3720 頁，引楊樹達云：「宋字从穴，與朱赤之義絕不相關，其為同音假借之字毫無疑義。列之穴部，注云假作朱可矣，不得徑以為朱字也。」（周法高主編，香港：中文大學，1975 年）我以為楊說可取。

關於「朱」字的形體本義說解，季旭昇列為七說：一、赤心木名（許慎、段玉裁等）；二、木名，柘也（聞一多）；三、木身、柱（戴侗、徐灝、郭沫若、李孝定等）；四、木心（俞樾）；五、珠之本字（商承祚）；六、根（馬敍倫）；七、木之異體（馬敍倫）〔註4〕。事實上，上述七說再加上季說可歸納為象形、指事、通假三說：

1. 象形說

（1）象木之形，為「木」字異構。

馬敍倫說：「段玉裁曰：『赤心木不可象，故以一識之。』倫按：古謂赤音如朱，故赤心木為朱，純赤為絑，音轉則赤色為經，為赬，為䞓。然赤心木非一，故徐鍇以朱為赤心木之總名，然木亦有黃心者，何不為之造字？蓋即下文之株字，從木朱聲。株下曰木根也者，借株為柢。株音知紐，古讀為端，柢音端紐也。朱、木、樹聲皆侯類，而木、樹為轉注字。朱音照紐三等，樹音禪紐，同為舌面前音，然則朱實木之異文。木未一字，𣎳之省變即為朱，木可作𣎳，亦可作𣏁。」〔註5〕在株字條下又說：「倫按：株蓋朱之後起字，或為柢根之轉注字。柢音見紐，株音知紐，同為清破裂音也。」〔註6〕既認為「朱」可能為「株」的本字，又認為「朱」只不過是「木」的異體。

（2）象串珠之形。

商錫永祖師說：「余意朱即珠之初字，實象形，非會意也。」〔註7〕認為「朱」象貫珠之形。

（3）象有刺之木，蓋即「柘」。

聞一多說：「赤心即棘心」，「猶言有刺之木矣」。「柘朱一木。柘一曰柘桑，

〔註4〕參氏著〈說朱〉，臺灣師範大學國文學系、中研院歷史語言研究所：《甲骨文發現一百週年學術研討會論文集》，臺北：文史哲出版社，1998年5月10日，第129～144頁。步雲按：季氏已將此說收入所著《說文新證》（臺北：藝文印書館，2002年10月初版，上冊，第484～485頁「朱」字條）中，只是篇末參考書目所附〈說朱〉一文頁碼似有誤。

〔註5〕參氏著《說文解字六書疏證》卷之十一，上海：上海書店，1985年4月第一版，第41頁。

〔註6〕參氏著《說文解字六書疏證》卷之十一，上海：上海書店，1985年4月第一版，第41～42頁。

〔註7〕參氏著〈釋朱〉，原載民國十七年《中央研究院歷史語言研究所集刊》第一本第一分，後收入《商承祚文集》，廣州：中山大學出版社，2004年11月第一版。步雲按：是說為徐中舒主編：《甲骨文字典》（成都：四川辭書出版社，1988年11月第一版）所採用。

猶朱一曰朱襄矣。木之以柘名者，又有柘榆，柘榆有刺。」〔註8〕認為「朱」象荊棘之狀，為「柘」的本字。

2. 指事說

（1）赤心木之指事字。

《說文解字》云：「赤心木，松柏屬。从木，一在其中。」（卷六木部）視之為指事字，木名。

段玉裁云：「朱本木名。引申假借為純赤之字。系部曰：絑，純赤也。是其本字也。赤心不可象，故以一識之。若本末非不可象者。於此知今本之非也。……又按此字解云赤心木，松柏屬。當廁於松、橘、檜、樅、柏之處。今本失其舊次。本、柢、根、株、末五文一貫，不當中鯁以他物。蓋淺人類居之。以傅會其一在上、一在中、一在下之說耳。」〔註9〕基本同意許慎的解釋，而視之為「絑」的通假字。也就是說，「朱」和「絑」是古今字的關係。

（2）木榦之指事字。

戴侗云：「章俱切。榦也。木中曰朱。木心紅赤，故因以為朱赤之朱（別作絑。《說文》曰：『純赤也。』）。條以枚數，榦以朱數（別作株）。借為朱儒之朱。《晉語》曰：『朱儒不可使援。』東方朔曰：『朱儒長三尺。』（別作侏）」〔註10〕顯然，戴說雖然同意許慎對「朱」的指事字界定，但並不同意「赤心木」的釋義，而主要著力於「朱」字孳乳分化的分析。

郭沫若亦主此說：「余謂朱乃株之初文，與本末同意，株之言柱也，言木之榦，故杖謂之殳，擊鼓杖謂之枹，門軸謂之樞，柱上枡謂之櫨，均一音之通轉也。段玉裁云：《莊》、《列》皆有『厥株駒』，株今俗語云樁，樁亦柱也。今金文於木中作圓點以示其處，乃指事字之一佳例，其作一橫者乃圓點之演變，作二橫者謂截去其上下端而存其中段也，此與洹子孟姜壺折字之作𣏗若𣏗者同意，左旁中作二橫，即示草本之斷折，又彔伯㲬殷之第二朱字作𣒳者，亦正表明朱之為柱，蓋示柱以榰穴也。」〔註11〕並進一步闡明「朱」之所以為「株」，

〔註8〕參氏著〈釋朱〉，原載《中國文字》第 49 冊，1973 年 9 月。茲據《甲骨文獻集成》第十一冊，成都：四川大學出版社，2001 年 4 月第 1 版，第 346～348 頁所載。

〔註9〕參氏著《說文解字注》，上海：上海古籍出版社，1981 年 10 月第 1 版，第 248 頁。

〔註10〕四庫全書本《六書故》卷二十一，第 351 頁。

〔註11〕參氏著〈金文叢考·釋朱〉，《郭沫若全集》考古編第五卷，北京：科學出版社，2002 年 10 第一版，第 469～470 頁。

乃有一批同源字可以為證。

　　李孝定雖未明言從戴說，但其主張卻與戴說相一致。他分析道：「朱實即株之本字。其次本不誤。赤心木一解當是朱之別義，自別義專行，遂另制從木朱聲之株字以代朱，非淺人居之。一在上，一在中，一在下之說亦不誤。」〔註12〕認為「朱」是如「本」「末」一般的指事字，為「株」的本字。

　　3. 假借說

　　季旭昇說：「我們認為『朱』字也是一個假借字，它可能是由『束』字假借，後來漸漸分化而形成的一個字。」「當它單獨書寫的時候，為了要與『束』字有所區別，於是把中間的空虛填實，或甘（步雲按：當作「乾」）脆把圓圈換成象徵『龜』身上的絲線，或作一道橫線，或作二道橫線。」〔註13〕發前人所未發，讓人有耳目一新之感。

二、「朱」為「株」本字申論

　　上引諸論，當以戴說最為精當。其說經郭沫若、李孝定等人進一步論證完善，我以為「朱」為「株」之本字可以確定。

　　首先，從「朱」的構形分析。如同「本」、「末」一樣，許慎把它附於「本」「末」之間并確定為指事字應是正確的，只是以為指示性符號指向「赤心」卻不免有臆測之嫌。誠如馬敘倫所疑問的：「徐鍇以朱為赤心木之總名，然木亦有黃心者，何不為之造字？」即便起許先生於地下，恐怕也難以回答。因此，「一」所指當為「樹榦」。一「木」之上下，有「本」有「榦」有「末」才稱得上完整無缺。如果把視野從小篆拓展到出土文獻以外，目前所見「朱」字構

〔註12〕參氏著《甲骨文字集釋》，臺北：中央研究院歷史語言研究所，1991 年 3 月影印五版，第 1951 頁。

〔註13〕參氏著〈說朱〉，臺灣師範大學國文學系、中研院歷史語言研究所：《甲骨文發現一百週年學術研討會論文集》，臺北：文史哲出版社，1998 年 5 月 10 日，第 138、141 頁。步雲案：「朱」和「束」，甲骨文中二字的形體甚為分明，其混用乃至分化的可能性恐怕不大。關於「束」字，我以為另有源流。《說文》：「束，縛也。從口木。」（卷六束部）定義為會意字。根據今天的出土文獻資料，「束」應象捆綁口袋之形。字形上與「東」、「重」相關。而從「束」的後起字看，「橐」、「橐」等的字義也可以證明這一點。因此，光從音韻的通轉關係認定「朱」為「束」的分化字，證明的力度不夠。至於戰國時代出現的〓，我認為即「越」的異體，在出土文獻中讀為「趨」。二者都是楚文字。這一點，在我的博士論文裏已經闡述過了。參拙論：《先秦楚語詞彙研究》，廣州：中山大學博士論文，1998 年 5 月，第 86～87 頁。

形，從甲骨文到戰國文字，大都與小篆相近。或視之為「木」的異構；或視之為「珠」、「柘」的初文；或視之為「束」的變體，都缺乏字形上乃至用例上的證據〔註14〕。至於從春秋戰國時期開始出現的 ，我以為是指事字聲化的結果：從一朱聲。當然也可以認為：從一朱，朱亦聲。換言之，這時候的「朱」完成了從指事字到形聲字的轉變〔註15〕。

其次，從「朱」的意義考慮，「株」義最切。《說文》云：「根，木株也。」又：「株，木根也。」（卷六木部）「株」「根」互訓。在文獻當中，「根」固然可以用如「本」，而且這個意義一直沿用至今，不勞例舉。然而，「根」實際上可以指樹幹，例如《莊子·大宗師》：「自本自根，未有天地，自古以固存。」所謂「自本自根」就是從樹根到樹幹的意思。尤其值得我們注意的是《說文》對「本」字的解釋：「本，木下曰本。從木，一在其下。」（卷六木部）如果「根」的意義完全同「本」，其釋義應一如「本」字。有意思的是，在《說文》中，「本」、「柢」並列；而「朱」則與「根」、「株」並列。於此可見許氏之用心。顯然，許慎在文獻裏發現「根」與「株」的意義等同，即都可用如「樹幹」，才採用了互訓之法，以說明二者實際上是同義的。那麼，「株」在文獻裏有用為「樹幹」的嗎？當然有。如《戰國策·秦策一》：「削株掘根，無與禍鄰，禍乃不存。」這裡的語義很明顯：砍去樹幹，還要把樹根挖掉，才是真正的斬草除根。請注意，在這個例子中，「根」已經引申為「本」的同義詞了。再如《周易新講義》：「木有庇下之道，茂其枝葉而徒有株焉，則不能庇其下矣。」〔註16〕這裡的「株」無疑也指「樹幹」。可見從先秦直至後世，「株」都可以用如「樹幹」。

也許有人疑惑，既然「朱」是「株」的本字，那為什麼「朱」又有「紅色」的意義呢？應該以「赤心木」最切其意才是。

這層關係，戴侗早就理清楚了：「朱」的「赤色」義當來自「絑」。《說文》：

〔註14〕步雲案：在目前所見的出土文獻中，未見「木」可以作「朱」，「朱」可以作「木」的用例；也不見「朱」作「珠」的用例。即便是在典籍中，上述的情況也是不存在的。筆者利用電子版中國基本古籍庫檢索過相關詞條，只在《再生緣全傳》發現一例「珍朱（珠）」（卷十九）。可能只是通假。

〔註15〕步雲案：郭沫若「作二橫者謂截去其上下端而存其中段也」的說法，可備一考。不過，我仍然主張那是「聲化」作用下的現象。筆者曾論述過象形、指事、會意的聲化現象，詳參拙論〈漢字發展規律別說〉，（香港）《語文建設通訊》總63期，2000年4月。

〔註16〕宋·耿南仲撰，四庫全書本，卷六，第97頁。

「絑，純赤也。《虞書》丹朱如此。从糸朱聲。」（卷十三系部）顯然，「朱」的「赤色」義為假借義。戰國簡帛文字，表「赤色」義多用「絑」便是明證。包山、天星觀等地所出遣策都見「絑」字〔註17〕。我們知道，表顏色概念的字大都從糸，這是古人通過漂染技術所得到的認知。所以，「絑」才是表「赤色」的本字。段玉裁儘管贊成「朱」為「赤心木」說，但在「絑」字條下卻說：「凡經傳言朱，皆當作絑。朱其假借字也。」〔註18〕實在是很正確的。現在唯一略感遺憾的是，在今天所見甲骨文、金文當中，尚無「絑」字。也許可以這樣解釋：早期的文獻，「赤色」義借「朱」以表達，爾後則造出「絑」字，企圖分而別之。

　　說「朱」為「株」的本字，我們還可以從某些出土文獻用例去理解。漢印有「株根私印」〔註19〕，不啻為《說文》所注之實例；古璽有「株參」〔註20〕，何琳儀以為「株」當讀為「朱」〔註21〕。

　　第三，從「朱」、「株」的讀音去理解。「株」本就從「朱」得音，較之「朱」、「樹」以及「朱」、「柘」之聲轉，「朱」、「束」之通假，「朱」「株」二字讀音必定更相吻合。

三、「守株待兔」新解

　　「守株待兔」的典故，出《韓非子》：「宋人有耕田者，田中有株，兔走觸株，折頸而死。因釋其耒而守株，冀復得兔，兔不可復得，而身為宋國笑。」（卷十九，《五蠹》第四十九）

　　《漢語大詞典》引作：「宋人有耕田者，田中有株，兔走，觸柱折頸而死。因釋其耒而守株，冀復得兔，兔不可復得，而身為宋國笑。」〔註22〕第二個

〔註17〕參滕壬生：《楚系簡帛文字編》，武漢：湖北教育出版社，1995 年 7 月第 1 版，第 899～900 頁。

〔註18〕參氏著：《說文解字注》，上海：上海古籍出版社，1981 年 10 月第 1 版，第 650 頁。

〔註19〕參羅福頤：《漢印文字徵》第六，香港：中華書局香港分局，1979 年 8 月香港第一版，第五頁。

〔註20〕參羅福頤：《古璽彙編》，北京：文物出版社，1981 年 12 月第一版，第 233 頁第 2397 號印。

〔註21〕參氏著：《戰國古文字典》，北京：中華書局，1998 年 1 月第 1 版，第 399 頁。步雲案：何氏所言可備一說。不過，印文中「朱」、「株」、「絑」、「邾」並見，皆用為姓氏，視之為「通」不無疑問。

〔註22〕《漢語大詞典》（縮印本）上卷，上海：漢語大詞典出版社，1997 年 4 月第一版，第 1994 頁「守株待兔」條。

「株」字作「柱」。檢諸本均非如此，不知所從出。如果真的存在這樣的異文，那郭沫若說「柱」為「株」一語之轉倒真的有文獻上的根據。

「株」義何解？梁啟雄釋云：「《說文》：『株，木根也。』即鋸斷樹木所餘留的樹頭。」〔註 23〕這可以作為「株」義的代表性解釋，因為這個說解已被收入《辭海》等工具書中。以下略舉二例。

《辭海》云：「《韓非子．五蠹》：『宋人有耕者，田中有株，兎走觸柱，折頸而死，因釋其耒而守株，冀復得兔。兎不可復得，而身為宋國笑。』株，露出地面的樹根。」〔註 24〕所引韓文稍有不同，而「株」的釋義則同梁說。

《常用典故詞典》則直接把「株」解釋為「樹樁」〔註 25〕。

事實上，把「株」解釋為「樹樁」是不準確的。如前所述，「株」本是「朱」的後起字，指的是樹榦。引申之，可以指「樹木」，也可以用作「樹榦」的量詞。後一引申義不必細說，茲略舉文獻用例以證前一引申義。《詩經．陳風》有〈株林〉篇，全詩如下：「胡為乎株林？從夏南。匪適株林，從夏南。駕我乘馬，說于株野。乘我乘駒，朝食于株。」此處的「株」字恐怕不能單獨理解為地名，而得與「林」連讀。所謂「株林」，就是「樹林」的意思。當然在本詩中可以視之為地名，鄭箋云：株林，夏氏邑也。因此，後兩個「株」，可以看作承前省略（固然也是為了押韻），即「株林之野」和「株林」。「株」泛指樹木的用法，直到後世文獻仍存在。例如：「甘子嶺在縣西七十八里，四十二仞，周二十五里。舊云縣無甘子，唯此嶺有株。」〔註 26〕

「株」不得釋為「木根（即鋸斷樹木所餘留的樹頭）」，還有一個間接的證據。《說文》云：「，伐木餘也。从木獻聲。《商書》曰：若顛木之有皀櫱（五葛切）。，櫱或从木辥聲。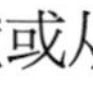，古文櫱。从木無頭。亦古文櫱。」（卷六木部）所謂「伐木餘」也就是梁氏所說的「鋸斷樹木所餘留的樹頭」。顯然，有「櫱」一字就可證明梁氏的解釋存在問題。

因此，「株」在《韓非子》的這段文字中可以有不同的釋義。第一、第三

〔註 23〕參氏著：《韓子淺解》，北京：中華書局，1960 年 8 月第 1 版，第 466 頁。

〔註 24〕夏征農主編：《辭海》，上海：上海辭書出版社，1980 年 8 月第 1 版第 999 頁「守株待兔」條。

〔註 25〕于石、王光漢、徐成志：《常用典故詞典》，上海：上海辭書出版社，1985 年 9 月第 1 版，第 172 頁。

〔註 26〕宋．羅願《（淳熙）新安志》卷五，清．嘉慶十七年刻本，第 54 頁。

個「株」，泛指樹木。第二個「株」指樹榦。這段文字的大意是說：田野中有棵樹，有個兔子跑著跑著，一頭撞在樹榦上，脖子折斷，死掉了。於是農人放下農具守候在樹下，希望再獲得兔子。

如果從邏輯上推論，我們不禁會問：田地裏留著樹樁幹嗎？那不是徒增障礙嗎？但田野間有樹倒是比較容易理解的，那是農夫休憩的地方，尤其是在炎炎的夏天，在濃蔭下那可是愜意的。再說，兔子撞到樹榦比撞到樹樁的概率總要高點兒吧。可見，這個我們異常熟悉的成語，原來給錯誤解釋了許多年。

四、結　語

綜上所論，就「六書」而言，「朱」應屬指事，而其本義，當據戴侗等人所論確定為「樹榦」，為「株」字初文。「株」指「樹榦」的意義，在使用過程中復有引申：既可以指「樹木」，也可以作樹木的量詞。如果「朱」、「株」古今字的論斷可以成立，那成語「守株待兔」的固有釋義顯然是不正確的。

「朱」所具有的「赤色」義，乃假借義，其本字當為「絑」。與《說文》所言「赤心木」無涉。

原中國文字學會第五屆學術年會論文，福建武夷山，2009 年 8 月 19～23 日，載《中國文字學會第五屆學術年會暨漢字學國際學術研討會論文集》，福州：福建師範大學，第 96～99 頁。

麗字源流考

在漢字系統中，有些字從甲骨文到小篆有著一系列的用例，但就是不明其本義，難察其源流。「麗」字就是其中一例。

《說文》云：「麗，旅行也。鹿之性見食急，則必旅行。从鹿丽聲。《禮》：麗皮納聘。蓋鹿皮也。丽，古文。𠩘，篆文麗字。郎計切。」（卷十鹿部）

儘管許慎說「麗」是从鹿丽聲，其實《說文》除了附在「麗」字下的古文「丽」和篆文「𠩘」可能就是「丽」外，正文字頭並無「丽」字。那麼，「丽」到底是什麼就值得考究了。

殷墟甲骨文迄今不見「麗」字，但似乎有從麗之驪，作󠀀，從馬甚明。《甲骨文編》收入附錄上 100，以為未識字（孫海波：1965：836 頁）。《甲骨文字典》收入馬部，謂「所會意不明」（徐中舒：2006：1074 頁）。唐蘭考此字作「驪」〔註1〕。《合》37514（即《通》730）：「叀󠀀眔驪，亡巛？」周原甲骨文出土有驪字作󠀀（採集：94，辭云：「入驪。」）可證唐釋殆近之。

周原甲骨文見「麗」字，作：󠀀（《西周》H11：123）。

西周金文也有「麗」字，形體與早周甲骨文相近。《金文編》收二器三文：󠀀（〈元年師旋殷銘〉，《集成》04279）、󠀀（〈取膚匜銘〉，《集成》10253）。

戰國文字的「麗」，已經相當接近後世的形體了，毋庸舉例，惟有以下形體

〔註1〕參見氏著：《殷墟文字記》，北京：中華書局，1981 年 5 月第一版，第 23～24 頁。

值得關注：⿱（〈陳麗子戈銘〉,《集成》11802）。恐怕是鹿省之形,也就是篆文的「𠬸」。近出金文可證：⿱（〈童（鍾）麗（離）君柏簠銘〉）、⿱（〈童（鍾）麗（離）公柏戟銘〉）〔註2〕,「麗」字所從近⿱。

《戰國文字編》「麗」字條下收六文〔註3〕,下及秦文字,未收秦始皇陵所出陶盤文字〔註4〕：⿱（〈驪山茜府陶盤銘〉）。與小篆相去不遠。

由小篆上溯西周金文,再及早周甲骨文,前賢據小篆所考定的「麗」字甚確,我們可以相信《說文》所謂「從鹿丽聲」的形體分析。換言之,無論「丽」是什麼,它是「麗」的一部分毋庸懷疑。

很多年前,我曾說過「犁／黎／𤛎」與「麗」有源流關係〔註5〕。不過只是點到即止,卻沒有展開。事實上,此前已有學者據殷墟甲骨文⿱、⿱二形,謂「丽」初文,後附加鹿符而成「麗」〔註6〕。僅就其形體而言,恐怕容有可商。⿱、⿱當釋作什麼,本文擬不涉及,而只討論「麗」字本源。

林義光說：「《方言》：丽,耦也（十二）。此當為丽之本義。與麗不同字。」〔註7〕堪稱的論。我以為,「丽」的初文是「㹪」。

甲骨文有「㹪」,作：⿰（《續》5.6.4,即《合》3415）、⿱（《掇》1.401,即《合》28141）。

商周金文則有⿰（卣銘,《集成》05006,《金文編》收入附錄上464）字,學者們通常以為「𠬸」字〔註8〕,其實字當作「㹪」。其實就是⿱（壺文,《集成》09469、09470）之繁構〔註9〕。當然,金文中還有更接近甲骨文的形體：

〔註2〕安徽省文物考古研究所、蚌埠市博物館：〈安徽蚌埠雙墩一號春秋墓發掘簡報〉,《文物》,2010年3期。

〔註3〕參看湯餘惠主編：《戰國文字編》,福州：福建人民出版社,2001年12月第1版,第663頁。

〔註4〕程學華：〈秦始皇陵園魚池發現「驪山茜府」陶盤〉,《考古與文物》,1988年4期。

〔註5〕參看譚步雲：〈王作父丁方櫑考釋：兼論鐘銘「𤔲」字〉,《中山大學研究生學刊》,1996年2期。又載《古文字與漢語史論集》,廣州：中山大學出版社,2002年7月第1版。

〔註6〕魯實先釋「⿱」為「麗」。參看李孝定編述：《甲骨文字集釋》,臺北：中央研究院歷史語言研究所,1991年3月景印五版,第3067～3069頁所引。秦永龍釋「⿱」為「麗」。參看氏著〈釋「麗」〉,《北京師範大學學報》（社會科學版）1984年6期。

〔註7〕周法高主編：《金文詁林》卷十,香港：中文大學,1974～1975年,第5922頁引。

〔註8〕例如中國社會科學院考古研究所編：《殷周金文集成釋文》（第四卷,第52頁）便是如此,香港：中文大學出版社,2001年10月第1版。

〔註9〕劉雨等編著：《商周金文總著錄表》（第1338頁）釋作「㹪」,北京：中華書局,2008

🦌（〈舀鼎銘〉，《集成》02838）〔註10〕。

　　字象雙耒並耕之形，表達的正是「耦」義。更重要的是，其形體，與上揭「麗」字所從丽十分接近。

　　然而，考察具體的辭例，「耒」所用大都難以確定為雙耒並耕義。要不辭殘，不能卒讀：「……翌丁……耒……亡〈〈？吉。」（《掇》1.401，即《合》28141）要不沒有具體語境，難明其義：「耒」（壺文，《集成》09469、09470）要不用如人名：「受茲五夫……曰耒……」（〈舀鼎銘〉，《集成》02838）。只有以下一例可能用為犂耕義：「□亥卜，王白🦌曰：耒值，其受屮又？」（《續》5.6.4，即《合》3415）〔註11〕

　　儘管如此，甲骨文、商周金文中另有從眾犬從雙耒之形，可以讓我們對「耒」所表意義有進一步的認識：🦌（《合》8212）、🦌（《合》29236）、🦌（〈王罍銘〉，《集成》09821）、🦌（〈秦公鐘銘〉，《集成》00262）。

　　這個形體，雖然甲骨文從二犬金文從三犬，可以分別隸定為「𤜆」和「𤝗」，但為同一字的不同寫法應無異議。學界一般從宋人釋為「協」，但從字形、字義乃至字音考察，都明顯缺乏理據。因此，筆者從胡厚宣、李孝定說改釋為「犁」〔註12〕：字象眾犬拽雙耒耕作之形，本義為犂耕，從耒，耒亦聲。是為「犁」字初文，後分化為「黎」、「𤛿」、「𤚩」諸字。

　　西周金文中的🦌字，為🦌釋作「犁」提供一個旁證。這個字，《集成釋文》隸定為「驪」〔註13〕，或作「𩤏」〔註14〕。我以為後者更準確。字象馬牽雙耒耦耕之形，當「犁」字別體。從犬耕到馬耕，反映到文字上，如同反映了拉車

年11月第1版。
〔註10〕舀鼎，中國社會科學院考古研究所編：《殷周金文集成釋文》（第二卷，第412～414頁）作「舀鼎」；耒，作「🦌」，香港：中文大學出版社，2001年10月第一版。
〔註11〕步雲案：「耒」或作「朕」，誤。參看胡厚宣主編：《甲骨文合集釋文》，北京：中國社會科學出版社，1999年8月第1版，第207頁。
〔註12〕參看譚步雲：〈釋「𤜆」：兼論犬耕〉，《農史研究》第7輯，北京：農業出版社，1988年6月第1版。又〈王作父丁方櫊考釋：兼論鐘銘「𤝗」字〉，《中山大學研究生學刊》，1996年2期。又載《古文字與漢語史論集》，廣州：中山大學出版社，2002年7月第1版。又〈中國上古犬耕的再考證〉，《中國農史》17卷2期，1998年8月。
〔註13〕〈是驪毀銘〉（《集成》03917），釋文見是書第三卷，頁198頁。辭云：「是驪乍文考乙公尊毀子子孫孫永寶用鼎。」
〔註14〕上海博物館編：《中國青銅器展覽圖錄》，北京：五洲傳播出版社，2004年8月第1版，第70頁。

畜力變化的自牭（《說文》籀文）到駕（《說文》篆文）的文字演變，標示了畜耕的變化。

犪，伍仕謙釋為「麗」，讀如「戾」〔註15〕。儘管未必正確，但較之釋「協」是一大進步，尤具啟發意義。前文已述，「麗」字所從「丽」即「枻」。換言之，「麗」與「犪」有著相同的聲符。而這個聲符，同時也具有一定的意義指向：偶也；駢也。這正是「麗」得以產生一系列孳乳字——儷、孋、邐、纚——的原因。

「犪」、「黎」、「鑗」為一組同源字，不必贅述〔註16〕。而鸝、驪二字的存在，更進一步證實了「麗」與「犪／犪（犪／黎／鑗）」有著密切的字源關係。

《說文》云：「鵹，雛黃也。从隹黎聲。一曰楚雀也。其色黎黑而黃。」（卷四隹部）「鵹」，《爾雅》或作「鶖」，或作「倉庚」，或作「商庚」，或作「鑗黃」。《釋鳥》篇云：「鶖黃，楚雀。」晉·郭璞注：「即倉庚也。」又云：「倉庚，商庚。」郭璞注：「即鶖黃也。」又云：「倉庚，鑗黃也。」郭璞注：「其色鑗黑而黃，因以名云。」《玉篇》則作「鵋」：「鵋黃，楚雀。其色黎黑而黃，亦作鶖。」（隹部第三百九十一）經傳或作「黃鳥」、「鸝黃」等。《詩·周南·葛覃》「黃鳥于飛」條，三國·陸璣疏云：「黃鳥，黃鸝留也。或謂之黃栗留。幽州人謂之黃鶯，或謂之黃鳥。一名倉庚。一名商庚。一名鶖黃。一名楚雀。齊人謂之摶黍。關西謂之黃鳥。一作鸝黃。當甚熟時來在桑間。故俚語曰：黃栗留，看我麥，黃甚熟。亦是應節趨時之鳥也。或謂之黃袍。」（《毛詩鳥獸蟲魚草木疏》卷下）儘管諸書所載名稱或不同，形體或有異，但後世字書大體視之為一物而異名（字）。以《集韻》為例：「鵹、鵋、鶖、鸝，鳥名。《說文》：『……雛黃也。……一曰楚雀也。其色黎黑而黃。』或作鶖、鸝。」（齊韻第十二）

《說文》云：「驪，馬深黑色。从馬麗聲。」（卷十馬部）例如《列子》中所謂的「牝而驪」（卷八葉九，明·世德堂本）就是指雌性黑馬。引申之，「驪」也可以指傳說中的黑龍。《莊子·列禦寇》云：「夫千金之珠，必在九重之淵，而驪龍頷下。」而驪山、驪邑，秦地出土文獻作「麗山」、「麗邑」〔註17〕。驪

〔註15〕參看氏著：〈秦公鐘考釋〉，《四川大學學報》（哲學社會科學版）1980 年 2 期。步雲按：本徐中舒說。參看李孝定編述：《甲骨文字集釋》，臺北：中央研究院歷史語言研究所，1991 年 3 月景印五版，第 3075 頁所引。

〔註16〕參看王力：《同源字典》，北京：商務印書館，1982 年 10 月第 1 版，第 421 頁。

〔註17〕參看高明編著：《古陶文匯編》，北京：中華書局，1990 年 3 月第 1 版，第 449～451 頁。

山，傳世文獻或做「黎山」。傳說中的「驪山老母」，或作「黎山老母」。此外，「驪」也有竝、偶的詞義。例如：「驪駕四鹿，芝蓋九葩。」（漢·張衡〈西京賦〉，唐·虞世南《北堂書鈔》卷一百三十四頁二，四庫全書本）

據上所引，「麗」與「焚／爨（黐／黎／黧）」因有著相同的聲符，讀音相同毫無問題，而在表「黑色」的意義上也相合。其同源的關係明顯。

《說文》對「麗」字的解釋有點兒費解。因此，根據它在文獻中的用例，「旅行也」的「旅」前賢或讀為「侶」〔註18〕，從而以為「麗」即「儷」的本字。《說文》引《禮》「麗皮納聘」之「麗皮」，經傳或作「儷皮」，是其證：「上介奉幣儷皮。」（《儀禮·聘禮》）「主人酬賓，束帛儷皮。」（《儀禮·士冠禮》）漢·鄭玄注云：「儷皮，兩鹿皮也。」但是清·段玉裁卻說：「儷即麗之俗。……鄭意麗為兩，許意麗為鹿，其意實相通。」（《說文解字注》卷十）言下之意是說「麗」既有「鹿」義，又有「兩」義。「麗馬一圉」（《周禮·夏官·校人》）「參麗之駕」（《漢書·揚雄傳上》，顏師古注：「麗，偶也。」）中的「麗」固然可以解釋為「兩」。但以下的例子：「易（賜）女（汝）赤市、冋黃、麗般（鞶），敬夙夕用吏（事）。」（〈元年師旋殷銘〉，《集成》04280）竊以為解釋為鹿名也無妨。周原甲骨文云：「其麗？」（《西周》H11：123）「麗」分明用為獸名。換言之，「麗皮」的「麗」如同「麗般（鞶）」的「麗」一樣為鹿名。這是「麗」的本義：字既從鹿，當為鹿名；復從丽，丽亦聲，則指成雙成對的鹿。殷墟甲骨文有字作「𪊽」（《林》2.26.9，即《合》21771）、「𪊽」（《前》8.10.1），或以為「麤」，或以為「麗」〔註19〕。從周原甲骨文的「麗」已是從鹿從丽考慮，這個象雙鹿之形的字可能正是「麗」的初文。爾後，由會意而形聲實現了蛻變。「𪊽」用為地名族名無疑：「丁亥子卜貞：我啚田𪊽？」（《前》

〔註18〕清·王筠云：「旅，俗作侶。《說苑》：『麒麟不旅行。』」（《說文解字句讀》卷十，第17頁，清刻本）又云：「旅者，侶也。謂鹿之結隊而行者也，而附麗之義生焉。」（《說文釋例》卷十，第21、22頁，續修四庫本）清·鄭珍亦云：「侶，徒侶也。從人呂聲。力舉切。案：古作旅。《說文》：『麗，旅行也。』陸璣《詩疏》『麟不侶行』，《廣雅·釋獸》作『麏不旅行』。皆古字。」（《說文新附考》卷三，第19頁，清·咫進齋叢書本）

〔註19〕王襄釋「麤」，葉玉森釋「麗」。參看李孝定編述：《甲骨文字集釋》，臺北：中央研究院歷史語言研究所，1991年3月景印五版，第3075頁所引。于省吾主編：《甲骨文字詁林》按語云：「釋麤不可據。卜辭為地名。」（第1665頁）北京：中華書局，1996年5月第1版。步雲案：姚孝遂主編《殷墟甲骨刻辭類纂》止收了《林》2.26.9，辭殘。北京：中華書局，1989年1月第1版。

8.10.1)「乙未，余卜貞：今薰（秋）⿰⿱丱丱歸？」（《合》21586，即《丙》611，凡三辭）〔註20〕也許便是後出之「酈」字初文。《說文》云：「酈，南陽縣。」（卷六邑部）南陽，位於河南境內。從地望上考慮，倒是頗符合甲骨文的記載的。

　　在金文當中，「麗」又用作人名：「麗妡」（〈取膚盤銘〉，《集成》10126。又見〈取膚匜銘〉，《集成》10253）經典亦見：「麗姬」（《左傳・宣二》等）如果用為姓氏，可能即後出之「酈」。

結　語

　　「麗」字可能是形聲兼會意的字，從鹿從丽丽亦聲。本義指成雙成對的鹿，殷墟甲骨文「⿰⿱丱丱」殆其初文。「丽」的初文為「耤」，象雙耒並耕之形，本義為「耦」。這是「麗」字得聲之由，也是它具有「偶」、「駢」意義的條件。

本文主要參考文獻及簡稱

1. 東漢・許慎撰：《說文解字》（大徐本），北京：中華書局，1963 年 12 月第 1 版。本文簡稱《說文》。

2. 中國社會科學院考古研究所編輯：《甲骨文編》，北京：中華書局，1965 年 9 月第 1 版。本文甲骨著錄簡稱請參此書「引書簡稱表」。

3. 郭沫若主編、胡厚宣總編輯：《甲骨文合集》，北京：中華書局，1979 年 10 月～1982 年 10 月。本文簡稱《合》。

4. 容庚編著、馬國權、張振林摹補：《金文編》，北京：中華書局，1985 年 7 月第 1 版。

5. 中國社會科學院考古研究所編：《殷周金文集成釋文》，香港：中文大學出版社，2001 年 10 月第一版。本文簡稱《集成釋文》。

6. 曹瑋編著：《周原甲骨文》，西安：世界圖書出版公司，2002 年 10 月第 1 版。本文簡稱《西周》。

7. 中國社會科學院考古研究所編：《殷周金文集成》（修訂增補本），北京：中華書局，2007 年 4 月第 1 版。本文簡稱《集成》。

原中國文字學會第七屆學術年會論文，吉林大學，2013 年 9 月 20～23 日，載《中國文字學會第七屆學術年會會議論文集》，長春：吉林大學古籍研究所，第 253～256 頁。

〔註20〕用張惟捷摹本。參氏著：〈《殷虛文字丙編》校訂稿（附摹本）〉，刊社科院歷史所先秦史網站 http://www.xianqin.org/blog/archives/1496.html

銀雀山漢簡本《晏子春秋》補釋

　　銀雀山漢簡本《晏子》自 1972 年出土以後，經商承祚、羅福頤、顧鐵符、張政烺、朱德熙、孫貫文、曾師憲通、裘錫圭、吳九龍、駢宇騫、李均明等先生集體整理，釋文先是見於銀雀山漢墓竹簡整理小組的《銀雀山漢墓竹簡》〔壹〕（北京：文物出版社，1985 年 9 月第一版。以下簡稱《銀簡》）一書，然後見於吳九龍的《銀雀山漢簡釋文》（北京：文物出版社，1985 年 12 月第一版。以下簡稱《銀文》）一書，時隔三年，又見於駢宇騫的《晏子春秋校釋》（北京：書目文獻出版社，1988 年 4 月第一版。以下簡稱《晏釋》）一書。適值商承祚先生百年誕辰，今以上述三書文字，參以傳世本《晏子春秋》、《說苑》，做些拾遺補缺的工作，以此紀念先生。

　　1.《銀簡》529（即《銀文》2487）：「過者死。」傳世本作「過之者誅。」（《內篇諫上》第三章）據簡本，「誅」殆「殊」之誤。《說文》：「殊，死也。從歹朱聲。《漢令》曰：蠻夷長有罪，當殊之。」（卷四歹部）由此可知，古籍屢見用為「殺」的「誅」，可能是「殊」的借字。《銀簡》545（即《銀文》1080＋0938）：「今吾欲使人誅祝史。」傳世本無此句，但作「今使人召祝史祠之。」可知「誅」義當作「責備」。由此可見簡本的「誅」還無「殺」義。

　　2.《銀簡》534（即《銀文》0663）：「昔衛士東壄（野）之駕也，」壄，傳世本作「野」，（《內篇諫上》第九章）則壄為「野」當無問題。不過，壄是「野」還是「壄」的簡省呢？據《說文》「樊」的異體作「尒」，筆者傾向於後者。

3.《銀簡》542（即《銀文》1017）:「公吾夢有二丈夫立而怒，」傳世本作「公夢見二丈夫立而怒，」（〈內篇諫上〉第二十二章）《晏釋》云:「簡文『公』下『吾』字，疑涉下文『今昔吾薨二丈夫立而怒』句之『吾』衍。」（駢宇騫:17頁）《銀文》徑作「吾（寤）」，無說（吳九龍:69頁）。顯然是正確的。《說文》:「寤，寐覺而有信曰寤。从寢省，吾聲。一曰晝見而夜寢也。」（卷七寢部）可見「寤」也就是「夢」，只是二者微有差異罷了。古漢語中有所謂的「同義連用」的修辭法，例如「《詩》三百篇，大底聖賢發憤之所為作也。」（西漢‧司馬遷〈報任安書〉）中的「為作」;又如「故聖人作為舟楫之用以通川谷，……」（西漢‧桓寬《鹽鐵論‧本議》）中的「作為」。同理，「吾（寤）夢」實際上相當於「夢」。

4.《銀簡》542（即《銀文》1884）:「公恐，學（覺），痛碩，……」「痛碩」二字傳世本無。《晏釋》云:碩，「疑當讀為『痕』。」（駢宇騫:18頁）其實，「碩」應作「頒」。古文字頁、鼎形近易訛，已為學界熟知，文繁，茲不贅舉。《說文》:「碩，頭大也。」（卷九頁部）文中用如「頭」。

5.《銀簡》552～553（即《銀文》3960＋0416＋3661＋3148＋3663＋0974）:「晏子……使民如……罪也夫古之……」傳世本作「晏子曰:『君欲節於身而勿高，使人高之而勿罪也。今高，從之以罪。卑者亦從以罪，敢問使人如此可乎?古者之……』」（〈內篇諫下〉第十七章）雖然簡本缺字較多，但兩相對照，仍然不難發現簡本可能原作:「晏子曰:『今高，從之以罪;卑亦從以罪，敢問使民如此可乎?君欲節於身而勿高，使人高之而勿罪也。夫古之……』」簡本「晏子」下大約殘去14字，「使民如」下大約殘去17字。《晏釋》云:「『如』下『罪』上殘缺五字。」（駢宇騫:27頁）恐怕未必。

6.《銀簡》554（即《銀文》4235）:「……怀行棄義，……」傳世本作「……背棄德行，……」（〈內篇諫下〉第十七章）「怀」，《銀文》作「欲」。細審字形，知《銀文》誤。「怀」即「佰（倍）」之異體，義為「反也」（《說文》卷八人部倍字條）。

7.《銀簡》555（即《銀文》0262）:「……吏宷（審）從事不免於罪，……」傳世本作「民力殫乏矣而不免於罪，……」（〈內篇諫下〉第十七章）大異。「宷」，字書無。據〈楚王酓審之盞盂銘〉〔註1〕，「審」作**審**，可知簡文「宷」、後起

〔註1〕參看饒宗頤:〈楚恭王熊審盂跋〉，《中央研究院中國文哲研究集刊》創刊號，1991年。今載《近出殷周金文集錄》，編號1022，中華書局，2002年9月第1版。

字「審」均本於「審」。「審」所從「甘」，前者訛作「心」，後者則訛作「田」。筆者疑心「甘」、「心」是聲符。甘古音見紐談韻，心古音心紐侵韻，審古音書紐侵韻，讀音較接近。

8.《銀簡》555（即《銀文》0262）：「……臣主俱困而無所辟患。」傳世本此句差異較大，作「嬰恐國之流失而公不得亨也。」（《內篇諫下》第十七章）「無」，《銀文》作「先」。誤。不過，「無」字原形雖近《說文》奇字，但也近「夫」。殆書手無心之失。傳世本「亨」殆「享」之誤。〈問上〉七章可證：「臣恐國之危失，而公不得享也。」

9.《銀簡》563（即《銀文》0384）：「……以毌怀川罞（澤）。」傳世本作「以無偪川澤。」（〈內篇問上〉第十章）怀，當如前述，作「倍」，不必如傳世本作「偪」，而「倍」、「偪」均讀為「反也」。意謂取於川澤應勿背時節。相當於《孟子·梁惠王上》所說：「不違農時，穀不可勝食也；……斧斤以時入山林，材木不可勝用也。」「偪」，《說文》所無，殆「逼」之後起字。如讀為「服」，《銀簡》562自有「服」字，說是通假畢竟不大合理；如據傳世本讀為「靠近」，也不符合文意，且字後出，於簡本不甚適合。罞，《銀文》隸定作「貝」。簡文非常清晰，確如「貝」形。可能是「罞」的誤寫。

10.《銀簡》565（即《銀文》0394）：「司過薦至而祝宗斬（祈）福，意逆乎？」傳世本作「司過薦罪而祝宗祈福，意者逆乎？」（〈內篇問上〉第十章）大同小異。司過，舊釋為官名：「內史」。誤。司過，當即《包山楚簡》所載神名：「司禍（禍）」。《銀簡》595有兩「過」字，皆讀作「禍」。又《睡虎地秦墓竹簡·為吏之道》「正行修身，過去福存。」「過」也讀為「禍」。可證「司過」當讀為「司禍」。薦，「進」的意思。整句話的大意是：「司禍之神就要降臨，而祝宗卻還祈福，這想法不是和現實相矛盾嗎？」傳世本「薦罪」，則似乎可解為「降罪」。

11.《銀簡》566（即《銀文》2759＋4919、1900）：「止海食之獻，斬伐者……者有數，居處飲食，節□勿羡，祝宗用事，辭罪而不敢有斬（祈）求也。故鄰……」傳世本作「止海食之獻，斬伐者以時，畋漁者有數，居處飲食，節之勿羡，祝宗用事，辭罪而不敢有所求也。故鄰國忌之……」大致相同。《晏釋》云：「『節』下殘缺一字，疑當為『之』字。」（駢宇騫：39頁）甚確。「〔畋漁〕者有

數」至「故鄰」一段凡二十六字，一簡相連不斷，《銀文》作二簡，其中 1900 只有「勿羨祝宗用事辭罪而不敢有斬求也故鄰」15 字。未審何故。

12.《銀簡》570：「……怒以危國。上無喬（驕）行，下無凵（諂）德。上毋（無）私」（即《銀文》1459、2686。步雲案：這段文字一簡相連，但《銀文》竟作兩簡，其中 2686 只有「無喬（驕）行下無凵（諂）德上無私」十字，而 1459 的「上毋私」，2686 作「上無私」。）傳世本作「不修怒而危國。上無驕行，下無諂德；……」（《內篇問上》第十七章）基本相同。傳世本「諂」，簡本作「凵」。《晏釋》云：「『凵』，從土從凵，疑為『坎』之異體。朱駿聲《說文通訓定聲》云：『凵，一說坎也，塹也，象地穿。』當與《說文·土部》『塊』字之異體『凵』非一字。簡文『凵（坎）』，當讀為『諂』，從『欠』聲之字與從『舀』（步雲案：當「臽」之誤）聲之字古音相近可通。」（駢宇騫：42 頁）可備一說，然過於輾轉。細審原文，原來是把「臽」錯誤隸定成「凵」了。「臽」讀為「諂」即無問題。

13.《銀簡》577（即《銀文》3478）：「……不相遺……」傳世本作「是以天下不相遺。」（《內篇問上》第十八章）簡本有闕文。相，《銀文》隸定作「枂」。確實如此。可能是漢代書手的習慣。

14.《銀簡》593（即《銀文》0805）「社禝（稷）是主也。」傳世本作「社稷是養。」（《內篇雜上》第二章）稍異。禝，本章凡三見，均如是作。《說文》無「禝」有「稷」。其實古本有「禝」字。例如《詛楚文·秋淵》：「伐我社禝。」可見漢簡並非向壁虛構。《說文》殆失之。

15.《銀簡》598～599（即《銀文》1812＋0516）：「公曰：『然。每□□□鳴焉，……』」傳世本作「公曰：『然。有梟昔者鳴，……』」（《內篇雜下》第二章）漢·劉向《說苑》作「公曰：『然。梟昔者鳴，……』」（18·9）微有差異。根據行款分析，竹簡所缺約三字，《晏釋》云：「『每』下殘缺三字，疑當為『昔（或夕）有梟』。」（駢宇騫：69 頁）大致是不錯的。不過，「每」當讀作「晦」。《說文》：「晦，月盡也。」（卷七日部）引申為晚、夜，相當於「夕（昔）」。例如：「君子以向晦入宴息。」（《易·隨》）因此，所缺文字可能為「有梟者」。

16.《銀簡》599（即《銀文》0516＋0811）：「柏常騫曰：『臣請□而去之。』」《銀文》無「騫曰」二字。傳世本作「柏常騫曰：『臣請禳而去。」（《內篇雜下》

二章)《說苑》作「柏常騫曰:『臣請禳而去之。』」(18‧9)據傳世本和《說苑》,簡文所缺字當「禳」。《晏釋》云:「簡本『請』下一字,左側殘泐,似從昏,疑為『脪』,隸作『胢』,當讀為『裿』或『禬』。」(駢宇騫:70頁)可參。「去」,當讀為「驅」,即「祛」之本字〔註2〕。

17.《銀簡》603(即《銀文》0418):「公曰:『□□益壽有徵兆乎?』」傳世本約略作「公曰:『子亦有徵兆之見乎?』」(《內篇雜下》三章)《說苑》18‧9無此句。《晏釋》云:「『公曰』下缺字疑當為『子能』二字。」(駢宇騫:73頁)筆者以為應補「天子」二字。因上文云「天子九,諸侯七,大夫五」,所以景公有此一問。

18.《銀簡》607(即《銀文》2588＋0915):「今騫將大祭,……」傳世本作「今且大祭,……」(〈內篇雜下〉三章)《說苑》18‧9同,均稍異於竹簡本。騫,《銀文》誤作「寒」。覆核原簡,原來字殘去小半。

19.《銀簡》614(即《銀文》0775):「故退而鯉處。」傳世本作「故退而埜處。」(〈外篇第七〉,十九章)《晏釋》云:「『鯉』,當讀為『里』,《說文》云:『從魚里聲。』『里』即『鄉里』之『里』。或云為『野』之誤字。」(駢宇騫:80頁)其實,這裡的「鯉」是「野」的異體:前者從里魚聲;後者從里予聲。與作魚名的「鯉」同形異字。魚、予二字在古文獻中每每相通,毋庸舉例;故爾從魚得聲、從予得聲無別。傳世本的「埜」當為《說文》所載「壄」(「野」字古文)的別體。

20.《銀簡》624(即《銀文》0853):「公射,出質。堂上昌……」「昌」下約殘去四字。傳世本、《說苑》1‧40同。據傳世本、《說苑》,簡本所缺字大概為「善若一口」。這裡的「質」,或以為「箭靶」(王鍈、王天海:52頁)。未免把景公的射術看得太糟糕了,未免把諛臣們的奉承看得太拙劣了。《毛詩正義‧小雅‧賓之初筵》:「發彼有的,以祈爾爵。」孔穎達〔疏〕云:「《周禮》鄭眾、馬融注皆云:十尺曰侯,四尺曰鵠,二尺曰正,四寸曰質。則以為侯皆一丈,鵠及正、質於一侯之中。為此等級,則亦以此質為四寸也。王肅亦云:二尺曰正,四寸曰質。又引《爾雅》云:射張皮謂之侯,侯中者謂之鵠,鵠中者謂之正,正方二尺也,正中謂之槷,方六寸也,槷則質也。舊云方四

〔註2〕筆者對此字有詳說。請參閱譚步雲:〈《〈碩鼠〉是一篇祈鼠的祝詞》補說:兼代陳建生同志答李金坤先生〉,《晉陽學刊》,1995年第6期,第60〜61頁。

寸，今云方六寸。《爾雅》說之明，宜從之。……賈逵《周禮注》云：四尺曰正，正五重，鵠居其內而方二尺以為正，正大于鵠，鵠在正內。」（《十三經注疏》485 頁）可見「質」不是「箭靶子」，而是「靶心」。所謂「出質」，並不是「脫靶」，而是偏離靶心罷了。當然，用作「靶心」的「質」也可指代「箭靶子」。那是另一回事。

　　以上文字，只不過是筆者的一孔之見，是非曲直，有待方家評說。

附錄　竹簡本《晏子》著錄編號、出土編號對照表

章次	《銀雀山漢墓竹簡》〔壹〕編號	《銀雀山漢簡釋文》編號
一	528	3810＋0793＋0514
	529	2517＋3118＋2487
	530	3844＋2313＋1239
	531	1643
二	532	3139＋3773＋4861＋缺＋1060
	533	0778＋4719＋＋0791＋3700
	534	0663
	535	1685
	536	缺
	537	2067
	538	缺
三	539	3821＋缺
	540	缺
	541	0942＋1942（原誤作二章）＋0859
四	542	1017＋1884
	543	0872＋3715
	544	2814＋缺
	545	3313＋3947＋2139＋1080＋0938
	546	4467＋0802＋0818
	547	2703＋2496
	548	3637
	549	0820＋1153
	550	1125＋4900
	551	4894

	552	3960＋0416
五	553	3661＋3148＋3663＋0974
	554	3749＋4235＋1997＋0842
	555	2888＋0262
六	556	4884＋0861＋4112
	557	4257＋0377
	558	缺＋0900
	559	2901＋0979＋1046
	560	2293＋0919
七	561	3961＋1233＋0734（原誤作三章）
	562	0369＋3103
	563	0384＋1515
	564	1672＋2813＋2928
	565	0394＋2392
	566	2579＋4919、1900（步雲案：一簡相連不斷）
	567	3024＋0559
八	568	0908＋1220
	569	0848＋0907
	570	0822＋1459、2686（步雲案：一簡相連不斷）
	571	0600
	572	1293
九	573	0754＋2610
	574	0821＋0828
	575	2616＋0855
	576	0823
	577	3478＋2453
十	578	0896（原誤作0876）＋2054
	579	1960＋1695＋0946
	580	1172＋4923
	581	2904＋4139＋3683＋2988
	582	3808＋0316
	583	缺＋256＋8＋0266
	584	3784＋2852＋4933

	585	3655
十一	586	1163
	587	4154＋0599
	588	0210（原誤作十章）
	589	2960＋1162
十二	590	2513＋2169＋0314
	591	4867＋4278＋3851＋4815＋3212
	592	2664＋0175
	593	0513＋0805
	594	0753＋1891
	595	3474＋4733＋2337＋1215（原誤作十一章）
	596	0781＋0804
	597	2465
十三	598	1953＋3178＋2524＋1812
	599	0516＋0811
	600	0407＋3007
	601	1110＋2001
	602	0681＋1930
	603	0418＋3170
	604	0388＋2320
	605	1729＋缺＋2992＋0877
	606	0565
	607	2588＋0915＋0508＋3922
	608	1680＋1792
	609	4880＋2217
	610	2891＋0709＋0923
十四	611	2037
	612	0486＋2489
	613	2125
	614	0775＋2181＋2254
	615	1645
	616	2555
十五	617	1038＋2358
	618	2890＋2968＋2818＋2624
	619	4152＋3184＋0930
	620	1315
	621	2533＋3612＋4893
	622	1893＋4916
	623	0405＋1312

十六	624	0853＋0741
	625	2866＋0410
	626	0871＋0903
	627	2637＋0909＋1282
	628	0650＋缺＋0835
	629	0537＋1353
	630	1020
不詳		3687（四章）、3815（十四章）

本文主要參考文獻（以出版時間先後為序）

1. 許慎：《說文解字》（大徐本），北京：中華書局，1963 年 12 月第一版。

2. 銀雀山漢墓竹簡整理小組：《銀雀山漢墓竹簡》〔壹〕，北京：文物出版社，1985 年 9 月第一版。

3. 吳九龍：《銀雀山漢簡釋文》，北京：文物出版社，1985 年 12 月第一版。

4. 駢宇騫：《晏子春秋校釋》，北京：書目文獻出版社，1988 年 4 月第一版。

5. 孫星衍、黃以周校：《晏子春秋》，上海：上海古籍出版社，1989 年 9 月第一版。

6. 王鍈、王天海譯注：《說苑全譯》，貴陽：貴州人民出版社，1992 年 7 月第一版。

7.《十三經注疏》，杭州：浙江古籍出版社，1998 年 6 月第一版。

原載《古文字研究》二十四輯，北京：中華書局，2002 年 7 月第 1 版，第 436～439 頁。

《說文解字》所收異體篆文的
文字學啟示

一、概　說

　　對《說文解字》中所收異體字的研究，論著甚夥〔註1〕。然而，卻從來沒有文章談及許慎對異體篆文的處理的真正意義，尤其是對今天漢字規範化以及漢字改革的啟發性意義。

　　《說文解字》中的重文——即重見的異體字——凡 1163 字（《說文解字·敘》）〔註2〕，有多個類型：籀文、古文、篆（文）、俗（體）、奇字、時賢所述以及典籍所載。本文所論，暫不涉及籀文和古文。原因有二：一是這兩類異體字來源複雜，多是秦規範篆書以前的文字，與《說文》中的正體存在時間上的傳承、演變關係，與本文討論漢字規範化及漢字改革的議題關係不大。二是這兩類異體字中羼雜了部分通假字。例如「屋」字條下收「𠤔」，即「握」的古文，字又重

〔註1〕薛永剛有〈《說文解字》小篆異體字初探〉一文（陝西師範大學碩士論文，2003 年
　　　 5 月，載「全國優秀碩士學位論文全文數據庫」），是首篇系統研究《說文解字》小
　　　 篆異體字的文章。薛文對以往研究有詳盡陳述，讀者可參看，本文不再贅述。不過，
　　　 文章並沒有涉及許書所收異體篆文對漢字學的借鑒意義，某些統計數據也有誤。例
　　　 如小篆異體的總數為「479 組」，與本文統計頗有出入。讀者則不可不察。
〔註2〕本文所使用的《說文解字》文本，中華書局 1963 年 12 月第一版，為陳昌治刻本縮
　　　 印本。為行文方便，下文簡稱《說文》，不另注。

見於卷十二手部。倘若一併論及，免不了把造字本意和用字事實混為一談。

剔除籀文和古文後，《說文》中的異體字剩下 556 組，其中有一正一異對應者（數量最大），也有一正二異者（只有 24 組），甚至有一正三異者（僅 3 組）（參本文「《說文解字》篆文異體一覽表」）。

這部分異體，有的注明是「篆文」，例如「爽（爽）」等。有的則作「奇字」，例如：「涿（氐）」等。有的注明「俗」，例如「冰（凝）」，謂「俗冰從疑」。有的注明來自典籍，例如：「妣（蠙）」，說是「夏書」。有的注明前賢所說，例如：「皋（獋）」，為「譚長說」。然而，絕大多數的異體字只注明「或」，實在不知道其來源〔註3〕。個別字甚至沒有作任何說明，以至於不知道它是籀文、古文還是篆文什麼的，例如：「邪（幽）」。

《說文》以後，從《玉篇》到《康熙字典》，字書編撰者都不再在正體之下羅列所有異體，而是分部治之。我們實在無法瞭解哪個是正體，哪個是異體。因此，《說文》羅列出異體字實在給我們提供了非常有意義的啟示。以下，筆者將以詳盡的資料和統計數據闡明《說文》具列異體字在現代文字學上的啟示。

二、《說文》中異體篆文之數據分析

如果從筆劃繁簡的角度觀察，《說文》中有正體簡而異體繁的，也有正體繁而異體簡的，更有正體和異體在筆劃繁簡上無差別的。正體簡而異體繁者凡 260 字，正體繁而異體簡者凡 257 字，正體、異體無繁簡者凡 40 字。正體簡異體繁組比正體繁異體簡組多出 3 字，這個數據只占正體繁異體簡組總字數的 1.2%左右，實在不能說明在東漢時代漢字是朝簡化的方向發展的，也難以證明在文字的使用上人類具有趨易避難的心理特徵。

如果從「六書」的角度觀察，《說文》中正體和異體之間的差異表現為：1. 正體和異體都是象形字、指事字或會意字，但形構有所不同。2. 正體為象形、會意或指事，異體則是形聲。3. 正體為形聲，異體為象形或會意。4. 正體和異體都是形聲字：或形同聲異，或形異聲同，或形同聲同而異構，或形、聲俱異。

〔註3〕 薛永剛謂異體小篆有四個來源：1. 既有字書。2. 典籍所載。3. 通人說。4. 石刻文字。出處見注1。雖大體可信，但嫌粗略。例如未言及有來自方言者。《莊子·逍遙遊》：「宋人有善為不龜手之藥者，世世以洴澼絖為事。」絖，當是楚地的寫法，所以《說文》以「纊」為正體，以「絖」為異體。又如「緪（經）」，據今天所見楚地出土文獻，後者分明是楚地的寫法。類似的例子不少，當別列一項。

這四方面的差異，其數據所反映的文字事實也是頗有意義的。

正體和異體都是象形字、指事字或會意字，但形構有所不同，《說文》中凡32字。其中正體簡異體繁組有11字，正體繁異體簡組有21字，正體異體無繁簡組有2字，似乎說明《說文》更重視表意的精確性，即便繁難也在所不惜。例如纛（集）、烏（於）、瀍（法）等字，正體所表意義更為精確是毋庸懷疑的。

把象形、指事或會意作為正體，而把形聲作為異體的共有66字，幾乎全部見於正體簡異體繁組，只有「瞥（劃）」是個例外；把形聲作為正體而把象形或會意作為異體只有22字，絕大多數見於正體繁、異體簡組，只有「涸（灝）」「邠（豳）」二字例外。兩者之比為3：1（正體異體無繁簡組只有1字，可以忽略不計）。這似乎說明：延至東漢，人們仍然重視漢字的表意功能，而忽略其表音功能。顯然，同音字的眾多不能不是一個重要的影響因素。同時，作為異體字出現的形聲字，也昭示著漢字正朝著表音的方向發展。

正體和異體都是形聲字，屬形同聲異的凡210字，約占異體字總數的37.8%。其中正體簡異體繁組有78字，正體繁異體簡組有110字，正體異體無繁簡組有22字。正體簡異體繁組與正體繁異體簡組之比約為1.4：2。這個統計數字似乎說明，正確表音比簡約更重要。例如「爨（贊）」，可能在許慎那個時代，「爨」和「贊」的讀音不盡相同，因此，從準確表音及規範化的目的出發，寧願採「爨」而捨「贊」。又如「夆（全）」，異體實際上是「大」省聲，表音的精確度明顯遜於正體。我們不妨再舉幾個例子說明這個問題。蒗（稂）、荊（菼）、鬆（髶）、懋（忞）、貔（犰）、稈（秆）等16組異體字有一個共同的特徵：異體的聲符屬所謂的「直接諧聲系統」，正體的聲符則屬「間接諧聲系統」。例如：「蒗」的聲符「郎」從「稂」的聲符「良」得聲；「荊」的聲符「剡」從「菼」的聲符「炎」得聲。餘此類推。按說，正體和異體的讀音應是相同的。然而，為什麼不採用形體較簡單的異體呢？因為在正體簡異體繁組中也有這類字：敼（瑿）、蘄（蘱）、菹（蕰、薀）、宋（審）、嘖（嘖）等，凡20組。前者的聲符可以視為後者的聲符的簡省。而事實上，在正體繁異體簡中的這類形聲字中，確實也存在某些簡省了的情況。例如「蘜（菊）」，《說文》云：「蘜，日精也，以秋華。从艸鞠省聲。菊，蘜或省。」（卷一艸部）可見，聲符簡省必須遵循準確表音的原則！如果說趨易是人類的一般心態，那麼，對捨易就難的現象，我們就只能推定：採用筆劃更多的聲符，說明它們的讀音當有區別。這裡

且舉「屍（柅）」為例，《說文》:「屍，簺柄也，从木尸聲。柅，屍或从木尼聲。」（卷六木部）不說「尼省聲」，而明言「尸聲」和「尼聲」，可證「尸」「尼」二字在許慎那個時代的讀音是有區別的。《說文》:「尼，從後近之。从尸匕聲。」（卷八尸部）音韻學家給「尸」「尼」「匕」三字所擬的上古音分別是「書聲脂韻」「泥聲脂韻」「幫聲脂韻」〔註4〕。至少，其聲母是不同的。因此，採用筆劃更少的聲符不是為了簡約，而是為了準確表音！同樣，在都是省聲的情況下，採用筆劃更多的聲符，也是為了準確表音！且看「籟（鞠）」這一組字。《說文》:「籟，酒母也。从米籟省聲。鞠，籟或从麥鞠省聲。」（卷七米部）如果說，它們的讀音是相同的，那以下這兩個例子就太有意思了：轙（鐵），正體的聲符為「義」，異體的聲符為「獻」。倘若兩字的讀音相同，那同在車部的另一個形聲字「轞」可能也是「轙」的異體；或者，「鐵」是「轞」的異體才對！但是在《說文》當中，它們偏偏是兩個不同的字：非但形體不同，意義不同，讀音也不同。至於佽（倒）和菼（葵），如果「刾」「炎」的讀音相同，那麼，無論從簡化還是從規範化目的出發，都應該統一它們的聲符才是！求其簡省，正體都應用「炎」為聲符；求其規範，正體都應用「炎」或「刾」為聲符。

當然，我們必須尋找更多的例子以進一步驗證這個推論：正體和異體並不一定同音〔註5〕。筆者曾經有過一個結論：形聲字的聲符會隨著時、空的變化而變化〔註6〕。也許，《說文》中形同聲異的文字形體變化正反映了這種現象。

正體和異體都是形聲字，屬形異聲同的凡 137 字，約占異體字總數的24.6%。其中正體簡異體繁組有 61 字，正體繁異體簡組有 66 字，正體異體無繁簡組有 10 字。這個統計數據表明，在正確表音的前提下，採用哪個形符並非太重要，是否簡約也並非決定性因素。例如正體簡異體繁組的「芬（芬）」，《說文》:「屮，草木出生也。象出形有枝莖也。古文或以為艸字。」（卷一屮部）又:「艸，百卉也。从二屮。」（卷一艸部）從屮從艸對表意並無多大影響。又如正體繁異體簡組的「延（征）」，《說文》:「辵，乍行乍止也。从彳从止。」

〔註4〕 參看唐作藩:《上古音手冊》，江蘇人民出版社，1982 年 9 月，第 118、89、6 頁。
〔註5〕 音韻學界很早就提出類似的見解：形聲字與所從偏旁未必同音。例如雲惟利就持這種觀點。參氏著〈從新造形聲字說到複音聲母的問題〉，（臺灣）《聲韻論叢》第四輯，1991 年，第 71～88 頁。
〔註6〕 即:形聲字字音隨著時間或地域的變化而變化，從而有著不同的聲符。參拙作〈漢字發展規律別說〉，（香港）《語文建設通訊》總 63 期，2000 年 4 月。

（卷二辵部）又：「彳，小步也。」（卷二彳部）從辵從彳對表意並無多大影響。不過，形同聲異的字數明顯多於形異聲同的字數（兩者之比約為 3：2），似乎表明古人更為重視文字表意的精確性和穩定性。

正體和異體都是形聲字，形聲俱異者凡 62 字，其中正體簡異體繁組有 27 字，正體繁異體簡組有 30 字，正體異體無繁簡組有 5 字。統計數據表明，取繁而捨簡的傾向性並非太明顯，可能地，規範化才是目的。這裡不妨以「籬（籬）」為例子說明這個問題。前者的聲符「䧹」，收入卷四雔部，其下並沒有具列「霍」為異體，可知許慎的規範化傾向是明顯的。

正體和異體都是形聲字，形聲俱同而結體相異者只有 2 字，只占異體字總數的 0.36%左右，全在正體異體無繁簡組中。顯然，《說文》羅列正體、異體的原則完全以規範為埻的。如果根據出土文獻的材料判斷，許慎當年所見形聲俱同而結體相異者當不止此數，但他僅僅採此兩例入書，極有可能就是為了規範漢字的使用。

三、結　語

通過以上的分析，我們可以得出這樣的啟示：《說文》中採繁採簡的原則，並不從書寫的經濟與否出發，而是重文字的造字理據，重規範，重約定俗成。具體可以歸納為：1. 與其簡約，毋寧精確（精確地表音、表意）；2. 與其表音，毋寧表意（緣於漢字的表意系統規律之制約）；3. 基於上述兩項前提，才考慮簡約（省聲或省形）。

其實，如果進一步考察一下我們今天正在使用的規範字，會發現，當年制定《漢字簡化方案》的時候，字形簡約固然是其中一個考慮的因素，但並沒有絕對化。就本文所論異體字的範圍內，例如：正體簡異體繁組的「丄（上）」、「丅（下）」、「徯（蹊）」、「跟（䟸）」、「厷（肱）」、「寏（院）」，正體繁異體簡組的「荶（荇）」、「延（征）」、「詗（詢）」、「敇（敕）」、「胑（肢）」等一批字，並沒有採用更簡約的形體作為規範，恰恰相反，倒是採用了更為繁複的形體作規範，並且一直沿用至今。共計有 93 字〔包括取較繁的形體作簡化的藍本，如「刅（創）」，簡化為「创」〕，約為《說文》所見異體字總數的 1 / 6。特別應注意的是，在簡化字系統中，個別異體字被一分為二，例如正體簡異體繁組的「筋（腱）」，今簡化字系統一分為二。又如正體繁異體簡組的「饕（叨）」，今

簡化字系統一分為二，而且前者沒有遵循「號」簡化為「号」的原則加以簡化。再如正體異體無繁簡組的「訝（迓）」，正體簡化為「讶」，同時又保留了異體「迓」。這些例子說明，當年的簡化原則是不徹底的——簡化不但應是字的形體的簡省，而且應是字的總數的減少。

顯然，當時更多的是考慮約定俗成的因素，而不僅僅是為了簡約。

如果將來我們仍舊採用漢字，在對漢字進行改革的時候，是不是也得考慮正確表音、正確表意以及約定俗成、好認好記等等因素，而不是僅僅考慮簡約呢？譬如：取「跟」捨「䟐」，是因為前者表意更為精確；取「蠟」捨「蛥」，是因為前者表音更為準確；取「塊」捨「凷」，是因為前者明顯比後者好認好記（應當特別指出的是：文字並非越簡單越好認好記）。當然，這裡面也都存在約定俗成的因素。

附：《說文解字》篆文異體一覽表

正體簡異體繁 （共 260 組）	正體繁異體簡 （共 257 組）	正體異體無繁簡 （共 39 組）
丄（上）丅（下）祀（禩）禡（䮁） 球（璆）瑱（䪻）琨（瑻）玩（貦） 玭（蠙）靈（霝）玨（㲄）氛（雰） 芬（芬）茈（䕬）薄（蕿）蒐（蒅） 蔆（䔖）芰（茤）葥（蕝）蘄（蕲） 蒩（蕰、藞）茵（鞇）藻（薻） 余（㣇）番（蹞）宷（審）吻（脗） 噍（嚼）哲（悊）唾（涶）唷（噴） 嘩（嘻）嘖（讀）吟（訡、訡） 嗥（獆）呦（㘡）跡（蹟）邁（蠆） 逶（蟡）逭（糶）迺（逎）迒（胻） 徯（蹊）犕（麤）躧（韄）蹎（蹎） 各（唃、䐯）訴（謴、愬）詘（誳） 譖（讚）収（抙）㠯（攓）卑（嬰） 鞠（䲝）韜（䶀、䶀）甂（瓹、 瓹）巩（鞏）厷（肱）夋（俊） 叔（村）彗（篲）攸（汣）爽（爽） 睹（䚕）旬（眴）看（䀠）鴷（鴷） 雇（鳸）隹（䧹）蔓（蘷）羍（羍） 鴇（鴽）鵜（鶗）鴰（鮑）鷗（鷗） 烏（雛）叡（壑）肒（臙）膀（髈） 臂（胜）腴（䐈）筋（腱）剄（劕） 刅（創）巽（巺）巨（榘）㢑（惸）	禱（䄻）祊（祊）璊（堪）璘（玪） 䣩（粮）蕙（蕿、萱）萱（芎） 薔（薔）菣（橋）鞠（蓻）薊（茭） 䓕（荇）䓝（畱）荵（薀）蒸（菳） 斲（折）薾（萊）延（征）迋（徂） 述（徉）返（彶）遲（遟）遴（僯） 達（达）復（㣇）衒（術）醋（酢） 跟（䟐）跀（䟗）鱻（篹）矗（買） 曷（㗿）詠（咏）譜（暗）謫（諂） 詢（詘、說）讕（調）訴（詢） 蕭（善）對（對）鞭（鞅）鑽（贊） 飯（釜）鐺（薺、韰、羹）餳（餰、 飴、健）鍊（鍊）薑（薑）鑾（粖） 鳘（餌）隸（隸）婦（婦）虁（褻） 赦（敇）敉（俅）敞（敞）斆（學） 瞋（眣）㗂（叫）舊（䲙）牽（牽） 靁（集）鶇（鷄）雖（隼）鷄（雞） 鴽（鱀）鵻（難）鴒（雈）鴒（雒） 鳥（於）肩（肩）肢（肢）腋（肱） 膟（膋）騰（撰）盒（肺）箭（肭） 剎（刎）賴（蒜）艫（舥）䑸（舩、 艖）艙（鐮）篝（觕）籦（篆）	瓊（璚、璚、琁） 壻（婿）薾（濊） 訝（迓）譺（譺） 韡（韡）鸄（煮、 蠶）睅（睆）眣（晉） 祓（狐）鯢（鰕、 鵜）鷓（鵝）殁（殁） 殀（朽）篹（簑） 虞（鑢、廥）餈（鰭、 粢）舀（抗、㿖） 厰（厰）髮（䰩） 庽（寓）耏（耐） 狂（怔）経（䞓） 䋘（替、替） 怚（怘）惕（愁） 沙（沁）鯿（鯾） 抗（杭）拲（栱） 綌（綦）紱（茯） 鞠（蜦）蝘（蝫、 蚊）蠡（蠑）坻（汝、 渚）勇（戚）韓（尊）

虧（虧）鼓（鼖）厶（笘）盥（膿）　　籱（籗）管（琯）笠（互）籣（欶）
蕰（蘁）峆（蠸）音（欯）餴（饋、　　狀（狀）盦（盒）盎（甇）阱（窆）
餴）餘（餳）仝（全）冂（坰）　　　　窖（秪）饎（餌、糦）饌（饌）
高（廄）亯（亭）亩（廩）麩（麵）　　餐（湌）饕（叨）倉（仓）缾（瓶）
舛（踳）梅（楳）梣（檨）梓（梓）　　躲（射）臺（臺）覃（覃）樣（俟）
杶（櫄）檽（樠）松（榕）槃（槃）　　麷（葷）雞（雉）鞣（牒）鞔（緞）
植（櫃）槑（鐼）茱（釫）柤（柤）　　韉（韉、鞍）棻（栞）楮（柠）
柏（鉑）欁（壘、櫑）柄（棅）　　　　櫓（樐）欁（欁）酨（酒）邠（岐）
屄（柅）休（庥）雩（荂）凷（圌）　　郢（邦）鶻（巷）暱（昵）曐（星）
邠（豳）旚（爐）旃（旜）盟（盟）　　曑（參）農（晨）穧（粢）秫（术）
圅（肣）鼎（鎡）穉（穆）秔（稉）　　稃（柎）穖（粳）稈（秆）黏（粘）
采（穗）稌（蔭）气（槩、餼）　　　　豺（豺）籟（鞠）躬（躬）癥（欯）
攱（攱）鑪（鑪）宛（怨）寏（院）　　癢（療）翼（蹀）槑（槑）畾（憂）
宋（詠）呂（膂）窀（窀）冕（絻）　　憁（怱）褒（袖）襱（襱）贏（裸）
冑（鞏）网（罔、網）罬（輟）　　　　禣（褅）弁（弁）歔（噓）歔（唊）
罦（罦）罝（羅）罼（羈）帥（帨）　　顠（俛）煩（疣）覷（酏）劙（劑）
襲（黂）常（裳）帬（裙）幝（褌）　　髫（髻）髟（髦）蠻（貕、獵）
袂（袗）市（韍）恰（輪）皤（顄）　　陵（峻）復（夏）帕（蜎）帑（豚）
傂（俋）傀（瓌）儐（擯）候（娭）　　貔（豾）豜（犴）灋（法）層（廃）
衫（襹）尸（脾、臀）居（踞）　　　　蘆（廬）麗（丽）匊（匊）獴（褖）
兂（簪）兒（皃）款（款）歌（謌）　　毆（狒）貁（猱）爤（爓）雙（隻）
次（保）頂（顁）頯（馗）彡（鬒）　　栽（災）煙（烟）燿（烜）黥（剠）
髡（髡）印（抑）匃（丐）彪（鬽）　　漆（岄）瀘（瀘）滌（浣）淼（流）
訹（誘、譑）氐（砥）厲（蠣）　　　　楸（涉）厵（原）衇（脈）騰（凌）
碓（殼）隶（鬁）勿（昒）馬（蟄）　　霰（霓）零（零）鰂（鯽）鱷（鯨）
贏（驘）麀（麛）獘（斃）狄（狴）　　鱻（漁）糞（糞）閼（閼）聅（聅）
然（蘸）熬（鏖）燮（燹）囪（窗）　　聵（聲）捧（拜）搞（挃）撋（捼）
尣（尫）亢（頏）囟（腪）恖（譽）　　抒（抱）摇（抽、捇）姀（姙）
懦（痛）渚（渚）眔（澤）泝（遡）　　姷（侑）義（羛）無（无）匱（櫃）
汙（汩）砅（濿）涸（瀨）汀（刃）　　彈（弜）緪（經）緹（祇）糜（綹）
く（畎）容（溶）冰（凝）魪（鯗）　　纘（統）絥（帗）絑（綽）緌（緩）
鰥（鱞）乙（氒）西（棲）閭（墻）　　螟（蚓）蠁（蜦）蝴（蝶）蚣（蚣）
職（瓥）臣（頤）捨（擸）扚（撜）　　蜩（蚪）蟓（蝰）蟊（蛾）蚤（蚤）
拓（摭）塊（愧）又（刈）也（世）　　蟲（蝨）蠠（蜜）蠹（螽）螽（蚥）
或（域）医（篋）匚（筐）盧（鑪、　　蠱（蛵）蠹（螯）蠿（蚍）蠹（蜚）
鑪）瓬（甕）弝（弢）弛（弛）　　　　飆（颮）籠（蛛）籠（蛛）墣（圤）
弜（彌）系（鬹）紝（紝）紘（紘）　　垠（圻）暵（旻）晦（㫷）協（叶）
緀（緇）絲（繪）紃（緤）紵（緒）　　鐵（鐵）鐘（錿）錴（錔）鋙（鋙）
緆（繡）鼃（蠹）董（蕫）強（疆）　　鍐（楔）鐘（鋪）縱（鋑）鑛（鑢）
蠏（鮃）蛾（蠋）它（蛇）蠅（鼉）　　軙（軌、桅）阯（址）鸞（夒）
黿（黿）凷（塊）埊（聖）垝（隉）　　醮（醮）醻（酬）釀（酲）
圮（醇）墥（隄）畜（蓄）畺（疆）
处（處）斬（斱）軨（轓）軹（軝）
害（轄）轙（鑣）厷（厷）防（陞）
馗（逵）内（蹂）隂（墒）育（毓）

製表說明：

1. 表中括號外的為正體，括號內為異體。

2. 為免造字困難，故多採用 word 字庫裏現成的文字，以致個別字的形體與原篆略有差異。

3. 最易確定繁簡無變化的是那些構件相同、構形相異者。例如：「盱（旰）」和「恒（㤅）」。如果止有一正一異，也相對容易確定。但一正二異或以上者就頗費躊躇了。我的原則是：異體均簡於或繁於正體者置於「正體繁異體簡欄」或「正體簡異體繁欄」中，而繁於或簡於正體的一組異體字中有個別形體與正體相較無繁簡差異者，也這樣處理。如「网（罔、網）」，異體都比正體繁，就置於「正體簡異體繁欄」；如「輓（輅、桅）」，異體都比正體簡，就置於「正體繁異體簡欄」。但是，一組異體字中或繁於正體或簡於正體，就作「正體異體無繁簡」處理。例如：「虞」，正體比「虡」繁，但比「鐻」簡，就置於「正體異體無繁簡欄」。

4. 篆文的繁簡有時難以界定。例如「手」和「木」，在今文字中，都是四筆，但在篆書中，卻可以是三筆和四筆，也都可以是五筆。因此，判斷字的繁簡，主要考慮篆書書寫習慣，其次纔考慮今文字的書寫習慣。例如「心」四筆，而「忄」卻是三筆，則採前者。又如「唾」和「涶」，今文字筆劃數相同，但篆書筆劃數卻不同：前者簡而後者繁。筆者就把這組字確定為正簡異繁。

原載《中山大學學報》2008 年 03 期，第 59～65 頁。